美语大漢

说不尽世代繁华更迭
道不完词人美丽清愁

断鸿声远长天暮

回到宋词现场

李晓润 著

上海社会科学院出版社

自 序

我收藏的第一本古典文学图书不是《唐诗三百首》而是《唐宋词选注》，正是这本书使我成为古典文学的信徒。书中有些词读得似懂非懂，但我依然被她们的优美打动。这些绝妙好词让我深信"我是清都山水郎，天教懒散带疏狂"，让我向往"山寺月中寻桂子，郡亭枕上看潮头"的苏杭，希望遇见一位对我说"记得绿罗裙，处处怜芳草"的姑娘。

文学之美就像苏东坡笔下的"江上之清风"和"山间之明月"，是我们每个人都可以拥有的财富，而且取之不尽用之不竭。青春、爱情和友谊都会在时光流转中不辞而别，所以在人生旅途和我们相伴到最后的，很可能是美食好书和清风明月。弃我去者昨日之日不可留，安我心者今日之日唯有书。

词是最美的文学形式，最早出现在隋末唐初。归于盛唐李白名下的《菩萨蛮》和《忆秦娥》人称百代词曲之祖，中唐白居易的《忆江南》脍炙人口，晚唐五代花间词的异军突起开始让人意识到词不仅仅是"诗余"。花间词在西蜀摇曳多姿，几乎与此同时，清扬的歌声又在南唐响起。李后主父子号称江南词帝，但是有人认为冯延巳才是真正的词家天子，也就是说南唐这个立国不到四十年的小朝廷竟有三位词人登峰造极。

正当人们以为南唐已经"理屈词穷"的时候，北宋柳永、晏殊、张先、欧阳修、王安石、晏几道、苏东坡、秦观、贺铸、周邦彦、李清照豪杰继起。苏东坡和周邦彦被王国维比作宋词的李白、杜甫，李清照因为填词被誉为千古第一才女。

到了南宋，多灾多难的祖国让词人几乎放弃婉约正宗，张孝祥、陈亮、刘过枕戈待旦，张元干、陆游、辛弃疾更是亲自持剑冲锋，豪放词人气势如虹，完全压倒婉约词人姜夔、史达祖、吴文英、张炎等人的巧夺天工。有人认为南宋词学的总体成就不如北宋，但也有人认为南宋词就像晚唐诗，在某些方面后来居上。

在我的印象中，唐诗很像一个男人漂泊异乡，宋词则是一个女郎倚楼凝望。说唐诗是男人，因为他在"秦时明月汉时关，万里长征人未还"，因为他"独在异乡为异客，每逢佳节倍思亲"，因为他"落魄江湖载酒行，楚腰纤细掌中轻"。无论出征还是归隐，无论得意还是失意，唐诗表达的主要是男人的情感。唐朝虽然有宫闱诗，但毕竟只是一旅偏师。

说宋词是女郎，因为她让柳永"衣带渐宽终不悔，为伊消得人憔悴"，因为她让苏东坡"不思量自难忘"。晏几道看见她"舞低杨柳楼心月，歌尽桃花扇底风"，俞国宝为了她"一春长费买花钱，日日醉湖边"。宋朝虽然有豪放词，但即使是苏东坡和辛弃疾这样的豪放派旗手，大部分作品也是婉约词。

男人追逐功名，女人为爱而生，所以唐诗让我们理解人生，宋词让我们明白爱情。唐诗告诉我们"醉卧沙场君莫笑，古来征战几人回"、"沉舟侧畔千帆过，病树前头万木春"、"莫愁前路无知己，天下谁人不识君"。宋词告诉我们"人生自是有情痴，此恨不关风与月"、"两情若是久长时，又岂在朝朝暮暮"、"众里寻他千百度，蓦然回首，那人却在灯火阑珊处"。

当宋词离开的时候，贺铸看见她"凌波却过横塘路"，蒋捷抱怨她"悲欢离合总无情"，周邦彦记得她"唤起两眸清炯炯，泪花落枕红棉冷"，姜夔则担心"淮南皓月冷千山，冥冥归去无人管"。

李晓润

第十四回　花自飘零水自流　此情无计可消除　172

第十五回　小楼一夜听春雨　深巷明朝卖杏花　187

第十六回　张元干捍卫汴京　范成大不辱使命　199

第十七回　杨万里山川怕见　张孝祥天外飞仙　211

第十八回　辛弃疾勇冠三军　李好古一鸣惊人　222

第十九回　胡邦衡名扬千古　陈同甫不可一世　239

第二十回　十二阑干闲倚遍　一春长费买花钱　251

第二十一回　姜白石商略黄昏雨　刘改之难忘少年游　265

第二十二回　史达祖少年得志　刘克庄晚节不保　278

第二十三回　听风听雨过清明　故国故园来梦境　290

第二十四回　刘辰翁含恨归隐　王沂孙怀羞出山　303

第二十五回　玉关踏雪事清游　流光容易把人抛　317

附录　宋代职官简述　333

目录

自序

第一回　林和靖曾经沧海　潘梦空逍遥法外 … 1

第二回　一曲新词酒一杯　无数杨花过无影 … 15

第三回　衣带渐宽终不悔　为伊消得人憔悴 … 31

第四回　范仲淹从军塞下　欧阳修泪眼问花 … 44

第五回　王安石偶露雄才　晏小山痴心不改 … 58

第六回　二陆初来俱少年　一蓑烟雨任平生 … 70

第七回　苏东坡唱大江东去　黄庭坚问春归何处 … 83

第八回　碧野朱桥当日事　两情若是长久时 … 95

第九回　李之仪家住长江头　贺梅子惊艳横塘路 … 108

第十回　看朱成碧心迷乱　十分斟酒敛芳颜 … 120

第十一回　周邦彦色胆包天　李师师倾国倾城 … 133

第十二回　魏夫人为谁凝望　朱敦儒天教疏狂 … 145

第十三回　陈与义吹笛到天明　岳武穆弦断有谁听 … 158

第一回

林和靖曾经沧海　　潘梦空逍遥法外

诗曰：

自作新词韵最娇，小红低唱我吹箫。
曲终过尽松陵路，回首烟波十四桥。

——姜夔《过垂虹》

唐朝末年群雄逐鹿，黄巢起义军叛徒出身的梁王朱温迅速崛起，挟天子以令诸侯。英勇善战的晋王李克用是他唯一忌惮的对手。沙陀人李克用兵力不如朱温，但他的儿子李存勖气吞万里如虎。两军对垒的时候李存勖耀武扬威，朱温的几个儿子却在争抢烤羊腿。绝望的朱温匆匆登上皇位，建立后梁定都开封，史称"朱温灭唐"。因为祖父朱邪赤心被唐懿宗赐名李国昌，所以李存勖认为自己就是唐朝的亲王，他送给朱温一个猪头，誓言报仇雪恨马踏大梁。

公元910年，两军决战河北柏乡。和李存勖结盟的赵王王镕派小将赵弘殷支援晋军，却只给了他一枝五百人的骑兵。在十几万大

军厮杀的辽阔战场，这五百骑的出现就像一条小溪汇入万里长江，但是赵弘殷毫不犹豫地杀向梁军中军帐。

赵弘殷一战成名。战争结束后李存勖把赵弘殷留下来做卫队统领。李存勖称帝后又让他指挥后唐禁军。俗话说铁打的营盘流水的兵，赵弘殷正好相反，后唐、后晋、后汉和后周四朝你方唱罢我登场，但他一直是禁军大将。在后周更是和儿子赵匡胤共同执掌禁军，一时传为美谈。

赵弘殷为人谨慎，他的儿子赵匡胤和赵匡义却不甘心帮人看门。赵弘殷临终前嘱咐他们做人要本分，兄弟俩满口答应，可是在一代雄主周世宗柴荣病逝后，他们立刻发动陈桥兵变，黄袍加身建立宋朝。

中国历史上有两个宋朝，一个是南北朝时期的刘宋，一个就是产生宋词的赵宋，而赵宋又分为北宋和南宋。两个宋朝除了名字相同，还有个巧合更有意思，那就是它们的开国皇帝刘裕和赵匡胤都是中国历史上屈指可数的武林高手，真正的万夫莫敌。世人往往因为"黄袍加身"认为宋朝的建立轻而易举，忘记赵匡胤曾经身经百战出生入死。

一个王朝的建立不能单纯依赖武力，必须让人相信这是天意，于是我们看到开国皇帝出生时往往红光满室。有时为了演得逼真，还要派一些群众演员提着水桶赶去救火。如果依然有人不信不服，半人半神的世外高人接着忽悠，汉朝是商山四皓，唐朝是风尘三侠，宋朝则是陈抟老祖。

陈抟是名副其实的睡仙，他生活的唐朝末年到北宋初年天下大乱，但他大部分时间都在华山顶上面对清风明月酣眠。周世宗柴荣曾经召见陈抟，赐号白云先生。陈抟在皇家驿馆睡了一觉，醒来已是一个月之后，留下一首诗不辞而别。

十年踪迹走红尘，回首青山入梦频。

紫陌纵荣争及睡，朱门虽贵不如贫。

愁闻剑戟扶危主，闷听笙歌聒醉人。

携取旧书归旧隐，野花啼鸟一般春。

紫陌通常指帝京的道路，这里泛指京城或禁城。

当赵匡胤黄袍加身的消息传来之后，陈抟认为真命天子驾到，突然发出一声怪笑。陈抟早就看出站在柴荣身后的赵匡胤有不臣之心，不过接下来发生的事情却出乎他的意料。他那头习惯了主人昏昏欲睡的毛驴被他的笑声吓了一跳，以为主人要用它做驴肉火烧，毫不犹豫地把陈抟甩落街头。

世外高人陈抟拥护新朝的故事很可能是宋人自己虚构，不过南北两宋真有几位神仙词手，北宋的林逋、潘阆、苏东坡，横跨南北两宋的朱敦儒，南宋的张孝祥、姜夔、刘过都有过神仙称号。据说林逋和潘阆还是同学，他们都曾向陈抟求学问道。

最是仓皇辞庙日，教坊犹奏别离歌，当李煜失去自由、忍受着宋军的辱骂凄凉北上的时候，林逋还是个十来岁的小孩，每天在西湖边游山玩水，完全不能理解李后主的悲哀。假如李煜知道林逋的存在，一定会羡慕这个钱塘少年的逍遥自在。

钱塘自古繁华，可是和林逋关系不大。他从小父母双亡，在西湖孤山的一间茅屋安家。他有个大哥住在杭州城里，多次请他回去并愿意供他读书考试，他过不了几天又溜回湖边钓鱼。大哥只好听之任之。

那时西湖还在杭州城外，除了节假日游人很少。林逋习惯一边走路一边看书，见到美丽的花朵或新鲜的蘑菇，他会随手采撷放进书包。这天他照例背着书包在湖边摇头晃脑，横穿白堤的时候被一辆华丽马车挂倒。

马车停在路边,从车上下来一位中年官员和他的家眷,其中有个少女清秀明朗,关切地询问林逋有没有受伤。本来认定自己迟早会出家的林逋怦然心动,瞬间明白自己还是留恋尘世的美好。少女帮他收拾散落一地的杂物,随手拿起林逋的诗稿。

"你叫林逋?"

"是。"

"这首《孤山寺端上人房写望》是你写的?"

"是。"

这首诗是林逋的名篇。因为文笔老成,看过的人都以为林逋已经人到中年。端上人就是法名端的和尚,上人是对佛门高僧的尊称。

底处凭栏思眇然,孤山塔后阁西偏。

《九兰图》 清_恽寿平

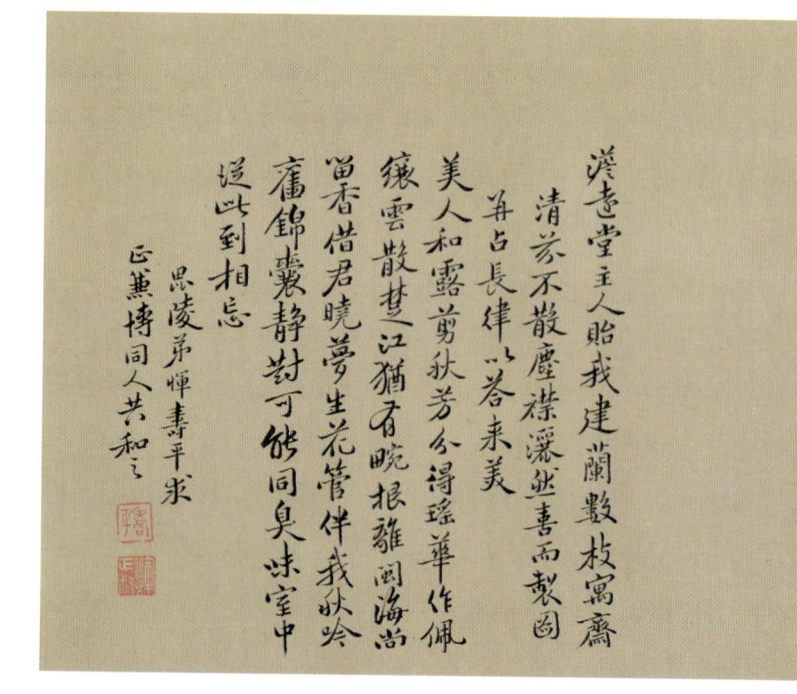

阴沉画轴林间寺，零落棋枰葑上田。

秋景有时飞独鸟，夕阳无事起寒烟。

迟留更爱吾庐近，只待春来看雪天。

"底处"即何处。"棋枰"即棋盘。"葑上田"又名架田，江浙一带在沼泽中以木作架，铺上泥土及水生植物而形成的农田。"葑"的本义是指菰根，也就是茭白的根。

少女脸上露出一丝笑意，随后翻到《点绛唇》，情不自禁地叫出声。

"爸，这首《点绛唇》是他写的！"

《点绛唇》也是林逋的代表作之一。

> 金谷年年，乱生春色谁为主？余花落处，满地和烟雨。
> 又是离歌，一阕长亭暮。王孙去，萋萋无数，南北东西路。

"金谷"是指西晋豪强石崇的金谷园，位于洛阳东北金谷涧。"余花"就是残花。南朝谢朓写过"鱼戏新荷动，鸟散余花落。"后来弘一法师李叔同的《送别》很可能受到这首词的启示。有那么一段时间，"长亭外，古道边，芳草碧连天"是中国最流行的歌曲。

林逋年纪轻轻其貌不扬，衣着打扮像个和尚，所以中年官员对林逋的诗人身份将信将疑。见林逋没有大碍，他立刻招呼家人离开。

"小梅，回去了。"

小梅不放心林逋，她说："我们带你去看医生吧。我爸认识太医。"

"不用不用，我没事。"林逋为了让小梅放心，挣扎着起来走路。

"我家住在清河坊，你去看医生可以来找我爸要钱，我们不会赖账。"小梅悄声对林逋说，"我们家有的是钱，欢迎你敲我爸竹杠，你可以把买书买零食的钱一起算上。"

林逋目送小梅登上马车离开，从此以后像练了轻功一样脚步轻盈，再也没有发生交通意外。他经常去清河坊附近游荡，希望能和小梅重逢。小梅从妆楼上远远望见这个呆子，不敢下楼找他，只是让侍女送了很多书和笔砚零食。秋风萧瑟的时候看见林逋冻得发抖，她让侍女拿些银钱给林逋买棉袄。

林逋知道自己只有通过科举考试才有可能抱得美人归，随即硬着头皮开始学他不感兴趣的四书五经。为了准备考试他尽量不进城去找小梅，只是在自己的孤山茅屋附近遍植梅花。

小梅过了十五岁，家里开始谈婚论嫁。小梅被逼无奈，只好告诉父母她喜欢林逋。父亲觉得她的自由恋爱伤风败俗，勃然大怒，威胁说如果她不听从家里安排，就派人把林逋打死扔进西湖。小梅情急之下想跟林逋私奔，可是林逋迟迟没有出现。在她出嫁的那一天，林逋寄来了他的诗篇《山园小梅》。

众芳摇落独暄妍，占尽风情向小园。
疏影横斜水清浅，暗香浮动月黄昏。
霜禽欲下先偷眼，粉蝶如知合断魂。
幸有微吟可相狎，不须檀板共金尊。

"暄妍"指天气和暖，风光明媚。"霜禽"指羽毛白色的禽鸟，这里应该是指林逋驯养的白鹤。"狎"指玩赏，亲近。"粉蝶如知合断魂"大意是说粉色的蝴蝶如果知道梅花之美，应该会感到失落羞愧。

新婚之夜小梅向丈夫讲述了她和林逋的情缘，希望丈夫成全。她丈夫认为她不守妇道，把她软禁在家里不让出门。

林逋得到小梅嫁人的消息后，立刻把所有考试用书扔进西湖。他心灰意冷躺在床上听天由命，幸亏来给他送米的大哥及时发现。大哥为了防范他再次轻生，派儿子林宥过来作伴。

小梅度日如年。街上流传林逋的《相思令》，小梅看到后泪流满面。

吴山青，越山青，两岸青山相送迎。争忍有离情？
君泪盈，妾泪盈，罗带同心结未成。江头潮已平。

小梅借口回娘家，带领侍女来到西湖找林逋。不巧那天正好林逋外出，小梅左等右等不见人，只好留下一支玉簪作为纪念。

林逋看见玉簪立刻狂奔进城。

小梅回到娘家以后觉得自己和林逋的事千难万难，冲动之下决定以死抗争。林逋晚来一步，亲眼看见小梅从自己的妆楼随风飘落。

此后林逋自称"梅妻鹤子",二十年不入城市。大哥知道他和小梅的故事,也不敢勉强他娶妻生子。在一个暗香浮动的黄昏,林逋念着小梅的名字平静地离开人世。

林逋生前已经名扬四海,宋真宗命令地方官员岁时劳问。他去世以后官府上报朝廷,宋仁宗赐谥和靖先生。南宋灭亡之后,有盗墓贼认为林逋大名鼎鼎,墓中陪葬品一定不乏奇珍,于是掘开林逋的坟墓,结果只找到一方端砚和一支玉簪。

在中国历史上,唐宗宋祖经常相提并论。唐太宗和宋太祖确有很多相似之处。唐宗宋祖都是智勇双全亲手打下江山,登上皇位的时候都是三十左右,他们分别开创了一个文采斐然的王朝,就连去世的年龄也差不多,都是在五十岁正当盛年的时候中道崩殂。唐太宗服用丹药中毒,宋太祖很可能在宫廷政变中死于他弟弟晋王赵光义之手。

宋太祖开宝九年(976年)十月的一天深夜,大病之中的赵匡胤召见晋王赵光义议事,左右亲随回避。有人远远望见烛光下宋太祖挥舞寝宫中装饰用的柱斧,赵光义起身躲避,这就是"烛影斧声"的传说。后人推测宋太祖想让皇子继承皇位,宋太宗希望兄终弟及。赵光义离开之后太祖随即驾崩,宋皇后让太监王继恩去请宋太祖第四子秦王赵德芳,赵德芳就是评书《杨家将》经常提到的八贤王。这时晋王赵光义突然现身,原来他根本没有走远。宋皇后大吃一惊,瞬间明白大势已去,只好请求赵光义放他们母子一条生路。赵光义随后继承大宝,改元太平兴国。

潘阆字梦空,自号逍遥子。他的一生和宋太宗赵光义有很多交集。潘阆的老师和同学都是世外高人,可他却经常卷入政治斗争。为了不连累家人他隐瞒自己的真实身份,所以世人甚至分不清他是河北大名还是江苏扬州人。

宋太宗太平兴国七年(982年),宰相卢多逊想立秦王赵廷美为

《花蝶写生图》 明_陈洪绶

帝。赵廷美是宋太祖宋太宗的弟弟。当时正在开封讲堂巷开药铺的潘阆背着药箱积极参与。卢多逊看上潘阆估计和潘阆深通药性，适合进行政治谋杀有关。政变失败后，潘阆拔腿就跑，先是假扮僧人逃进中条山，后来南下杭州、绍兴，继续以卖药为生。

　　潘阆歌咏西湖的名作《酒泉子》十首就写于这个时候。这里选录其中两首。

一

　　长忆西湖，尽日凭阑楼上望。三三两两钓鱼舟，岛屿正清秋。　　笛声依约芦花里，白鸟成行忽惊起。别来闲整钓鱼竿，思入水云寒。

二

　　长忆观潮，满郭人争江上望。来疑沧海尽成空，万面鼓声中。　　弄潮儿向涛头立，手把红旗旗不湿。别来几向梦中看，梦觉尚心寒。

　　宋元两朝有不少词人和散曲作家写过西湖组词或西湖套曲，但是没有人能超越逍遥子。有好事者用轻绡为潘阆画像，谓之"潘阆咏潮图"。

　　在浙江期间潘阆还写过名诗《岁暮自桐庐归钱塘晚泊渔浦》。

　　　　久客见华发，孤棹桐庐归。
　　　　新月无朗照，落日有余晖。
　　　　渔浦风水急，龙山烟火微。
　　　　时闻沙上雁，一一背人飞。

世人称赞潘阆的诗才,有人把他称为谪仙,认为他是宋朝的李白。和潘阆同时代的翰林学士宋白甚至说"宋朝归圣主,潘阆是诗人",言下之意是潘阆可以离开宋朝单独存在,有一天即使改朝换代,潘阆依然东方不败。潘阆受之无愧,他说自己"搜疑沧海竭,得恐鬼神惊。此外非头念,人间万事轻"。

谋反是十恶不赦的重罪,潘阆却不以为然。他在至道元年(995年)重新回到汴京,经宦官王继恩引荐得到宋太宗赵匡义接见。潘阆施展三寸不烂之舌,愣是说服宋太宗把他赦免。宋太宗不但既往不咎,还赐进士及第并任命潘阆为国子四门助教。

潘阆是个很容易得意忘形的人,他在中条山做和尚的时候就写过"散拽禅师来蹴鞠,乱拖游女上秋千",主动把自己假和尚的身份揭穿。死里逃生并成为国子监最受欢迎的老师后,他故态复萌写了一首《扫市舞》词,其中有"出砒霜,价钱可。赢得拨灰兼弄火,畅杀我。"的句子,大意是只要价钱合适我任何事都可以为你做,包括杀人放火。他的狂妄让朝野震惊。宋太宗愤而追还封赏,下令把潘阆赶出汴梁。

喜欢冒险的潘阆并没有走远。他听王继恩说宋太宗已经年老多病,立刻意识到自己又有机会挑战生命极限。他们和参知政事李昌龄等人密谋立宋太祖之孙赵惟吉为帝。政变再次流产,宋真宗即位后把李昌龄等人一网打尽。逍遥子潘阆果然是逍遥派高手,又一次用凌波微步死里逃生。他故伎重施,穿上袈裟混进舒州潜山寺。舒州就是现在的安徽安庆,潜山就是天柱山。

咸平初年,想吃开封王楼"山洞梅花包子"的潘阆偷偷回到汴京街头,被王楼的小二认出。宋真宗亲自审问。潘阆再次口吐莲花把自己说成大宋忠臣,参与谋反是因为忧国忧民,结果不但无罪释放,还被任命为滁州参军。赴任途中潘阆得意赋诗"高吟瘦马冲残雪,远看孤鸿入断云"。

潘阆是宋朝厚待文人的最好例证。像他这种两次参与谋反的人，在其他朝代只有一种情况可以免死——他本来就是卧底，而且是老师陈抟预先安排的，师徒俩相约共扶宋室。听起来是不是有点像《封神演义》？

　　潘阆晚年烂醉狂歌，遨游大江南北，最后死在泗水一带。有个

《五色芍药图》 清_恽寿平

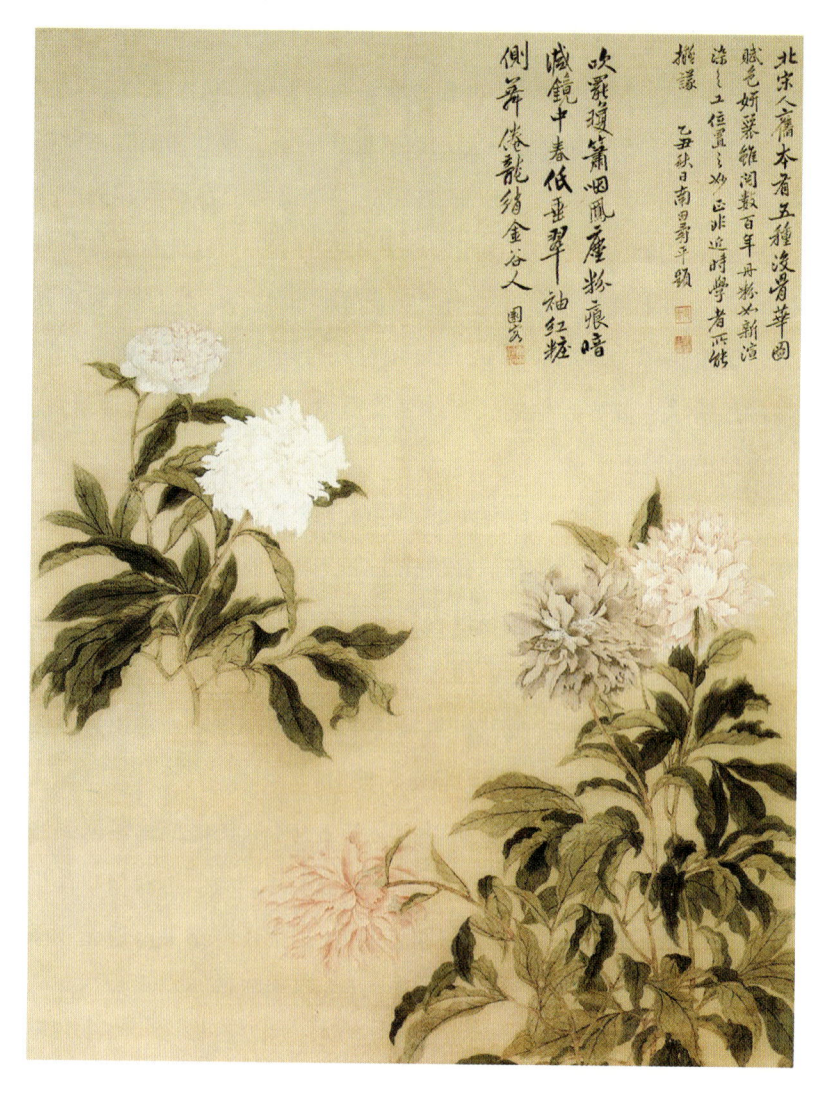

道士遵照他的遗愿,把他迁葬杭州西湖附近山上,和林逋隔湖相望。今天杭州还有"潘阆巷"。潘阆著有《逍遥词》。

除了林和靖和逍遥子,北宋初年还有几位词人的故事值得一提。

徐昌图来自福建莆田,他是清源军节度使陈洪进的亲信,陈洪进派他奉表入宋称臣。宋太祖听过他的才名,把他留在汴京做国子博士、殿中丞。徐昌图的《临江仙》无论用什么标准衡量都堪称经典。

> 饮散离亭西去,浮生常恨飘蓬。回头烟柳渐重重。淡云孤雁远,寒日暮天红。　今夜画船何处?潮平淮月朦胧。酒醒人静奈愁浓。残灯孤枕梦,轻浪五更风。

南唐都城金陵陷落之后,李后主被俘北上,江南诸郡随即放弃抵抗,唯独宣州节度使卢绛拒不投降。赵匡胤派人劝说卢绛。卢绛见继续抵抗毫无意义,只好放下武器。宋太祖任命他为冀州团练副使,但是对他当年英勇抵抗耿耿于怀,开宝八年(975年)找借口把他杀害。

卢绛年轻时有一次得了疟疾,发烧时梦见一位美丽的白衣女子为他演唱《菩萨蛮》。

> 玉京人去秋萧索,画檐鹊起梧桐落。欹枕悄无言,月和清梦圆。　背灯唯暗泣,甚处砧声急。眉黛远山攒,芭蕉生暮寒。

那女子唱完后对他说:"妾耿玉真也,他日富贵相见于固子坡。"后来卢绛被绑缚法场的时候,看见旁边跪着一个白衣美女,容貌和他当年梦见的那个女子简直一模一样,于是和她闲聊。

"请问美女贵姓芳名?"

"免贵,在下耿玉真。"

"你犯了什么罪?"

"长得太美招惹是非。"

"你好像一点都不怕死?"

"怕有用吗?我只希望下辈子依然是个美女。"

"你不怕再次招惹是非?"

"女人长得不美或不注意修饰打扮才是犯罪。"

看着耿玉真满不在乎的样子,卢绛终于明白什么叫视死如归。他本来还担心自己面对死亡会失态崩溃,至此彻底看开。他们受刑的地方正是固子坡。

这个故事见于《南唐书》和《侯鲭录》。因为这首词意境凄美,而且问世过程扑朔迷离,所以人称"鬼词"。

唐宋两朝建立之后,开国元勋基本寿终正寝。汉明两朝恰恰相反,开国功臣大多死于非命。唐宋两朝的建立者李渊和赵匡胤出身贵族或大将,而刘邦只是个小小亭长,朱元璋甚至做过乞丐和尚。很多人包括一些历史学家得出结论,贵族出身的开国皇帝心胸宽广,穷人出身的开国皇帝小肚鸡肠。这样的结论让我们草根阶层听了很不爽,不过刘邦和朱元璋的做法确实让人心凉。上天有好生之德,决定奖励唐宋两朝开国皇帝的善行,分别把李白和苏东坡送给他们的后人。

上天对宋朝的奖励其实早就已经开始,在林逋初遇小梅的那段时间,柳永、范仲淹、张先、晏殊相继出生。他们的年龄相差不到五岁,北宋迎来了第一个群星璀璨的时代。如果加上比晏殊小八岁的欧阳修,阵容之强让人联想到王孟李杜王昌龄同时出现的盛唐。

第二回

一曲新词酒一杯　无数杨花过无影

宋真宗景德元年（1004年），契丹大军浩荡南征。萧太后和辽圣宗的凤辇龙车同时出现在军中。北宋边将奋力抵抗却相继败亡。惊慌失措的宋真宗考虑迁都南方，大部分朝臣也主张避敌锋芒。宰相寇准力排众议，他认为辽军并没有那么可怕，而大宋皇帝出身名将世家，逃跑只能躲避一时，迎战将会威震天下。宋真宗被寇准忽悠，硬着头皮来到澶州前线。澶州就是现在的河南濮阳，这里往北是河北大名，往东是水泊梁山。

辽军名将萧挞凛来到澶州城下挑战。此人曾经在朔州生擒杨家将的代表人物杨业，并迫使高丽王俯首称臣。他的卫队用半生不熟的北宋官话辱骂城上宋军。宋军将士一边对骂一边弯弓搭箭。

寇准制止他们："谁也不准放箭，违令者斩。"

萧挞凛见宋军忍气吞声，带领卫兵拍马靠近。

寇准下令："现在可以放箭了，但是不准射击萧挞凛，违令者斩。"

宋军将士百思不得其解，只好遵命朝其他辽军放箭。

萧挞凛见宋军箭如雨下，自己却毫发未损，不知有诈，催马来到护城河边。

寇准问左右将士："床子弩准备好了吗？"

威虎军头张瑰回答："准备好了。"

床子弩是宋军的秘密武器，可以同时发射三枝标枪一样的长箭，威力惊人。

萧挞凛看见这玩意儿出现，心中有一种不祥的预感。

寇准说："萧将军，你不用怕，我们的床子弩从来没有经过实战。"

"老子横行天下，从来没有怕过任何人。"

"好汉不吃眼前亏，你如果害怕就赶紧走，我们不会在你背后放冷箭。"

"今天我就不走，看你们怎么奈何我老萧。"

寇准转头对张瑰说："好了，你慢慢调校，他暂时不好意思逃跑。"

张瑰射出第一排箭。

三枝长箭呼啸着突入辽军阵中，其中一箭把萧挞凛身边一名虎背熊腰的卫兵击得离鞍飞起，钉在数丈开外的地上。另外两箭虽然落空，但是深深扎入泥土之中。

萧挞凛不禁胆寒，但他害怕遭到宋军耻笑，拒绝后退半步。

第二排箭随即射到。这次命中率提高，两名辽军被穿透。幸存的辽军望着萧挞凛，目光中满是哀求。

萧挞凛心里打鼓，但还是不好意思临阵脱逃。

萧太后和辽圣宗听说萧挞凛在和宋军赌命，赶紧派人命令他回营。随后他们觉得不放心，亲自上马奔向澶州城。

这时城上宋军大声欢呼，十几架床子弩同时出现在澶州城头。萧挞凛身边卫士脆弱的神经再也支持不住，掉转马头逃跑。

萧挞凛的战马本能地跟着转身，但是已经太晚。萧太后和辽圣宗亲眼见证契丹第一勇士被床子弩连人带马做成烤串。

辽军万马齐喑。

宋真宗出现在澶州城头，三军将士山呼万岁，声闻数十里之外。萧太后被迫和北宋谈判。澶渊之盟虽然对北宋略微不利，但是换来百年和平。

寇准不但有政治军事才能，还是一位才华横溢的词人。他的《江南春》悠远缠绵。

波渺渺，柳依依，孤村芳草远，斜日杏花飞。江南春尽离肠断，萍满汀洲人未归。

南宋胡仔在《苕溪渔隐丛话》中感叹："观此语意，疑若优柔无断者。至其端委庙堂，决澶渊之策，其气锐然，奋仁者之勇，全与此诗意不相类。盖人之难知也如此。"

寇准是陕西渭南人，七岁那年他跟父亲登上华山，随口吟咏出一首诗："只有天在上，更无山与齐。举头红日近，回首白云低。"他老爸激动得差点滚下南天门。

神童寇准不是昙花一现，十八岁就考中进士。宋太宗把他比作初唐名相魏征。寇准因为喜欢喝醋，腰间常挂一醋壶，所以民间以为他是山西人，叫他寇老西儿。寇老西儿三十岁左右就官居参知政事，后来做过山南东道节度使，景德初年拜相。

传统评书中的寇准一本正经，但他的词却绸缪婉转。请看他的另一首名作《踏莎行》。

春色将阑，莺声渐老。红英落尽青梅小。画堂人静雨蒙蒙，屏山半掩余香袅。　　密约沉沉，离情杳杳。菱花尘满慵将照。倚楼无语欲销魂，长空黯淡连芳草。

"春色将阑",春色将尽。"红英"即红花,落花叫落英。"密约",男女之间的秘密约定。"菱花"指镜子,古代以铜为镜,铜镜在阳光下会折射出菱花状的光影,因名"菱花镜"。庾信《镜赋》:"照日则壁上菱生。"

他的《阳关引》是当时很有名的送别词。胡仔认为这首词在古今送别曲中排名第一。

塞草烟光阔,渭水波声咽。春朝雨霁轻尘歇。征鞍发。指青青杨柳,又是轻攀折。动黯然,知有后会甚时节。更尽一杯酒,歌一阕。叹人生,最难欢聚易离别。且莫辞沉醉,听取阳关彻。念故人,千里自此共明月。

雨霁指雨后初晴。此词把王维《阳关三叠》拆散重组,用来适应当时流行的曲调。这种做法后来被黄庭坚发扬光大,演变为江西诗派的不二法门"点铁成金""脱胎换骨"。

赵匡胤在公元960年黄袍加身,他完全没有把刚刚登上南唐宝座的李煜放在眼里,随即开始动员大将解甲归田。这就是史上著名典故"杯酒释兵权"。传说寇准的夫人是宋太祖的小姨,身为皇帝连襟的寇老西儿当然清楚赵匡胤兄弟宽宏大量背后隐藏的猜忌杀机,所以他对及时行乐的理解比谁都彻底。他连房子都不买,"有官居鼎鼐,无地起楼台"。他经常彻夜狂欢,把所有的财产都用来换醇酒美人。

有一天他心情很好,随手赏给歌妓五匹绫罗。他的小妾茜桃作诗劝阻:"一曲清歌一束绫,美人犹自意嫌轻。不知织女寒窗下,几度抛梭织得成。"寇准随口反驳:"将相功名终若何,不堪急景似奔梭。人间万事何须问,且向樽前听艳歌。"

宋辽两国结盟后,寇准的声望如日中天。他开始骄傲自满独断

《画草虫》（局部） 清_朱汝琳

专行。寇准三次为相，但每一次在位时间都不长，恃才傲物，晚景凄凉。他是神童出身，却对另一位神童不以为然，只因为此人来自江南。

景德初年，十四岁的晏殊从江西临川来到京城。宋真宗让他和全国各地的举子一起参加考试。晏殊"神气不慑，援笔立成"。复试的时候晏殊发现考题自己做过，主动要求换题并再次一气呵成。宋真宗龙颜大悦，赐同进士出身。寇准反对重用晏殊。宋真宗问他

理由。寇准说晏殊是南方人。真宗反问:"张九龄不是南方人吗?"

此后晏殊先后做过奉礼郎、光禄寺丞、集贤校理、太子舍人。宋真宗让他做太子舍人的理由是"近来群臣热衷宴游,只有你闭门读书"。晏殊老实交代:"其实我也想去玩,只是身上没钱。"宋真宗放声大笑。

晏殊随后做了知制诰、翰林学士,经常为宋真宗排忧解难,深受皇帝信任。宋真宗驾崩时晏殊成为托孤重臣。年仅十岁的宋仁宗登基后,晏殊提请太后垂帘听政。太后心花怒放。晏殊继续青云直上,从右谏议大夫、礼部侍郎迁枢密副使,飞黄腾达的速度比寇准有过之无不及。

据说宋太祖赵匡胤曾在宫中刻石留下遗训:"后世子孙无用南士作相、内臣主兵",但是在晏殊引领下,范仲淹、王安石、欧阳修、文天祥等南方人相继成为宋朝名相。这些宰相大部分是江西人,当我们江西人因此骄傲自豪的时候,总有人提起一个叫严嵩的人,真是讨厌。

宋仁宗宝元元年(1038年),本来同时臣服宋、辽的西夏国王李元昊对自己的职称待遇不满,大张旗鼓造反。宋军连战皆败。晏殊全面分析当时的军事形势,雷厉风行地加强军备,他建议撤销内臣监军,训练弓箭手对付西夏骑兵。宋军士气大振。

晏殊富贵以后开始讲究享受,这是北宋文人的共同追求。晏殊同僚宋庠、宋祁兄弟的故事可以说明北宋文人的生活态度。宋庠拜相之后,上元夜在书房读《周易》,听说身为翰林学士的小宋彻夜狂欢,第二天让亲友提醒弟弟:"相公寄语学士,听说昨晚烧灯夜宴,挥金如土,难道忘了当年刻苦读书?"宋祁毫不客气地反驳:"当年我们刻苦读书不就是为了今天挥金如土?"

晏殊才学不在苏东坡之下,可是最终成就不如苏东坡,主要原因就是一生养尊处优忙于应酬。他的七言律诗《寓意》写的就是富贵安闲、百无聊赖的生活。

> 油壁香车不再逢，峡云无迹任西东。
> 梨花院落溶溶月，柳絮池塘淡淡风。
> 几日寂寥伤酒后，一番萧索禁烟中。
> 鱼书欲寄何由达，水远山长处处同。

油壁香车，古代妇女所坐的马车，因车厢涂刷了油漆而得名。李贺《苏小小墓》："油壁车，夕相待。"

据南宋叶梦得《避暑录话》记载，"晏元献喜宾客，未尝一日不宴饮"。晏府的后厨就像现在生意兴隆的酒楼，随时都在煲汤炖肉。当时正是北宋全盛时期，契丹已经和解，金国尚未崛起，西夏虽然兴风作浪但还不能让北宋伤筋动骨，所以晏殊最烦恼的就是流光容易把人抛。下面这首《浣溪沙》就是他在酒宴上的即兴之作。

> 一向年光有限身，等闲离别易销魂，酒筵歌席莫辞频。
> 满目山河空念远，落花风雨更伤春，不如怜取眼前人。

自古以来中国的著名文人不乏帝王将相，但曹植、李煜受尽屈辱、英年早逝，王安石壮志未酬，欧阳修等人也经历过政治风波，一生荣华富贵顺遂完美的只有晏殊。

晏殊的另一首《浣溪沙》更有名，也更容易引起共鸣。

> 一曲新词酒一杯，去年天气旧亭台，夕阳西下几时回。
> 无可奈何花落去，似曾相识燕归来，小园香径独徘徊。

这首词表面伤春实为怀人：你随落花流逝却不随燕子归来，留下我徘徊小园香径，在夕阳西下的黄昏，在我生命中的每一天。

晏殊词都是小令，传世词集《珠玉词》没有一首长调。以晏殊的才学完全可以把长调写好，但是他根本不愿意伤神动脑。小令之中又以《浣溪沙》写得最好，除了前面两首脍炙人口的神作，下面几首也为人称道。

一

玉碗冰寒滴露华，粉融香雪透轻纱，晚来妆面胜荷花。

鬓亸欲迎眉际月，酒红初上脸边霞。一场春梦日西斜。

《秉烛夜游图》 南宋_马麟

古代富贵人家冬天藏冰于地窖，夏天用玉碗盛冰消暑。"粉融"指脂粉与汗水融和。"香雪"指女子肌肤胜雪。"鬓亸"即鬓发下垂，"亸"和"堕"音同义近。"眉际月"，古时女子两眉之间的月亮形妆饰。

二

小阁重帘有燕过，晚花红片落庭莎，曲栏杆影入凉波。
一霎好风生翠幕，几回疏雨滴圆荷，酒醒人散得愁多。

庭莎，庭院里所生的莎草。

晏殊少年得志平步青云，有时难免盛气凌人。有一天他批评年轻随从办事不力，随从不服气在嘴里碎碎念，晏殊一气之下随手用朝笏打过去，随从的门牙被打断。那时没有补牙技术，这位随从自此狗窦大开，每天都有人要求参观，他的断牙成为汴京一景。

宋真宗把晏殊比作张九龄，张九龄最先看出安禄山有谋反野心，晏殊也有一双慧眼。当时的杰出人才韩琦、范仲淹、富弼、欧阳修、张先等人都是他的学生或门人，富弼还娶了他的千金。有人在晏府庭前写了一副对联："门前桃李重欧苏，堂上葭莩推富范。"

庆历二年（1042年）晏殊登上仕途最高峰，以枢密使加平章事，也就是兼任总理和国防部长。次年以检校太尉刑部尚书同平章事，晋中书门下平章事，同时还是集贤殿学士兼枢密使，几乎囊括所有军政要职。在出身寒门的中国著名文人中，晏殊可谓登峰造极。

王安石做浙江鄞县县令时属下有个小吏汪元吉。汪元吉的儿子汪洙后来官至观文殿大学士。汪洙编写过一组《神童诗》，其中说到"天子重英豪，文章教尔曹。万般皆下品，惟有读书高""朝为田舍郎，暮登天子堂。将相本无种，男儿当自强"。晏殊很可能是汪洙这首神童诗的原型。

晏殊喜欢南唐冯延巳词，自己的作品也和冯词风格接近，而欧阳修等人出自他门下，自然深受影响，所以晏殊实际上决定了宋词的发展方向。

采桑子

时光只解催人老，不信多情，长恨离亭，滴泪春衫酒易醒。　　梧桐昨夜西风急，淡月胧明，好梦频惊。何处高楼雁一声。

玉楼春

绿杨芳草长亭路，年少抛人容易去。楼头残梦五更钟，花底离愁三月雨。　　无情不似多情苦，一寸还成千万缕。天涯地角有穷时，只有相思无尽处。

李璟、李煜和晏殊、晏几道都是著名的父子词人。李煜的传世作品在数量上远超李璟，但是骊山高处入青云，仙乐风飘处处闻，李璟的得意之作已经堪称天工开物，李煜从未到达那个高度。晏殊父子同样如此，晏几道的才学几乎青出于蓝，但他未能继承晏殊的高华悠远。

晏殊的《蝶恋花》是最完美的宋词之一。

槛菊愁烟兰泣露，罗幕轻寒，燕子双飞去。明月不谙离恨苦，斜光到晓穿朱户。　　昨夜西风凋碧树，独上高楼，望尽天涯路。欲寄彩笺兼尺素，山长水阔知何处。

王国维《人间词话》说古今之成大事业、大学问者必经过三种之境界，其中第一种境界就是"昨夜西风凋碧树。独上高楼，望尽天涯路。"

至和二年（1055年）晏殊在汴京病逝，宋仁宗亲往祭奠，追赠晏殊为司空，谥"元献"。晏殊地位崇高，宋人一般尊称他为晏元献，我从未看见有人直呼其名。他的词集中没有一首是"次韵"之作，从不随声附和。

《青箱杂记》的作者吴处厚是经常去晏府蹭饭的文士之一，他说晏殊风骨清羸不喜食肉，每读韦应物诗，爱之曰"全没些脂腻气"。下面这首《破阵子》就是晏殊词没有脂腻气的范例。

> 燕子来时新社，梨花落后清明。池上碧苔三四点，叶底黄鹂一两声，日长飞絮轻。　　巧笑东邻女伴，采桑径里逢迎。疑怪昨宵春梦好，元是今朝斗草赢，笑从双脸生。

《破阵子》词牌杀气腾腾剑拔弩张，晏殊写的却是太平景象儿女情长。张先的《木兰花·乙卯吴兴寒食》和这首词非常相像。

> 龙头舴艋吴儿竞，笋柱秋千游女并。芳洲拾翠暮忘归，秀野踏青来不定。　　行云去后遥山暝，已放笙歌池院静。中庭月色正清明，无数杨花过无影。

在我看来这是张先最好的词，描述的也是宋朝最好的时光。宋朝的张先就像唐朝的贺知章，他们的一生正好和王朝的全盛时期重叠，寿命都很长，当他们离开的时候，王朝也开始走向衰亡。

宋仁宗皇祐二年（1050年），晏殊以户部尚书、观文殿大学士知永兴军，出镇汉唐旧京陕西长安。他征辟张先为通判。张先比晏殊还大一岁，但晏殊却是他的老师。张先和欧阳修都是在晏殊做主考的宋仁宗天圣八年（1030年）进士及第，按照封建社会的伦理，这

是最正统的师生关系。

张先中进士后做过宿州掾和嘉禾判官。当他和老师晏殊在长安永兴军重聚的时候，两人都已是花甲老人。不过让人意想不到的是，几年之后清心寡欲的晏殊永垂不朽，而花天酒地的张先又活了三十年，直到九十岁才离开人间。

江西临川人晏殊虽然后来位极人臣，但小时候却是农家子弟，而浙江湖州人张先虽然官场不如意，但却从来没有节衣缩食的经历。太湖周围自古以来就是中国最富裕的地区，太湖士子考试做官通常是为了虚名而不是实利，一旦他们连虚名也看破了，就会像张翰一样借口思念故乡莼菜鲈鱼挂冠归去。老子说"夫唯不争，故天下莫能与之争。"因为对名利不是那么在意，太湖士子反而在科举考场天下无敌，明清两朝科举考试盛况空前人数众多，苏州才子把将近一半的状元据为己有。

> 水调数声持酒听，午醉醒来愁未醒。送春春去几时回？临晚镜，伤流景，往事后期空记省。　沙上并禽池上暝，云破月来花弄影。重重帘幕密遮灯。风不定，人初静，明日落红应满径。

张先这首《天仙子》描述了文人学士最理想的生活方式，"云破月来花弄影"又是点睛之笔。王国维《人间词话》说："云破月来花弄影，着一'弄'字而境界全出矣。"

翰林学士宋祁曾经写过一首《木兰花》。

> 东城渐觉风光好，縠皱波纹迎客棹。绿杨烟外晓寒轻，红杏枝头春意闹。　浮生长恨欢娱少，肯爱千金轻一笑。为君持酒劝斜阳，且向花间留晚照。

《墨竹图》 北宋_文同

"縠皱波纹迎客棹",平波细浪迎客船。"縠皱",即皱纱,有皱褶的纱。"棹",船桨,这里代指船。"浮生"指飘浮无定的短暂人生,语出《庄子》:"其生若浮,其死若休。""肯爱千金轻一笑",出自成语"千金一笑",周幽王为了博得绝代佳人褒姒一笑,不惜烽火戏诸侯。"肯爱",不惜。"晚照",夕阳的余晖。

宋祁后来做了工部尚书,因此得名"红杏尚书"。有一天他身穿便服前去拜访张先。张家的门童问他有何贵干。

宋祁说:"我想见'云破月来花弄影郎中',可以吗?"

张先远远认出宋祁,赶紧出门相迎。

"原来是'红杏枝头春意闹尚书'到了,请进!"

两人相对大笑。

张先是个浮云浪子,一生只爱风花雪月。传说他年轻时曾经爱上一个小尼姑,老尼姑知道后把小尼姑软禁在湖心小岛的阁楼上,两个小情人只能在夜深人静的时候暗度陈仓。他们的恋情最后被灭绝师太拆散,张先因此写了《一丛花令》。

伤高怀远几时穷?无物似情浓。离愁正引千丝乱,更东陌、飞絮蒙蒙。嘶骑渐遥,征尘不断,何处认郎踪?

双鸳池沼水溶溶,南北小桡通。梯横画阁黄昏后,又还是、斜月帘栊。沉恨细思,不如桃杏,犹解嫁东风。

"千丝"指杨柳万千条。"桡",划船的桨,这里指船。"梯横",梯子已被横放起来,即撤掉了。"帘栊",带帘子的窗户。"犹解嫁东风",还懂得随东风归去。李贺《南园十三首》之一:"可怜日暮嫣香落,嫁与东风不用媒。"

欧阳修特别喜欢这首词。他和张先虽是进士同年,可是已经多年未见,所以一再捎信希望会面。张先听说后从南方特意来京。欧阳修大排宴席并安排家人列队欢迎。家人问什么人需要这么隆重？欧阳修说："此乃'桃杏嫁东风'郎中。"

因为《行香子》词中有名句"心中事，眼中泪，意中人"，张先被人称为"张三中"。他觉得这个名号太普通，为什么不叫我"张三影"呢？"云破月来花弄影""娇柔懒起，帘幕卷花影"和"柔柳摇摇，堕轻絮无影"才是我的得意之作。世人遂称他为"张三影"。

英宗治平元年（1064年），七十四岁的张先以尚书都官郎中致仕，此后他经常坐船往返杭州和故乡湖州之间。他的游艇上总有歌儿舞女花枝招展。运河两岸没钱娶妻的光棍群情激愤，要求河道官员禁止张先通行。

苏轼来到杭州做通判后常邀张先同游西湖，此时张先已经八十出头。有一天苏轼接到张先请柬去参加婚宴，他以为是张先的子孙成亲，到那一看新郎竟是打扮得像南极仙翁的张先。张先当场为新娘赋诗一首："我年八十卿十八，卿是红颜我白发。与卿颠倒本同庚，只隔中间一花甲。"苏轼写诗调侃："十八新娘八十郎，苍苍白发对红妆。鸳鸯被里成双夜，一树梨花压海棠。"从此"一树梨花压海棠"成为老夫少妻的委婉说法。

据说张先几年之后又娶一小妾，苏轼应邀赴宴并再次调侃张先"诗人老去莺莺在，公子归来燕燕忙"。不过这一次张先似乎没有上次高兴，以"愁似鳏鱼知夜永，懒同蝴蝶为春忙"回应。

宋神宗元丰元年（1078年），一生狂荡的张先驾鹤西归，享年八十九岁。

张先还写过很多清词丽句，比如"昨日乱山昏，来时衣上云"，"惜恐镜中春，不如花草新"，"何处断离肠，西风昨夜凉"。

晚清著名词论家陈廷焯对张先评价最高，他的《白雨斋词话》说："张子野词，古今一大转移也。前此则为晏、欧，为温、韦，体

段虽具，声色未开。后此则为秦、柳，为苏、辛，为美成、白石，发扬蹈厉，气局一新，而古意渐失。子野适得其中，有含蓄处亦有发越处，但含蓄不似温、韦，发越亦不似豪苏腻柳。规模虽隘，气格却近古。自子野后一千年来，温、韦之风不作矣，亦令我思子野不置。"

第三回

衣带渐宽终不悔　　为伊消得人憔悴

晚唐词人张泌有天傍晚在长安郊外散步，一驾宝马香车从他身边经过。春风轻轻掀起马车的窗帘，有个千娇百媚的少妇坐在窗前。马车穿过城门进入长安，张泌假装醉酒一路随行。车上的美少妇发现他在跟踪，说声"这小子色胆包天"。张泌被揭穿以后不好意思再装醉汉，眼睁睁看着马车消失在华灯初上的帝城。张泌回到自己的寒舍怅然若失，写下名作《浣溪沙》纪念这次艳遇。

晚逐香车入凤城，东风斜揭绣帘轻，慢回娇眼笑盈盈。
消息未通何计是？便须佯醉且随行，依稀闻道太狂生。

北宋才子宋祁也有过类似的经历。有天他骑马闲逛到开封繁台街，一辆皇家马车从他身边经过，车上美丽的宫女掀帘看了他一眼之后说："小宋也。"她说话时满面春风，显然以认出宋祁为荣。

宋祁没想到宫中美女也认识自己，激动得把全身所有值钱的东

西都送给了乞讨的孩子,随后鞭马冲出汴京,一路狂奔到达新郑。肚子饿了的时候才想起身无分文,只能把马卖了换钱,两天之后辗转回到开封。他的失踪已经惊动做宰相的大哥宋庠和开封府包大人。包龙图本着"有案破案,没案找案"的法治精神,追问他这几天去了哪里。宋祁只好假装失忆。

过几天宋祁恢复精神,填了一首《鹧鸪天》纪念美丽宫娥的垂青。

画毂雕鞍狭路逢,一声肠断绣帘中。身无彩凤双飞翼,心有灵犀一点通。　金作屋,玉为笼,车如流水马游龙。刘郎已恨蓬山远,更隔蓬山一万重。

这首词及其写作背景很快流传汴京,逐渐传入内廷。宋仁宗知道后召集宫人查问:"是谁在路上招呼小宋?"

《荷花图》　北宋_佚名

那位宫女自知不可能隐瞒，所以上前承认："是我。"

"你怎么会认识小宋呢？"

"以前在宫中侍宴的时候，皇帝宣召翰林学士，内监说他是小宋。那天在街上看见宋学士经过，我就忍不住脱口而出。"

宋仁宗随后把宋祁召来，故意板着脸提起这事。宋祁吓得魂不附体。宫女名义上都是皇帝的女人，普通人爱慕她们不但是痴心妄想，而且涉嫌对皇帝不敬。

正当宋祁以为大祸临头的时候，宋仁宗放声大笑，说声"蓬山不远"，把那宫女送给宋祁。

宋仁宗对宋祁有古代仁君之风，但对另一位更有名的词人却不够宽容。

在跟随李后主北上降宋的南唐官员中，有个监察御史柳宜。此人在历史上默默无闻，但他有个大名鼎鼎的儿子。柳宜是个正人君子，走路从来目不斜视，但他儿子打小就不正经，上街只看美食美女。估计当年孔子得出"食色性也"的结论，就是因为见过这样的小坏蛋。

身为李后主的臣子，柳宜当然也能填词，可是他的词和他本人一样无趣。宫廷宴会上每次轮到他朗诵自己的词，南唐君臣立刻鼾声大起。到了北宋之后，困扰宋太宗多年的失眠竟然因此不药而愈。宋太宗下旨任命柳宜为工部侍郎专门制作催眠曲。柳宜的催眠曲在民间几乎无人知晓，但他儿子柳永的词却脍炙人口，"凡有井水处，即能歌柳词"。

柳宜是柳宗元的后人，祖籍河东即今山西永济。他在五代战乱时南下避难福建崇安。柳永出生在父亲做官的山东任城。宋太宗淳化三年（992年），柳宜通判广西全州时把柳永留在崇安，柳永在武夷山中度过自己的童年。

随着柳宜的逐渐升迁，柳永也来到京城并迅速成名，他最喜欢

去汴河两岸的勾栏瓦舍厮混。官宦子弟争风吃醋都是倚仗父辈名爵，柳三变却只需要一曲清歌。柳宜对旧主李煜的才华由衷佩服，但他亲眼见证李后主填词惹来杀身之祸，所以并不鼓励柳永写歌。他督促儿子读万卷书，希望柳永能够通过考试进入仕途，随后觉得柳永在繁华的汴京不可能安心读书，又强迫儿子行万里路。

柳永被迫告别那些王孙公子朋友，独自辞亲远游。他后来善写羁旅行役，也算因祸得福。柳永年少成名，多首金曲天下流传，称霸排行榜最久的是《雨霖铃》。

寒蝉凄切，对长亭晚，骤雨初歇。都门帐饮无绪，留恋处、兰舟催发。执手相看泪眼，竟无语凝噎。念去去、千里烟波，暮霭沉沉楚天阔。　多情自古伤离别，更那堪，冷落清秋节。今宵酒醒何处？杨柳岸，晓风残月。此去经年，应是良辰好景虚设。便纵有千种风情，更与何人说？

人们通常认为古代的词相当于现在的流行歌曲，但我认为词更接近民歌。流行歌曲一旦时过境迁，往往找不到感觉甚至令人生厌，只有词和优美的民歌可以永远打动人心。柳永的这首《雨霖铃》艺术成就远在寇准《阳关引》之上，这才是真正的古今送别词第一。

另一首名作《八声甘州》可以看作《雨霖铃》的姐妹篇。婉约词的主角一般都是女子，但这首词的主角明显是柳永本人。

对潇潇暮雨洒江天，一番洗清秋。渐霜风凄紧，关河冷落，残照当楼。是处红衰翠减，苒苒物华休。惟有长江水，无语东流。　不忍登高临远，望故乡渺邈，归思难收。叹年来踪迹，何事苦淹留。想佳人、妆楼颙望，误几回、天际识归舟。争知我、倚阑干处,正恁凝愁。

"渐霜风凄紧,关河冷落,残照当楼"雄浑苍凉,苏东坡和他的弟子晁补之都非常欣赏,认为可以和最好的唐诗斗胜争强。"红衰翠减"指花落叶残。"苒苒"即荏苒,指时光消逝。"淹留",长期停留。"颙望",抬头凝望,"颙"一作"长"。"争知",怎知。"恁",如此。

据南宋俞文豹《吹剑续录》记载,苏东坡做翰林学士的时候,有位幕僚是唱歌高手。苏东坡问幕僚:"我词比柳词何如?"对方回答说:"柳郎中词,只合十七八女孩儿,执红牙檀板,歌'杨柳岸晓风残月';学士词,须关西大汉,铁板铜琶,唱'大江东去'。"苏东坡为之绝倒。这段话既是说柳永词和东坡词的区别,也是说婉约词和豪放词的区别。不过从上面引用的两首作品来看,柳词并非只有一种风格。苏东坡豪放之外兼能婉约,柳永也并非只写晓风残月。

柳永和晏殊是同龄人,两人才学不相上下。身为工部侍郎的公子,柳永的起点要比寒门子弟晏殊高,可是晏殊成为文人飞黄腾达的典范,柳永却一生沉沦。晏殊所有词都是小令,而柳永名作几乎全是长调。长调的写作难度肯定远远超过小令,自负才学的柳永似乎故意在和晏殊较劲。

玉蝴蝶

望处雨收云断,凭阑悄悄,目送秋光。晚景萧疏,堪动宋玉悲凉。水风轻,𬞟花渐老;月露冷,梧叶飘黄。遣情伤。故人何在?烟水茫茫。　　难忘,文期酒会,几孤风月,屡变星霜。海阔山遥,未知何处是潇湘。念双燕,难凭远信;指暮天,空识归航。黯相望,断鸿声里,立尽斜阳。

"宋玉悲凉"指悲秋，出自宋玉《九辩》："悲哉！秋之为气也，萧瑟兮草木摇落而变衰。"

除了送别词登峰造极，好得让人无语，柳永的另一个绝招就是写男女情事，正是这些词使他更受欢迎也更遭非议。

柳永离开京城后先是来到洞庭湖边，因为他记得楚王好细腰、湘女最多情；后来长期滞留山温水软的江南。每个城市的花街柳巷就是他的连锁酒店集团。杜牧"十年一觉扬州梦，赢得青楼薄幸名"，柳永恰好相反，在歌儿舞女中特别受欢迎。柳永笔下的歌妓"心性温柔，品流祥雅，不称在风尘""丰肌清骨，容态尽天真"，可惜"一生赢得是凄凉"，一如他自己的命运。当时名妓谢玉英、陈师师等都和柳永关系很好，柳永的歌词让她们身价倍增，她们也在柳永穷困潦倒的时候解囊相助。

蝶恋花

伫倚危楼风细细，望极春愁，黯黯生天际。草色烟光残照里，无言谁会凭阑意。　　拟把疏狂图一醉，对酒当歌，强乐还无味。衣带渐宽终不悔，为伊消得人憔悴。

"危楼"即高楼。"草色烟光残照里，无言谁会凭阑意"写心上人不在身边的惆怅，堪比冯延巳的"细雨湿流光，芳草年年与恨长"。它们都是千年一见的咏草华章。

"衣带渐宽终不悔，为伊消得人憔悴"也是王国维"古今之成大事业、大学问者"必须经过的三种境界之一，上承晏殊"昨夜西风凋碧树。独上高楼，望尽天涯路"，下接辛弃疾"众里寻他千百度，蓦然回首，那人却在灯火阑珊处"。

柳永的《定风波》使他成为很多正统文人攻击的目标。

自春来，惨绿愁红，芳心是事可可。日上花梢，莺穿柳带，犹压香衾卧。暖酥消，腻云嚲。终日恹恹倦梳裹。无那，恨薄情一去，音书无个。　早知恁么，悔当初、不把雕鞍锁。向鸡窗、只与蛮笺象管，拘束教吟课。镇相随，莫抛躲，针线闲拈伴伊坐。和我。免使年少，光阴虚过。

"鸡窗"指书窗或书房，语出《幽明录》："晋兖州刺史沛国宋处宗尝得一长鸣鸡，爱养甚至，恒笼著窗间。鸡遂作人语，与处宗谈论极有言智，终日不辍。处宗因此言巧大进。""蛮笺象管"指纸笔，蛮笺是古代四川产的彩色笺纸，象管即象牙做的笔管。

据说柳永曾往晏殊府上求见，希望得到晏殊引荐。晏殊问："听说你写过很多歌词？"柳永回答："相公不是也写过吗？"晏殊说："我是写过，但我从来不写'针线闲拈伴伊坐'。"

李清照点评过前辈词人，几乎所有词人在她眼里都有缺点，不是不协音律，就是以诗为词。柳永不存在这两个问题，她只好攻击柳永"词语尘下"。

不过柳永有些词确实写得非常放荡。比如《凤栖梧》。

蜀锦地衣丝步障。屈曲回廊，静夜闲寻访。玉砌雕阑新月上，朱扉半掩人相望。　旋暖熏炉温斗帐。玉树琼枝，迤逦相偎傍。酒力渐浓春思荡，鸳鸯绣被翻红浪。

明清狭邪小说家常用"帐滚流苏，被翻红浪"来形容男女在一起锻炼身体，柳永就是他们的祖师。

就在柳永滞留江南期间，当年和他一起在汴京厮混的好友孙何来到杭州做两浙转运。囊空如洗的柳永想找孙何要点酒钱，来到转运使衙门求见。孙何害怕柳永揭穿他当年的轻薄无行，所以不让门

卫通传。

柳永填了首《望海潮》交给杭州当红歌女。这位歌女爱不释手,在孙何宴席上迫不及待一展歌喉。

> 东南形胜,三吴都会,钱塘自古繁华。烟柳画桥,风帘翠幕,参差十万人家。云树绕堤沙,怒涛卷霜雪,天堑无涯。市列珠玑,户盈罗绮,竞豪奢。 重湖叠巘清嘉,有三秋桂子,十里荷花。羌管弄晴,菱歌泛夜,嬉嬉钓叟莲娃。千骑拥高牙,乘醉听箫鼓,吟赏烟霞。异日图将好景,归去凤池夸。

歌女唱完之后,满座官员击节叫好。

孙何随口问:"这歌辞是谁写的?"

"柳三变。他说他是大人的朋友,特意写这首歌祝贺大人升迁。"

在座官员恭维孙大人的朋友都是才子佳人,果然物以类聚人以群分。孙何只好开门接见柳三变。

这首词很快传遍天下。南宋初年金国摄政王完颜亮看到后"遂起投鞭渡江之志",带领六十万大军奔袭杭州,因为轻敌在采石矶遭到临危受命的虞允文痛击。完颜亮移师扬州打算从瓜州过江,在兵变中被部将杀死。

南宋诗人谢驿认为柳永的《望海潮》是这场战争的罪魁祸首,"谁把杭州曲子讴?荷花十里桂三秋。那知卉木无情物,牵动长江万里愁。"《鹤林玉露》的作者罗大经不以为然,他认为这首词诱杀敌国名王,柳永应该得到表扬。

宋朝进士虽然不如唐朝进士那样稀罕荣耀,但依然四海扬名天下瞩目。柳永的父亲、叔叔、哥哥、儿子、侄子都是进士,家里到处张挂着进士及第的牌匾锦旗,他压力山大,经常躲在花街柳巷不敢回家。

柳永和温庭筠才华命运非常相近，柳三变就是宋朝的温飞卿。据说温庭筠当面羞辱过微服私访的唐宣宗，以致他出任隋县尉的时候，唐宣宗亲自给他写委任状，说他"徒负不羁之才，罕有适时之用"。无独有偶，类似的事情也发生在柳永身上。

柳永落榜之后心怀怨恨，愤而写下《鹤冲天》。

> 黄金榜上，偶失龙头望。明代暂遗贤、如何向？未遂风云便，争不恣狂荡，何须论得丧。才子词人，自是白衣卿相。　烟花巷陌，依约丹青屏障。幸有意中人、堪寻访。且恁偎红倚翠，风流事、平生畅。青春都一饷，忍把浮名，换了浅斟低唱。

"龙头"即状头、状元。"白衣卿相"是唐朝人对举子的尊称，意谓举子虽然穿着平民白衣但前途无量。"偎红倚翠"出自北宋陶谷《清异录》，据说南唐后主李煜曾微服私访娼家，自题名为"浅斟低唱，偎红倚翠大师，鸳鸯寺主"。

可能是因为柳永文章明显好过其他举子，有个主考动了恻隐之心，让柳永通过了礼部考试。进士试卷送交皇帝审阅的时候，宋仁宗正在水榭凭栏观鱼，他看见柳永的名字，想起《鹤冲天》里的这句"忍把浮名，换了浅斟低唱"，一气之下把柳永的试卷撕碎喂鱼，亲自批示：此人好去浅斟低唱，何要浮名？且填词去。

柳永听到自己落榜的原因后，放声大笑。他特意请人做了个旗幡，上书"奉旨填词"，招摇过市。

柳永直到景祐元年（1034年）才改名考取进士，此时他已经年近五十。随后做了睦州团练推官、余杭令。

柳永的《少年游》写于晚年，他已经没有了当年那种"莫愁前

路无知己,天下谁人不识君"的自信豪爽,我们看到的只有"世事茫茫难自料,春愁黯黯独成眠"的忧患迷惘。

长安古道马迟迟,高柳乱蝉嘶。夕阳鸟外,秋风原上,目断四天垂。　归云一去无踪迹,何处是前期。狎兴生疏,酒徒萧索,不似少年时。

"狎兴"即玩兴。

后来柳永监管定海晓峰盐场,做过泗州判官和太常博士,官终屯田员外郎,世称"柳屯田"。

他去世的说法多种多样,由此也可以看出柳永的影响。清朝大诗人王士祯认为他葬在江苏仪征,并赋《真州绝句》纪念:"江乡春事最堪怜,寒食清明欲禁烟。残月晓风仙掌路,何人为吊柳屯田。"

柳永不但是个顶级词人,而且是为词国开疆拓土的功臣。他的很多词牌都是自己发明创造,而且改变了唐朝以来以小令为主的风潮,主打慢词长调。柳永还用民间口语大量写作"俚词",因此《碧鸡漫志》作者王灼说柳词"浅近卑俗,自成一体,不知书者尤好之。"

柳词当时就已经名扬中外。柳永字耆卿,和他同时的翰林学士范缜承认:"仁宗四十二年太平,缜在翰苑十余载,不能出一语咏歌,乃于耆卿词见之。"王灼特别推崇柳永,他把柳永比作屈原、宋玉,"离骚寂寞千载后,戚氏凄凉一曲终。"《戚氏》是柳永最长的词。

宋辽两国在公元 1005 年结盟,此后直到公元 1115 年女真首领完颜阿骨打建立"大金",两国之间基本没有发生战争。很多学者因此高度评价澶渊之盟。不过双方结盟只是宋辽百年和平的原因之一,我认为更主要的原因是西夏的崛起。

在西夏历史上，李元昊的祖父李继迁是第一位民族英雄。明末农民起义领袖李自成生长的村子就叫李继迁寨，所以他很可能是党项族人。李元昊青出于蓝，比李继迁更有远见，据苏轼《东坡志林》记载，李元昊在十三岁的时候就看出西夏和北宋的边境互市对本民族不利，要求父亲李德明停止马匹贸易。

李元昊称帝后立刻和宋朝开战，歼灭宋军精锐数万，并在河曲之战中击败带领十万大军御驾亲征的辽兴宗，奠定了宋辽夏三分天下的局面。西夏全盛时期总兵力接近五十万，宋辽这两个曾经的宗主国不得不联手制衡。

宋辽结盟和宋夏战争背后运筹帷幄的都是北宋著名词人，这种现象在中国历史上绝无仅有。由此可见北宋确实是文人地位最高的王朝，南宋以后再也没有著名文人执掌虎符。

宋仁宗康定元年（1040年），韩琦与范仲淹同时被任命为陕西经略安抚副使。他们的顶头上司陕西经略安抚招讨使夏竦值得一提，因为他不但是朝廷重臣，还是当时著名文人。

晚唐韦庄和五代和凝为了自身形象放弃诗词版权，和凝甚至不惜重金购买自己的词集销毁，这种行为在宋人看来完全是多此一举。宋人填词犹如唐人写诗，算是文人学士的基本修养，不会填词反而会被人看作文盲。就连《资治通鉴》的编著者大儒司马光都写过《西江月》，妩媚动人风姿绰约。

> 宝髻松松挽就，铅华淡淡妆成。青烟翠雾罩轻盈，飞絮游丝无定。　相见争如不见，有情何似无情。笙歌散后酒初醒，深院月斜人静。

你不但要会填词，而且最好能把词写得婉约轻扬。苏东坡和辛弃疾词风豪放，他们遭到的非议远远超过他们得到的赞扬。李清照

就认为东坡词不是本色当行。

夏竦的《喜迁莺》以场面浩大著称。王国维把这首词和李白《忆秦娥》、范仲淹《渔家傲》相提并论。

> 霞散绮，月沈钩，帘卷未央楼。夜凉河汉截天流，宫阙锁清秋。　　瑶阶曙，金盘露，凤髓香和烟雾。三千珠翠拥宸游，水殿按凉州。

"霞散绮"化用南朝谢朓的"余霞散成绮，澄江静如练。""绮"指有花纹的丝织品，"练"通常是指白练，即没有花纹的丝织品。"金盘露"，汉武帝曾造承露盘接收天上的露水，据说和玉屑一起服用可以长生不老。"凤髓"是一种异香的名字。"珠翠"指珠光宝气的宫女。"宸"本指北极星（北辰）所在，天帝所居，后来引申为皇位、帝居，杜甫写过"北极朝廷终不改，西山寇盗莫相侵。""水殿"指建在水上的宫殿。"按"，演奏。"凉州"是歌舞名，唐朝很多诗人写过《凉州曲》。

进士考试在宋朝成为读书人做官的主要途径，夏竦却不是进士出身。他父亲夏承皓是个武官，在和契丹游骑遭遇时英勇牺牲。夏竦作为烈属破格录用为润州丹阳县主簿。他在湖北安陆做过安州知州。安州是当年诗仙李白做倒插门女婿的地方，也是北宋才子宋庠、宋祁的故乡。

宋氏兄弟当时已经小有名气，有一天夏竦让他们以落花为题赋诗。宋庠写了"汉皋佩冷临江失，金谷楼危到地香"，宋祁写了"将飞更作回风舞，已落犹成半面妆"。夏竦据此预测兄弟俩的前程，他说"咏落花而不言落，大宋一定状元及第，而且风骨秀重，将来可以做宰相；小宋不如大宋，但也有望成为皇帝近臣。"后来果然应验。

夏竦名作除了《喜迁莺》，还有一首楚楚可怜的《鹧鸪天》。

> 镇日无心扫黛眉，临行愁见理征衣。尊前只恐伤郎意，阁泪汪汪不敢垂。　停宝马，捧瑶卮，相斟相劝忍分离。不如饮待奴先醉，图得不知郎去时。

夏竦是江西德安人。自从晏殊以神童出道，官至宰相并成为文坛领袖之后，江西学子突然集体开窍，欧阳修、王安石、曾巩、黄庭坚、杨万里、胡铨、姜夔、刘过、刘辰翁、文天祥都是江西人。辛弃疾南归之后大部分时间也在江西归隐。王勃《滕王阁序》说豫章故郡物华天宝人杰地灵，江西到了宋朝方才当得起如此盛赞。

第四回

范仲淹从军塞下　欧阳修泪眼问花

宋仁宗赵祯做了四十二年的太平天子，晏殊在他身边做了三十年的太平宰相。满朝文武上朝的时候都盯着沙漏，盼望太监早点宣布退朝。宋仁宗知道他们要去晏殊家里彻夜欢宴，多次暗示大家带他一起玩。大家都假装没有看见皇帝渴望的眼神。

北宋君臣都想参加晏殊府上的诗酒高会，晏殊的门生故吏范仲淹、欧阳修更是从不迟到早退。有一天大家聊起早年的穷困，感慨万千。

晏殊说："我小时候一年到头也吃不上几回肉，那时我最大的愿望不是出将入相，而是做个可以经常吃肉的屠夫或木匠。我们村屠夫的女儿身高体壮，夏天我常常躲在她的阴影里乘凉，但她是我眼里最漂亮的姑娘。"

满堂宾客哄堂大笑。

晏殊接着说："家里连买油盐的钱都没有，我每天必须早起砍柴挑到临川城里去卖，回家之后接着放牛，只有在放牛的时候才有时间看书。我有个姑姑嫁给了城里的殷实人家,在街上看见我瘦得皮包骨头,请我去饭馆吃了一顿猪头肉。这顿饱饭让我永生难忘,做官之后我送给姑姑一座高楼。"

范仲淹说:"我小时候最大的愿望是吃狮子头,有一次我跟财主的儿子吹牛,说我一顿能吃十个狮子头。财主的儿子跟我打赌。你们见过我们苏州的狮子头吧?最小的也有半斤左右。"

坐在晏殊身边的少年晏几道问:"结果呢?"

"我赢了,不过差点就永垂不朽。直到今天我看见狮子头都没胃口。"范仲淹说,"很少有人吃过我这么多苦。因为小时候营养不足,我到现在一直身体不好。"

欧阳修不同意:"希文兄毕竟还有个继父可以依靠,我们就是孤儿寡母。当年的艰难真是不堪回首。"

晏几道说:"两位叔叔伯伯不妨比一比小时候谁更艰苦。"

欧阳修说:"比就比,谁怕谁。"

范仲淹说:"不用比,你肯定输。"

"您先说,您都受过什么苦?"

"我一条咸鱼吃了一个月。"

"我一个月饼吃了两年。"

"怎么可能?"

"头一年吃了一半,把它藏在瓦罐里第二年再吃。"

"那还能吃吗?早就发霉了。"

"这种月饼名叫狗不理,很硬,扔在地上狗都不吃。"

"狗不理好像是一种包子?"

"那是后来的事。"

"饿得没办法的时候我偷过邻居的腊肉。"

"为了一块肉夹馍我出卖过自己的祖国!"

欧阳修这话一出,满堂哗然,连堂下天井周围的乐师都停止演

奏。大家都看着欧阳修。

欧阳修赶紧解释："有一年我们村里来了契丹歌舞团。有个契丹小孩站在一旁看大人搭建舞台，他手里拿着一块肉夹馍，中间夹着香喷喷的驴肉。我们全村的小朋友都围上去和他套近乎，邀请他去家里做客，最后他决定把肉夹馍给我。"

这事连晏殊也兴致勃勃："你跟他说什么了？"

"我说我也是契丹人，大辽派我们来大宋交流学习。因为想念家乡的面食，我已经准备提前回去。"

晏几道说："可您长得不像呀？"

"契丹小朋友也有点怀疑，不过为了宋辽两国人民的友谊，他只好把肉夹馍放弃。"

大家再次哄笑。

范仲淹之父范墉随吴越王归宋，曾经做过成德、武信、武宁军节度使的掌书记，可是范仲淹刚到两岁范墉就因病去世。范仲淹母亲谢氏只好带着儿子回到范墉的家乡苏州吴县。

范仲淹小时候非常顽皮，对母亲的教诲置之不理。他母亲谢氏决定用一种奇特的方式对他进行激励。这天她把拿着弹弓正要出门玩耍的范仲淹叫住。

"小文，你知道你为什么名仲淹、字希文吗？"

"不知道。"

"隋朝末年有个大学者王通，你听说过吗？"

范仲淹摇头。

谢氏接着问："王勃呢？王勃总知道吧？"

"王勃是初唐四杰之一，写过《滕王阁序》。"

"王勃是王通的孙子。王通字仲淹，大家都叫他文中子。唐朝初年的很多宰相都曾经拜他为师。你爸希望你做我们宋朝的文中子。"

《荷花鸳鸯图》 明_陈洪绶

"我爸已经死了。"

"他其实没有死。"

"大家都说他死了。"

"他是因为你不听话,被你气得离家出走了。"

"不可能吧?我有这么坏吗?"

"其实我也想走,只是怕你无家可归才留下来。过几年等你长

第四回　范仲淹从军塞下　欧阳修泪眼问花

大一些，自己可以出门讨饭了，我也会走的。"

"你也不想要我了？"

"你从来不听我的话，我跟你在一起迟早被你气死。我得趁自己还年轻赶紧改嫁，不然将来老了就没人可以依靠了。"

范仲淹一听慌了，他把弹弓扔到一旁，跪求母亲原谅。

"姆妈，以后我一定听话。"

过了几年，谢氏因为生活所迫果然改嫁在苏州做官的山东人朱文翰。两年后朱文翰把他们母子带回老家山东邹平。已经改名朱说的范仲淹以为母亲正在逐步实行她自己的计划，更加努力读书。当同学少年都在谈情说爱的时候，他连情书都没写过。他后来年过三十才结婚生子，肯定不是响应国家号召晚婚晚育。

宋真宗大中祥符四年（1011年），二十三岁的范仲淹来到河南商丘的应天书院读书。当时商丘是北宋的南京，繁华热闹。为了避免打扰，范仲淹在寺庙租了一间偏房独住，冬天疲劳了就用冷水浇头。他每天用两升小米煮粥，待粥凝固后划成四块，早晚就着腌菜各吃两块。小和尚们看见读书人活得如此艰苦，怀疑"万般皆下品，惟有读书高"是书商做的广告，要求还俗的人明显减少。住持听说这是范仲淹的功劳，主动提出减免他的房租。

功夫不负有心人，范仲淹很快在同学中脱颖而出。他信心十足，认为自己命中注定匡时救世，"不为良相，则为良医"。大中祥符七年，迷信道教的宋真宗驾临安徽亳州太清宫，浩浩荡荡的车马路过商丘。商丘城万人空巷，只有范仲淹埋头读书。有个同学跑来叫他："皇帝来了，大家都想瞻仰龙颜，你不去看？"范仲淹回答："急什么，他很快就会接见我。"

范仲淹不是盲目自信，说完这话的第二年也就是大中祥符八年，二十六岁的范仲淹考中进士，得到宋真宗接见。随后他把母亲接到身边并正式恢复范姓。

范仲淹在他的著名散文《岳阳楼记》中说"居庙堂之高则忧其民，处江湖之远则忧其君"，"先天下之忧而忧，后天下之乐而乐"。这不是范希文唱高调自欺欺人，他一生都在身体力行。他因为直言极谏做了多年的地方官，在睦州、苏州、饶州、润州、越州迁徙辗转，每到一个地方都勤政爱民。

康定元年（1040年）范仲淹做了陕西经略安抚副使。关于他在战争中的功绩说法迥异，就连"军中有一韩，西贼闻之心胆寒；军中有一范，西贼闻之惊破胆"这首民谣，据说也是范仲淹自己编造。那段历史只有一点无可置疑，范仲淹写下边塞词《渔家傲》。

塞下秋来风景异，衡阳雁去无留意，四面边声连角起。千嶂里，长烟落日孤城闭。　浊酒一杯家万里，燕然未勒归无计，羌管悠悠霜满地。人不寐，将军白发征夫泪。

"燕然未勒"出自外戚出身的东汉车骑将军窦宪故事。汉和帝永元初年，窦宪大破北匈奴，登上燕然山也就是今天蒙古境内的杭爱山，命《汉书》作者班固勒石记功而还。

这首词是边塞词的无上经典。辛弃疾《破阵子·醉里挑灯看剑》和岳飞的《满江红》虽然壮怀激烈，但是霸气有余柔情不足。正如武林高手必须能攻善守，边塞词也需要在豪放和婉约之间取得平衡，这一点做得最好的就是《渔家傲》。

庆历三年（1043年），范仲淹回朝做了枢密副使，联手大臣富弼、韩琦和谏官欧阳修、蔡襄等人发起"庆历新政"。由于触犯利益集团，两年后他们同时被赶出朝廷，各项改革也随即废停。

范仲淹鞠躬尽瘁，可是最终功败垂成。他心灰意冷，和亲友怅别都门。

苏幕遮

碧云天，黄叶地，秋色连波，波上寒烟翠。山映斜阳天接水，芳草无情，更在斜阳外。　黯乡魂，追旅思，夜夜除非，好梦留人睡。明月楼高休独倚，酒入愁肠，化作相思泪。

范仲淹被贬往邠州，欧阳修去了滁州，滕宗谅即滕子京到了岳州。庆历六年范仲淹在河南邓州应滕子京之邀写《岳阳楼记》的同时，欧阳修也在安徽滁州完成《醉翁亭记》。这两篇文章一写志士之忧一写醉翁之乐，风格迥异相映成趣。

范仲淹特别怕寒。皇祐三年（1051年）范仲淹移官山东青州，这里寒冷的冬天加重了他的病情，次年在赴颍州途中死于徐州。宋仁宗追封他为兵部尚书。制作《范公神道碑》的正是欧阳修。可惜后来范仲淹之子范纯仁因为和欧阳修政见不同，把欧阳修历时两年才定稿的《范公神道碑》推倒，气得欧阳修差点和小范动手。

范仲淹作为正气凛然的名臣，有时也有令人莞尔的一面。据陆游《老学庵笔记》载："范文正公喜弹琴，然平日只弹《履霜》一曲，时人谓之范履霜。"

范仲淹一生行为世范，文武双全，几乎没有什么缺点被人诟病。连一向喜欢臧否古人的苏轼也非常尊敬范仲淹。嘉祐二年（1057年）苏氏兄弟中进士时范仲淹已经去世五年，缘悭一面，苏轼终生引以为憾。

范仲淹和欧阳修都是晏殊的门人，但并没有和晏殊党同伐异，反而公开批评过晏殊的某些政见，晏殊也不觉得他们欺师灭祖，这才是政治家应有的气度胸襟。

欧阳修之父欧阳观是真宗咸平三年（1000年）进士，欧阳修出生在他父亲做官的四川绵州，刚学会走路父亲就带他去江油参观过李白故居。四岁那年父亲去世之后，欧阳修跟随母亲郑氏去湖北投靠做随州推官的叔叔。欧阳修小时候不但没钱上学，连买纸笔的铜板都没有，母亲郑氏用芦荻为笔，沙地当纸，一笔一画教儿子识字，这就是后世传为佳话的"画荻教子"。因为经常在月光下看书，欧阳修晚年深为眼疾所苦。

经过两次落榜之后，二十三岁的欧阳修在晏殊主考的仁宗天圣八年（1030年）金榜题名，中进士的次年做了西京留守推官。宋朝的西京就是唐朝的东京洛阳。欧阳修和梅尧臣、尹洙交游，他们经常痛饮狂歌，寻花问柳。

浪淘沙

把酒祝东风，且共从容。垂杨紫陌洛城东，总是当时携手处，游遍芳丛。　聚散苦匆匆，此恨无穷。今年花胜去年红，可惜明年花更好，知与谁同。

西京留守钱惟演对欧阳修非常宽容。有一次欧阳修和同僚谢绛一起去嵩山游玩，因为大雪封山不能及时赶回去上班。钱惟演不但没有责怪他们耽误公事，反而派来了救援保卫的军人并附送歌妓和厨子。欧阳修对钱惟演的知遇之恩一生感激。

春风得意的欧阳修经常坠入爱河，恋爱对象既有歌儿舞女，也有洛阳的豪门千金和小家碧玉。欧阳修那些香艳旖旎的小词，即使不是写在洛阳，也多半是对洛阳风流生活的回忆。后来欧阳修逐渐成为朝廷重臣和文坛领袖，他的填词技巧也许更好，但当初那种简单爱、深深爱的感觉却再也找不到，就像刘过说的"终不似，少年游"。

蝶恋花

庭院深深深几许。杨柳堆烟,帘幕无重数。玉勒雕鞍游冶处,楼高不见章台路。　　雨横风狂三月暮。门掩黄昏,无计留春住。泪眼问花花不语,乱红飞过秋千去。

章台即章华台,春秋时楚国离宫。秦国王宫也有章台。汉朝长安城有章台街,是当时长安的烟花之地,相当于唐朝的北里也就是平康里。后世以"走马章台"指花街柳巷冶游之事。

阮郎归

南园春半踏青时,风和闻马嘶。青梅如豆柳如眉,日长蝴蝶飞。　　花露重,草烟低,人家帘幕垂。秋千慵困解罗衣,画梁双燕栖。

景祐元年(1034年),欧阳修被召回京。他知道自己不太可能再回洛阳,为了避免挨骂,他很用心地填了一首《玉楼春》,随后抄写五十份群发。

尊前拟把归期说,欲语春容先惨咽。人生自是有情痴,此恨不关风与月。　　离歌且莫翻新阕,一曲能教肠寸结。直须看尽洛阳花,始共春风容易别。

"人生自是有情痴,此恨不关风与月"是今古传诵的名句,不过每个读者都有不同的解释。有可能写爱情也有可能写友情,还有可能是通过爱情写友情。这种爱恨纠缠因为和风花雪月无关,所以不会随着时光消减。

景祐三年,范仲淹以吏部员外郎权知开封府。权即代理,权知开封府就是代理开封知府。他画了一张百官图献给宋仁宗，指责宰相吕夷简任人唯亲，被吕夷简反咬一口，外放饶州知州。欧阳修为范仲淹辩护，也被贬为夷陵知县。夷陵即今三峡大坝所在地湖北宜昌。欧阳修的名诗《画眉鸟》就写于夷陵。

> 百啭千声随意移，山花红紫树高低。
> 始知锁向金笼听，不及林间自在啼。

康定元年（1040年）欧阳修回京编修崇文总目。宋仁宗因此对他的才学留下深刻印象，后来让他主编《新唐书》。庆历三年（1043年）欧阳修升任右正言、知制诰。庆历新政失败后，欧阳修被贬为滁州太守，后又改知扬州、颍州。他的《踏莎行》写的就是"早春南方行旅"。

> 候馆梅残，溪桥柳细，草薰风暖摇征辔。离愁渐远渐无穷，迢迢不断如春水。　寸寸柔肠，盈盈粉泪，楼高莫近危阑倚。平芜尽处是春山，行人更在春山外。

候馆即迎宾候客之馆，通常是指驿馆或旅馆。

颍州就是今天的安徽阜阳。据说欧阳修曾经八至颍州，最后也选择在这里终老。人们通常会选择自己最喜欢的地方养老，可是欧阳修既没有选择他出生的绵州，度过童年的随州，年轻时接收过无数秋天菠菜的洛阳，也没有选择"其西南诸峰，林壑尤美"的滁州以及"长记平山堂上，山色有无中"的扬州。后两个地方他同样做过太守。

苏轼好友安定郡王赵令畤的《侯鲭录》透露了此中消息。原来当年欧阳修初到颍州的时候认识了一位歌妓，这位美女特别喜欢欧

阳修，她能把欧阳修的每一首诗词都倒背如流。欧阳修一生"行过许多地方的桥，看过许多次数的云，喝过许多种类的酒"，爱过很多正当最好年龄的人，可是从来没有人对他如此用心。他们在一起温柔缱绻了十几天，约好三年之后再见。可是几年之后当欧阳修如约而来的时候，那位歌妓却在前一天离开且去向不明。她留下一封信说明原因，她提前离开是因为害怕欧阳修负心失约，与其伤心绝望过一生，不如留下一线希望自欺欺人。

这位歌妓是欧阳修最真的梦，有诗为证。

> 平湖十顷碧琉璃，四面清阴乍合时。
> 柳絮已将春去远，海棠应恨我来迟。
> 啼禽似与游人语，明月闲撑野艇随。
> 每到最佳堪乐处，却思君共把芳卮。

宋真宗景德二年（1005年）也就是宋辽澶渊结盟的后一年，著名文臣杨亿、刘筠、钱惟演奉旨编纂《历代君臣事迹》，后来真宗题名《册府元龟》。编书之余杨亿等人互相酬唱，写了不少流连光景的诗篇。《山海经》和《穆天子传》说昆仑之西有群玉之山，那里是帝王藏书之府。杨亿因此把他们的诗集取名《西昆酬唱集》。这部诗集在当时影响很大，文人学子纷纷学习，"西昆体"因此风靡一时。

欧阳修推崇唐诗和韩愈散文，对西昆体的骈俪艰深不以为然。嘉祐二年（1057年）他在主持进士考试时录取苏轼、苏辙兄弟和曾巩，带领他们对西昆体发起冲锋，逐步转变北宋文风。此时的欧阳修已经是个德高望重的大臣，每天公务繁忙，当年洛下买花载酒的时光只能偶尔回想。

诉衷情

清晨帘幕卷轻霜，呵手试梅妆。都缘自有离恨，故画作远山长。　思往事，惜流芳，易成伤。拟歌先敛，欲笑还颦，最断人肠。

嘉祐三年六月，欧阳修以翰林学士兼龙图阁学士权知开封府。嘉祐四年秋天，欧阳修写成《秋声赋》。经过青梅如豆柳如眉的春天，山花红紫树高低的夏天，他的人生也已经走到了山川寂寥的秋天。

嘉祐五年之后，欧阳修历任枢密副使、参知政事、刑部尚书、兵部尚书。神宗熙宁二年（1069年）王安石实行新法。欧阳修对青苗法有所批评并拒绝执行，和弟子苏轼等人一道站在变法派的对立面。

新党找不到欧阳修其他罪证，就把目光转向他填的那些香艳小词。柳永有些词香艳轻狂，欧阳修的《南歌子》不遑多让。

凤髻金泥带，龙纹玉掌梳。走来窗下笑相扶，爱道画眉深浅入时无？　弄笔偎人久，描花试手初。等闲妨了绣功夫，笑问鸳鸯两字怎生书？

欧阳修陶醉于"曲子相公"的美名，终于被政敌抓住把柄。有人以词为证告他乱伦。欧阳修最后虽然洗脱罪名，但是弄得灰头土脸，于是再次请求外放离京。

此时欧阳修已经六十出头，带着书童来到亳州。亳州是古井贡产地，欧阳修自号"六一居士"，他自己的解释是："吾家藏书一万卷，集录三代以来金石遗文一千卷，有琴一张，有棋一局，而常置酒一壶，吾老于其间，是为六一。"

欧阳修做官的滁州、颍州、亳州都在今天的安徽境内，不知是巧合还是刻意安排。神宗熙宁四年（1017年）六月，欧阳修以太子

少师致仕,退居颍州西湖。在这里他每天和书童惬意泛舟,留下著名组词《采桑子》十首,其中四首脍炙人口。

一

轻舟短棹西湖好,绿水逶迤。芳草长堤,隐隐笙歌处处随。　无风水面琉璃滑,不觉船移。微动涟漪,惊起沙禽掠岸飞。

二

画船载酒西湖好,急管繁弦。玉盏催传,稳泛平波任醉眠。　行云却在行舟下,空水澄鲜。俯仰留连,疑似湖中别有天。

三

天容水色西湖好,云物俱鲜。鸥鹭闲眠,应惯寻常听管弦。　风清月白偏宜夜,一片琼田。谁羡骖鸾,人在舟中便是仙。

骖鸾指仙人驾驭鸾鸟云游。江淹《别赋》:"驾鹤上汉,骖鸾腾天。"

四

群芳过后西湖好,狼藉残红,飞絮濛濛。垂柳阑干尽日风。　笙歌散尽游人去,始觉春空。垂下帘栊,双燕归来细雨中。

这组《采桑子》即兴随性。当年那个走马观花的洛阳才子,终于有了细数落花的从容。

下面这首《浣溪沙》也是写在晚年。

堤上游人逐画船，拍堤春水四垂天，绿杨楼外出秋千。
白发戴花君莫笑，六幺催拍盏频传，人生何处似尊前！

曾有一个人，爱我如生命。家人不知道他终老颍州的原因，欧阳修也只是在夜深人静的时候想起往事前尘。为了抑制这种思念，他开始自修《新五代史》，直到神宗熙宁五年去世。

欧阳修是中国历史上最有影响的文人之一。他的学生苏轼说他"论大道似韩愈，论事似陆贽，纪事似司马迁，诗赋似李白"。晚清词论家冯煦说他"疏隽开子瞻，深婉开少游"。但对欧阳修最好的评价来自政敌王安石，王荆公说"如公器质之深厚，智识之高远，而辅学术之精微，故充于文章，见于议论，豪健俊伟，怪巧瑰琦。其积于中者，浩如江河之停蓄；其发于外者，烂如日月之光辉。其清音幽韵，凄如飘风急雨之骤至；其雄辞闳辩，快如轻车骏马之奔驰。世之学者无问识与不识，而读其文则其人可知。"

欧阳修反对西昆体，但他对西昆体主将钱惟演却心存感激。钱惟演的宽宏大量奖励后进对欧阳修影响深远，他后来同样善待曾巩和苏轼。

钱惟演出身吴越王族，忠懿王钱俶第十四子，累迁工部尚书、枢密使，官终崇信军节度使。钱惟演学问渊博，诗文皆工，他的《木兰花》名噪一时，和宋祁的《玉楼春·东城渐觉风光好》堪称双璧，意境也极为相似。

城上风光莺语乱，城下烟波春拍岸。绿杨芳草几时休？泪眼愁肠先已断。　　情怀渐觉成衰晚，鸾镜朱颜惊暗换。昔年多病厌芳尊，今日芳尊惟恐浅。

第五回

王安石偶露雄才　晏小山痴心不改

　　武林至尊，宝刀屠龙。号令天下，莫敢不从。倚天不出，谁与争锋？如果苏东坡是屠龙刀，那王安石就是倚天剑。

　　王安石是中国历史上最有争议的人物之一。拥护者认为如果他的改革进行到底，北宋富国强兵，根本不会有靖康之耻；反对者认为正是他的改革动摇了大宋根基，最终导致半壁江山沦落到金人手里。朱熹认为他心怀叵测，沽名钓誉；陆九渊称赞他"洁白之操，寒于冰霜"。杨慎说他是古今第一小人，梁启超称他是"三代以下唯一完人"。

　　如果没有苏东坡的存在，王安石完全可以在政坛和文坛同时占据统治地位。他做过权倾天下的宰相，一人之下万人之上；他的才华在两宋仅次于苏东坡，还是一人之下万人之上。

　　王安石和苏东坡一样，诗词散文无一不精。他的散文是唐宋八大家之一。他的诗同样自成一家，曾季狸《艇斋诗话》说"荆公绝句妙天下"，《沧浪诗话》的作者严羽称之为"王荆公体"，而严羽是中国古代诗歌评论的泰山北斗。王安石的词虽然不多，但一首《桂枝香·金陵怀古》就足以笑傲江湖。

孟尝君是战国四公子之一，他在出使秦国的时候被秦昭王扣留，门客学鸡鸣钻狗洞帮他脱逃。鸡鸣狗盗是先秦著名典故，一般认为此事说明孟尝君善于招揽人才。王安石的《读孟尝君传》却认为正是鸡鸣狗盗之徒滥竽充数，六国才会被强秦各个击破。

不但散文喜欢标新立异，王安石的诗歌也能写出新意。最典型的是《梅花》和《明妃曲》。他说梅花"遥知不是雪，为有暗香来"，写王昭君"意态由来画不成，当时枉杀毛延寿"，"君不见咫尺长门闭阿娇，人生失意无南北"，都能别出心裁。

庆历二年（1042年）中进士后王安石做了淮南节度判官、浙江鄞县知县。卸任知县回故乡江西临川时，在杭州写下名作《登飞来峰》。那时王安石正当而立之年，从这首诗可以看出王安石抱负不凡。

> 飞来峰上千寻塔，闻说鸡鸣见日升。
> 不畏浮云遮望眼，自缘身在最高层。

王安石随后做了安徽舒州通判、提点江东刑狱，嘉祐三年（1058年）进京担任三司度支判官，向宋仁宗上万言书。王安石认为百年无事的大宋内忧外患，已经走到悬崖边缘，不变革很难长治久安。宋仁宗和在位仅四年的宋英宗都没有信用王安石。治平四年（1067年）宋神宗继位，他认为宋太宗死于辽军箭伤，现在反过来向辽人纳贡，大宋不能如此窝囊。他早就注意到王安石的变法主张，立刻任命为翰林学士兼侍讲。熙宁元年（1068年）王安石出任参知政事，熙宁三年拜相，提出"天变不足畏、祖宗不足法、人言不足恤"。新法在全国推广。

熙宁六年，熙河路经略安抚使王韶在王安石支持下带兵进攻吐

蕃，收复临洮等河湟六州之地，招抚羌族三十万帐。河湟六州位于现在的甘肃兰州西南，吐蕃趁安史之乱据为己有，中原王朝已经无可奈何三百年。王安石的支持者认为这场胜利正是新法富国强兵的结果。

历史学家把王安石变法和商鞅变法相提并论，但当时包括韩琦、司马光、欧阳修和苏轼在内的北宋名臣都对变法抱有成见。熙宁七年王安石被迫辞去相位回到江宁。不过次年宋神宗重新任命他为宰相，直到熙宁九年十月再次罢相。第二次罢相结束了王安石的政治生命，此后他一直隐居在第二故乡江宁。

王安石的政治生涯漫长而艰辛，他特别怀念无忧无虑的童年。他的《元日》没有一字提及往事，却让我们仿佛回到儿时。

爆竹声中一岁除，春风送暖入屠苏。
千门万户曈曈日，总把新桃换旧符。

他也非常思念故乡，名作《泊船瓜洲》可以证明。

京口瓜洲一水间，钟山只隔数重山。
春风又绿江南岸，明月何时照我还？

怀念童年和怀念故乡其实是一回事，因为我们大多数人就是在故乡度过自己的童年。千山外，水长流，有时故乡已经回不去了，但是在我们的内心深处，永远无法忘记那里的山川草木。不过此时王安石已经把南京当作故乡。他曾经在南京两度守孝，三次做官，前后生活了二十年。

王安石晚年隐居南京钟山，那时候王安石非常悠闲，游完了南山上北山，"细数落花因坐久，缓寻芳草得归迟"；也不管白天和夜晚,"春色恼人眠不得,月移花影上栏杆"。

他的《浣溪沙》也是写在归隐之后。

> 百亩中庭半是苔,门前白道水萦回。爱闲能有几人来。
> 小院回廊春寂寂,山桃溪杏两三栽,为谁零落为谁开。

据《能改斋漫录》记载,王安石在钟山修建半山园,池水萦绕,水上叠石作桥。他的《菩萨蛮》就是写山园风貌。

> 数间茅屋闲临水,窄衫短帽垂杨里。花是去年红,吹开一夜风。　梢梢新月偃,午醉醒来晚。何物最关情?黄鹂三两声。

词中闲云野鹤般的悠然决非留恋官场的假隐士可以装扮。巧合的是,南朝孔稚珪那篇嘲笑假隐士的《北山移文》正好和钟山有关,他的讽刺对象周颙当年就隐居在钟山。

如果只是写了上面这些诗文,那王安石在两宋并不突出。我为什么敢说他才气逼近苏东坡?因为他写过《桂枝香·金陵怀古》。

> 登临送目,正故国晚秋,天气初肃。千里澄江似练,翠峰如簇。归帆去棹斜阳里,背西风,酒旗斜矗。彩舟云淡,星河鹭起,画图难足。　念往昔,繁华竞逐,叹门外楼头,悲恨相续。千古凭高,对此漫嗟荣辱。六朝旧事随流水,但寒烟衰草凝绿。至今商女,时时犹唱,《后庭》遗曲。

"门外楼头"语出杜牧《台城曲》:"门外韩擒虎,楼头张丽华。"

隋朝大将韩擒虎统兵伐陈，当他带兵来到金陵朱雀门外时，陈朝后主陈叔宝和他的宠妃张丽华依然在结绮阁上歌舞升平。城破后陈后主和张丽华躲进景阳宫井，被韩擒虎生擒。这里的门指朱雀门，楼指结绮阁。"悲恨相续"是说六朝短命王朝的悲剧轮番上演。

苏东坡看见这首词之后非常羡慕嫉妒，酸溜溜地说"此老真乃野狐精也"。苏东坡的《念奴娇·赤壁怀古》是豪放词的旗帜，但若论笔力之雄健感慨之深沉，王安石的这首《桂枝香》有过之无不及。此词不知何故被王国维忽略，未能跻身他眼中的三大登临神作。

欧阳修曾经把王安石和李白、韩愈相提并论，"翰林风月三千首，吏部文章二百年。老去自怜心尚在，后来谁与子争先。"王安石字介甫，元祐元年（1086年）他和政敌司马光同年去世，王安石

先走，弥留之际的司马光出人意料地为他辩护："介甫文章节义过人处甚多，方今不幸谢世，反复之徒必诋毁百端。朝廷宜加厚礼，以振浮薄之风。"

王安石为了推行新法排除异己，但仅仅是把他们外放或降职，从不罗织罪名置对方于死地。苏东坡"乌台诗案"发生时，他的很多亲友都不敢为他说话，连苏东坡自己都以为"这回断送老头皮"。已经归隐的王安石挺身而出上书皇帝，反对"圣世而杀才士"。

苏东坡把王安石比作野狐精似乎不好理解，我们不妨比照女性眼里的狐狸精。如果有个女人骂另一个女人狐狸精，那后者一定是前者周围最有风情的女人。

据《西清诗话》记载，苏轼还有一次说王安石是野狐精。当时苏东坡奉命去西太一宫祭祀，在西太一宫墙上看见王安石过去题的诗。

杨柳鸣蜩绿暗，荷花落日红酣。
三十六陂春水，白头想见江南。

苏东坡从黄州回朝之后心灰意冷，想去常州了此残生，这时王安石已经归隐金陵，苏东坡顺道拜见。两人相处长达一月之久，王安石邀请苏轼做自己邻居。当苏轼离开的时候，王安石目送他一人一驴在起伏的山道上出没，对身边的门生故吏感慨道："不知再过几百年，方能得见如此人物！"

苏东坡到达仪征后寄诗感谢王安石的款待："骑驴渺渺入荒陂，想见先生未病时。劝我试求三亩宅，从公已觉十年迟。"

王安石的成就不容置疑，但我说他是两宋文人中最接近苏东坡的人，肯定有人不以为然。王安石诗词散文无一不精，而且他是在日理万机的同时偶尔为之，多数诗词都写于晚年。假如他把一生主要精力用来写诗填词，绝对是苏东坡劲敌。苏东坡之所以敢细火慢

炖红烧肉，日啖荔枝三百颗，就是看准了王安石政务繁琐。

王安石和苏东坡还有一个有趣的巧合。两人都享年六十六岁，都在二十二岁时金榜题名。他们的生卒年和中进士的时间正好相差十五年。

王安石登车揽辔，有澄清天下之志，他的诗文包罗万象，但是绝口不提爱你。晏几道和他正好相反，过尽千帆皆不是，我的眼里只有你。小山词都是清一色的情词。

木兰花

初心已恨花期晚，别后相思长在眼。兰衾犹有旧时香，每到梦回珠泪满。　多应不信人肠断，几夜夜寒谁共暖。欲将恩爱结来生，只恐来生缘又短。

聚少离多的情侣总是希望长相厮守，今生做不到就期望来生。可是今生尚且有缘无份，谁能指望不可预知的来生？来生我们恐怕连相见也无缘。不如怜取眼前人。

晏几道是晏殊最小最聪明的儿子，当晏殊独上高楼望尽天涯路，或者小园香径独徘徊的时候，儿时的晏几道经常跟在他身后要求拥抱，把他灵感赶跑。家里宴客的时候几位哥哥和客人打完招呼之后立刻退下，晏几道却随时可以骑着竹马从客厅呼啸而过，顺便抄走精美的点心水果。

晏殊的门生故吏范仲淹、欧阳修等人见晏几道聪明伶俐，经常鼓动他唱歌背诗。有一天他说自己要背柳永的《凤栖梧》，在场宾客没怎么在意，可是当他念出"酒力渐浓春思荡，鸳鸯绣被翻红浪"时，大家瞠目结舌。晏殊作势要打晏几道，范仲淹、欧阳修急忙上前劝阻，晏几道在大家掩护下赶紧逃跑。

晏殊无可奈何："这小子不喜欢学习四书五经，整天嚷着要我教他填词，将来肯定一事无成。我真担心他会饿死。"

范仲淹说："相公门生故吏遍天下，其他几位公子也聪明杰出，即使七公子真的无意宦游，有大家守望相助，相公也不必担忧。"

欧阳修说："七公子爱好文辞未必是坏事，本朝偃武修文国家安定，正需要词臣歌舞升平。"

从此以后晏殊想开了，干脆亲自教儿子音律。晏几道天分奇高加上有名师指导，很快脱颖而出。据《花庵词选》记载，宋仁宗有一回大宴群臣，指名要少年晏几道赴宴并当场填词交给宫廷乐师演唱。此事连晏殊也感到无限荣光。这首《鹧鸪天》在艺术上没有什么过人之处，但考虑到这是真正的现场直播，我们不必苛求。

> 碧藕花开水殿凉，万年枝上转红阳。升平歌管随天仗，祥瑞封章满御床。　　金掌露，玉炉香，岁华方共圣恩长。皇州又奏圜扉静，十样宫眉捧寿觞。

晏几道十八岁那年晏殊去世，深受父亲宠爱的晏几道遭到沉重打击。有些学者喜欢强调家道中落对晏几道的影响，其实这种打击主要是心灵创伤。相对晏殊在世时的钟鸣鼎食，晏府确实家道中落，但俗话说瘦死的骆驼比马大，兄弟分家之后晏几道还是有千万身家。

晏几道的钱主要花在两个地方，一是收藏图书，《墨庄漫录》说"叔原聚书甚多，每有迁徙，其妻厌之，谓叔原有类乞儿搬碗"。二是被人骗走，黄庭坚《小山词序》说他有"四痴"，最后一痴是"人百负之而不恨，己信人，终不疑其欺己。"

宋朝官员养尊处优，小山却无意宦游。他不但没有利用自己的人脉，反而把主动接近他的苏东坡和蔡京拒之门外。他的懒散疏狂使晏殊的门生故旧望而生畏，"诸公虽称爱之，而又以小谨望之，

遂陆沉于下位。"

晏几道和李后主的成长环境极为相似，词风也很接近。他们都有一颗王国维推崇的赤子之心，因此他们的文字至情至性。陈廷焯《白雨斋词话》说"李后主、晏叔原皆非词中正声，而其词则无人不爱，以其情胜也。情不深而为词，虽雅不韵，何足感人？"我同意陈廷焯的情胜论，但对后主和小山词非正声的说法不以为然。婉约词习惯为女性代言，词人抒发的往往不是自己的真情实感，李后主和晏几道是少数几位言为心声的词人。我认为所有的心声都是正声。

临江仙

斗草阶前初见，穿针楼上曾逢。罗裙香露玉钗风。靓妆眉沁绿，羞脸粉生红。　　流水便随春远，行云终与谁同？酒醒长恨锦屏空。相寻梦里路，飞雨落花中。

阮郎归

天边金掌露成霜，云随雁字长。绿杯红袖趁重阳，人情似故乡。　　兰佩紫，菊簪黄，殷勤理旧狂。欲将沉醉换悲凉，清歌莫断肠。

鹧鸪天

小令尊前见玉箫，银灯一曲太妖娆。歌中醉倒谁能恨，唱罢归来酒未消。　　春悄悄，夜迢迢，碧云天共楚宫遥。梦魂惯得无拘检，又踏杨花过谢桥。

相传理学家程颐把"梦魂惯得无拘检，又踏杨花过谢桥"称为"鬼语"。这位道貌岸然的老儒认为如此情调和词采只有神鬼才能写出来。

人到中年千金散尽之后，小山被迫出监颖昌许田镇。神宗熙宁七年（1074年），他的朋友郑侠上《流民图》反对王安石变法被捕，晏几道受牵连坐牢。好在宋神宗看见了他写给郑侠的诗歌《与郑介夫》，被其中落寞孤单的情怀打动，下令把他释放。

> 小白长红又满枝，筑球场外独支颐。
> 春风自是人间客，主张繁华得几时。

小白长红指五颜六色的花，李贺《南园》："花枝草蔓眼中开，小白长红越女腮。"

出狱后为了谋生晏几道继续沉沦下僚，先后做过乾宁军通判和开封府推官。有一天他终于忍无可忍，提前退休回到父亲留给他的京师小院。

小山和柳永不同的是，柳永穷困潦倒，所以只能和花街柳巷的歌妓交往，而小山出身相门，家里养着戏班，即使后来家道中落歌妓遣散，他依然不屑于去逛秦楼楚馆，于是他好友沈廉叔和陈君宠家的歌姬小莲、小鸿、小蘋、小云成为他的抒情对象以及歌辞原唱。

临江仙

梦后楼台高锁，酒醒帘幕低垂。去年春恨却来时。落花人独立，微雨燕双飞。　　记得小蘋初见，两重心字罗衣。琵琶弦上说相思。当时明月在，曾照彩云归。

这首词拥有两个名联，可以媲美李璟的《山花子·菡萏香销翠叶残》。"落花人独立，微雨燕双飞"和"当时明月在，曾照彩云归"都是那种无数诗人梦寐以求的绝妙好词，得到其中之一就可以青史留名，晏几道却奢侈到让它们出现在同一首词里。晏几道的兄

长们嫉妒他其实情有可原，他不但得到了父亲太多宠爱，还继承了晏殊全部天才。

晏殊擅长写《浣溪沙》，晏几道除了《临江仙》，还把《鹧鸪天》写得出神入化。

一

彩袖殷勤捧玉钟，当年拚却醉颜红。舞低杨柳楼心月，歌尽桃花扇底风。　从别后，忆相逢，几回魂梦与君同。今宵剩把银釭照，犹恐相逢是梦中。

二

醉拍春衫惜旧香，天将离恨恼疏狂。年年陌上生秋草，日日楼中到夕阳。　云渺渺，水茫茫，征人归路许多长。相思本是无凭语，莫向花笺费泪行。

三

十里楼台倚翠微，百花深处杜鹃啼。殷勤自与行人语，不似流莺取次飞。　惊梦觉，弄晴时，声声只道不如归。天涯岂是无归意，争奈归期未可期。

因为这些词深情绚丽，有人又把晏几道和纳兰容若联系在一起，说他们"把男欢女爱发挥到极致，让人忘记题材的单一"。

鲜花和落花在小山词里频繁出现，他的人生就是一场灿烂花事。"梦"字出现的频率也很高，小山沉迷在美好的梦境不愿醒来，因为醒来之后就只能"落花人独立，微雨燕双飞"。

晏殊和晏几道都是一流词人，后人难免把他们相提并论。南宋王灼认为父子各擅胜场，"晏元献公风流蕴藉，一时莫及，而温润秀洁，亦无其比"，而"叔原如金陵王谢子弟，秀气胜韵，得之天然，将不可学"。近人夏敬观认为青出于蓝而胜于蓝，"晏氏父子嗣响南唐二主，才力相敌，盖不特词胜，尤有过人之情。叔原以贵人暮子，落拓一生，华屋山邱，身亲经历。哀丝豪竹寓其微痛纤悲，宜其造诣又过于父。"

我认为他们父子的区别类似诗庄词媚。晏殊平步青云安享太平，所以主题都是可惜流年，而小山家道中落风流云散，更爱感叹旧欢如梦。内容决定形式，所以晏殊词风韵秀整，小山词婉转深情。

苏东坡的子瞻帽风靡一时，小山同样影响了当时的生活方式。黄庭坚说当时的富豪不但千金求购小山词集，还效仿他流连歌舞追逐美女。而此时北宋王朝已经进入倒计时，所以从某种意义上说，小山也是北宋亡国的罪魁祸首之一。

第六回

二陆初来俱少年　一蓑烟雨任平生

宋仁宗嘉祐二年（1057年）进士考试结束后，主考欧阳修和阅卷官梅尧臣等人对着一份试卷不知如何是好。试题是《刑赏忠厚之至论》，这位考生引用了一个大家都没见过的典故，他说"当尧之时，皋陶为士，将杀人。皋陶曰杀之，三。尧曰宥之，三。"皋陶是尧舜时的法官，后世尊为律法和监狱之神。

欧阳修问梅尧臣等人："你们真的没有见过这个典故？"

梅尧臣等摇头。

梅尧臣字圣俞，欧阳修开玩笑说："圣俞兄，你和皋陶同为'尧臣'，连你也没听过这个典故，说明这位考生可能是自己杜撰。"

梅尧臣说："这可不一定。进士考试如此重要，我认为没人会拿自己的前程开玩笑，胡编乱造典故。这位考生学问渊博，雄辩滔滔，他很可能看过一些我们都没注意的古书。"

欧阳修自言自语："要是有一台过目不忘的机器，可以把所有的古书都装进去，查询典故的时候只需搜索几个关键词就能找到原始出处，那该有多好。"说者无心听者有意，在场的一位李姓考官牢牢记住这件事，回去赶紧立下遗嘱，千年之后他的子孙依靠开发中文搜索引擎一度成为中国首富。

如果不考虑那个大家都没印象的典故，这篇文章肯定是所有考生作文的翘楚。欧阳修接着问："我想把这位考生定为状元，你们什么意见？"

梅圣俞说："这个考生才气纵横，完全可以定为状元。"

另一位考官不赞成，他说："万一这个典故真是由他杜撰，我们作为考官不能分辨反而把他录为状元，只怕会成为千古笑谈。"

宋朝进士考试为了防范舞弊，所有试卷在评阅前都请书吏重抄一遍，所以谁也不知道这份试卷的真正主人。欧阳修最后同意把这位考生录取为第二名。除了担心考生杜撰典故，他还怀疑这篇文章出自南丰曾巩之手。曾巩是他的门生，他必须避嫌。

考试结果公布之后，大家才知道这篇文章的作者是来自四川眉山的苏轼。苏轼的弟弟苏辙同时考中进士。嘉祐二年进士考试的主考是欧阳修，考生除了曾巩和大苏小苏，还有苏氏兄弟的父亲苏洵。也就是说这次考试唐宋八大家有五位参与，绝对是科举史上空前绝后的盛事。

三苏父子一夜成名之后，带着自己的文集分别拜访欧阳修、梅尧臣等考官。到了梅尧臣家，梅尧臣悄悄把苏轼叫到一边。

"老弟，你策论中那个皋陶杀人的典故出自什么书？我和欧阳大人都没见过。"

苏轼说："不是典故，是我自己临时杜撰，想当然也。"

梅尧臣哑然，改天和欧阳修一说，欧阳修放声大笑，敢在如此重要的考试场合忽悠全体考官，说明苏轼极度自信并且不走寻常路，这正是成为一代宗师的基本条件。欧阳修后来在给梅尧臣写信的时候承认"读轼书，不觉汗出。快哉快哉，老夫当避路，放他出

一头地也。"他还对自己的儿子欧阳棐说，你记住我的话，有苏轼在，三十年后世人就不会再提起我了。

嘉祐六年苏轼兄弟又双双通过制科考试。宋朝的进士考试比唐朝简单，但制科考试却堪称史上最严。参加制科考试的人必须由朝中大臣推荐，经过初试筛选，皇帝亲自出题并监督整个过程。南北两宋总共三百多年的历史，进士考试录取了超过四万名进士，而制科考试只进行过22次，成功通过的人不过41人，正好是进士的千分之一。

苏氏兄弟的同年进士一共有九百人，其中曾巩、曾布兄弟后来也大名鼎鼎，曾巩名列唐宋八大家，曾布官至宰相位极人臣，但是因为制科考试甄选太严录取太难，他们根本没有报名。

宋朝制科取士和进士及第同样分为五等，不过制科考试的第一和第二等是虚设的荣誉等级，所以苏东坡虽然被考官定为第三等，但已经是王朝建立以来最好的成绩。此时距离北宋开国正好一百年，所以人称"百年第一"。苏辙也被考官之一的司马光定为三等，但其他考官认为他出言不逊，最后由皇帝钦定为四等。宋仁宗回到后宫对曹皇后说今天为后世子孙得到了两个可以做宰相的人才。曹皇后的祖父是宋朝开国大将曹彬。

苏洵虽然没有考中进士，但欧阳修把他的《权书》《衡论》等二十二篇文章进献朝廷，士大夫争相传诵。三苏父子一夜之间天下知名。

苏轼十九岁和王弗结婚，二十二岁金榜题名，二十六岁通过制科考试。正当他春风得意的时候，他的母亲程夫人、年仅二十七岁的爱妻王弗和父亲苏洵在几年之内相继病故。苏轼兄弟为了奔丧守灵，在故乡眉山和京城开封之间疲于奔命。

王弗的堂妹王闰之长得和姐姐一模一样，苏轼忍不住频频张望，于是在苏氏兄弟回京之前，当年那个负责传递情书的小姑娘自己做了新娘。

苏轼通过制科考试后被任命为大理评事、签书凤翔府判官。宋英宗治平二年（1065年）召试学士院，通过考试后以殿中丞直史馆，也就是以殿中丞的身份在史馆值班。久闻大名的宋英宗认为让苏轼参加考试是多此一举，考试是为了判断能否胜任，"如轼有不能邪？"后来苏东坡做中书舍人知制诰的时候，终于得到免试的待遇。

宋英宗在位仅四年就去世了。宋神宗继位后开始支持王安石变法。后世习惯把司马光、欧阳修和苏氏兄弟划为旧党和保守派，其实当时差不多所有知名官员都是保守派，不信请看元祐党人碑。苏轼对王安石变法的态度还是比较客观的，他也认为当时的北宋王朝需要变革，但是不宜操之过急，因为"法相应则事易成，事有渐则民不惊"。但在王安石及其门徒看来，只要不和他们站在一起就非我族类。苏轼此时人微言轻，对政治斗争也不感兴趣，所以请求外放离京。

熙宁四年（1071年），三十四岁的苏轼做了杭州通判。通判名义上可以和知州"同判"政务，实际上就是一闲职。他当时就想要疏浚西湖，可是没人把他的建议当回事。闲暇时苏轼常去西湖漫游，他那几首和西湖有关的著名诗词就写在做通判期间。"故乡无此好湖山"，他开始有了归隐江南的打算。

在所有歌咏西湖的诗词中，苏轼的《饮湖上初晴后雨》超越白居易的《钱塘湖春行》和柳永的《望海潮》后来居上。柳永的《望海潮》曾经引发战争，苏轼的这首诗却让西湖定名定性。现在大家都以为西湖的名字和西施有关，杭州也被称为美女之城，其实春秋战国时西湖根本没有形成。

水光潋滟晴方好，山色空蒙雨亦奇。
欲把西湖比西子，淡妆浓抹总相宜。

杭州官员的很多应酬甚至政府工作会议都在西湖游船上举行。他们有时会请歌儿舞女上船助兴。有一天苏轼注意到一个眉清目秀的小姑娘歌唱得很好，只是始终不敢抬头，特意把她叫过来闲聊。这个姑娘正是王朝云，当时只有十二岁。此后两人往来频繁，在苏轼三年任满即将离开杭州的时候，已经十五岁的王朝云到了可以嫁人的年龄，经人说合定下婚约，朝云做了苏轼的小妾。

有人认为正是王朝云启发苏轼写下《饮湖上初晴后雨》，朝云就是苏轼心目中的西子。冥冥之中苏轼似乎注定要做王家的女婿，他的三位比较有名的妻妾都是王姓女子。

在苏轼的杭州游伴中，经常有张三影张先的身影。此老曾经是前两代文坛领袖晏殊和欧阳修的座上宾，如今又来陪伴新一代文星。他就是宋朝的贺知章，见证了北宋的繁华过往。

有一天好友刘贡父经过杭州，苏轼请人通知张先，三人同游西湖。一叶小舟靠近他们的游船。小舟上抱着古筝的美少妇羞红着脸对苏东坡说："民女从小仰慕先生才名，婚前碍于礼教不能去见先生。如今我已经嫁人，听说先生游湖，冒昧前来拜见。民女初通音律，愿为先生献上一曲。先生如果能以一首清词相赠，民女此生无憾。"苏轼不能拒绝，于是填了一首《江神子》送给少妇。

凤凰山下雨初晴，水风清，晚霞明。一朵芙蕖，开过尚盈盈。何处飞来双白鹭，如有意，慕娉婷。　　忽闻江上弄哀筝，苦含情，遣谁听。烟敛云收，依约是湘灵。欲待曲终寻问取，人不见，数峰青。

湘灵是指大舜的两个妃子娥皇、女英，传说大舜南巡的时候，娥皇女英跟踪来到洞庭湖，听说大舜死于苍梧之野，她们便在君山泣血殉情，死后成为湘水之神。她们善鼓云和之瑟，河神冯夷闻之起舞，过往的旅人却伤心欲绝。

离开杭州后苏轼升任山东密州知州。张先等人一直送到湖州，然后又相随到松江垂虹亭。已经八十五岁的张先填了一首《定风波》，他说"尽道贤人聚吴分。试问，也应旁有老人星"。

苏轼在赴任途中写了一首《沁园春》回顾他和苏辙的兄弟情分以及当年进京赶考的情景。

> 孤馆灯青，野店鸡号，旅枕梦残。渐月华收练，晨霜耿耿，云山摛锦，朝露漙漙。世路无穷，劳生有限，似此区区长鲜欢。微吟罢，凭征鞍无语，往事千端。　当时共客长安，似二陆初来俱少年。有笔头千字，胸中万卷，致君尧舜，此事何难。用舍由时，行藏在我，袖手何妨闲处看。身长健，但优游卒岁，且斗尊前。

月华收练和云山摛锦都是描写清晨的情景，月光像白练渐渐收起来，锦绣河山则逐次在眼前展开。"摛"和痴同音，意思是舒展铺陈，成语有"铺采摛文"，出自刘勰《文心雕龙·诠赋》。

苏轼把他和苏辙比作西晋著名才子陆机、陆云兄弟，看起来似乎有点狂妄，但他们后来的成就超越陆氏昆仲，狂妄就成了当仁不让。

在密州期间，苏轼还是无法把杭州忘怀。他的《蝶恋花·密州上元》把杭州和密州联系起来。

> 灯火钱塘三五夜，明月如霜，照见人如画。帐底吹笙香吐麝，更无一点尘随马。　寂寞山城人老也。击鼓吹箫，却入农桑社。火冷灯稀霜露下，昏昏雪意云垂野。

这首词写于熙宁八年元宵节,苏轼不过四十岁,但他已经有了人生易老的感觉。几天之后的正月二十日,他梦见了已经去世十年的前妻王弗,写下悼亡词《江城子》。

十年生死两茫茫,不思量,自难忘。千里孤坟,无处话凄凉。纵使相逢应不识,尘满面,鬓如霜。 夜来幽梦忽还乡,小轩窗,正梳妆。相顾无言,惟有泪千行。料得年年肠断处,明月夜,短松冈。

当时只道是寻常。王弗是眉山邻县青神的乡贡进士王方之女。乡贡进士通常是指地方推荐参加进士考试却未能登第的文人学士。苏氏兄弟曾拜王方为师。少年苏轼一边听王方讲"男女授受不亲",一边和王弗眉目传情。他和王弗算是青梅竹马,可是当年王弗的离去并没有让他痛不欲生。十年之后的今天他才知道这种爱刻骨铭心,从来不需要想起,永远也不会忘记。

苏轼曾经很不谦虚地谈论过自己的文才,他说"吾文如万斛泉源,不择地皆可出。在平地滔滔汩汩,虽一日千里无难。及其与山石曲折,随物赋形而不可知也。所可知者,常行于所当行,常止于不可不止,如是而已矣。其他,虽吾亦不能知也。"大致是说自己写文章随心所欲,总能找到最合适的表达方式。这首《江城子》就是很好的范例,无论情感还是文字都看不出一丝刻意。

这年冬天苏轼带领军警出城祈雨狩猎,他亲自射杀一条老狼,当即填了一首《江城子》,令东州壮士抵掌顿足而歌,吹笛击鼓以为节。

老夫聊发少年狂,左牵黄,右擎苍,锦帽貂裘,千骑卷平冈。为报倾城随太守,亲射虎,看孙郎。 酒酣胸胆尚开张，鬓微霜，又何妨。持节云中，何日遣冯唐？会挽雕弓如满月，西北望，射天狼。

"左牵黄，右擎苍"是指牵着猎狗举着苍鹰。"孙郎"指三国东吴孙权，据《三国志·吴志》记载："二十三年十月，权将如吴，亲乘马射虎于凌亭。""冯唐"是西汉大臣，主张赦免虚报军功的云中太守魏尚，汉文帝听从他的建议并派他持节云中。

过了一段时间，苏轼想起自己打猎的雄姿，希望通判再次组织"军训"。通判推三阻四不肯答应。苏轼反复追问。通判只好承认上次的猎物都是当地百姓的家畜家禽，那条老狼实际是里正的狼犬。苏轼从此再也没有了打猎的雅兴。

熙宁九年苏轼调任徐州刺史。中秋节这天，苏轼欢饮达旦。他和苏辙兄弟情深，如此良夜自然会填词问候。不过他主要是感慨人生，所以说"兼怀子由"。

明月几时有？把酒问青天。不知天上宫阙，今夕是何年？我欲乘风归去，又恐琼楼玉宇，高处不胜寒。起舞弄清影，何似在人间？　转朱阁，低绮户，照无眠。不应有恨，何事长向别时圆？人有悲欢离合，月有阴晴圆缺，此事古难全。但愿人长久，千里共婵娟。

这首《水调歌头》"逸怀浩气，超乎尘垢之外"。南宋胡仔《苕溪渔隐丛话》说"中秋词自东坡《水调歌头》一出，余词尽废。"继制科考试百年第一、《饮湖上初晴后雨》西湖诗词第一、《江城子》悼亡词第一之后，苏轼再次走自己的路，让别人无路可走。

当时支持和反对变法的大臣分别被称为新党旧党，双方轮流上台执政，一旦得势就无情打击对方。在司马光、欧阳修等人去世之

后，树大招风的苏轼成为新党的主要攻击目标。苏轼刚刚调任湖州刺史就发生"乌台诗案"。御史中丞李定等人根据苏轼诗文罗织罪名，指控他不敬皇帝谤讪新政。"乌台"即御史台，因官署内柏树上常有乌鸦筑巢得名。

李定等人指控的罪状，有些连宋神宗都觉得牵强，比如苏轼的《王复秀才所居双桧》写到"根到九泉无曲处，世间惟有蛰龙知。"他们对宋神宗说："陛下飞龙在天，轼以为不知己，而求之地下之蛰龙，非不臣而何？"神宗回应道："诗人之词，安可如此论。彼自咏桧，何预朕事？"

苏轼坐牢后，苏辙一再上书请求用自己的官职俸禄救赎。苏轼的很多朋友表现正好相反，他们害怕受牵连，赶紧烧毁苏轼写给他们的书信。后来苏轼东山再起之后，他的书法价值连城，这些朋友捶胸顿足悔恨终生。

苏轼坐牢前和长子苏迈约定"如果听到要判重刑的风声，就送一条鱼来报信"。这天苏迈出城为父亲求助，请朋友代他送饭，忘记交代清楚。他的朋友想为苏轼改善伙食，特意送了几条熏鱼。苏轼以为判了死刑，含泪给苏辙写了"与君世世为兄弟，又结来生未了因"的绝命诗，嘱托狱卒务必转交弟弟。

此时曹太后已经常年卧病，但听说苏轼受审，她把孙子宋神宗叫到身边，回忆当年仁宗皇帝得到苏轼兄弟之后欢天喜地的情景。宋神宗因此迟迟不愿宣判，一些大臣看出皇帝不想处死苏轼，纷纷出面为苏轼求情，连王安石也说"圣朝不宜诛名士"。宋神宗于是下旨对苏轼从轻发落，苏轼被贬为黄州团练副使。

"乌台诗案"发生后，杭州和湖州的百姓"作解厄道场累月"，祈求苏轼可以逢凶化吉。苏轼在狱中听说后非常感激，他在做杭州通判的时候已经打算长住江南，"买田阳羡吾将老，从来只为溪水好"，这件事让他更加相信自己的选择，"百岁神游定何处，桐乡知

《秋江渔隐图》 南宋_马远

葬浙江西"。

  苏轼拖家带口来到黄州，住在城外的临皋亭。亭东有个土坡，这就是中国文学的圣地"东坡"。当地朋友帮助苏轼在坡上修筑了简陋的草堂。草堂筑好的时候正逢落雪天气，苏轼看见全家总算有个地方可以栖息，高兴地取了"雪堂"这个风雅的名字。从此苏轼开始自称东坡居士。

  元丰五年（1082年）的一天清晨，睡得正香的黄州知州徐大受听到有人拍门。因为地处偏僻，黄州很少发生需要他早起的事情，

所以通常他都一觉睡到自然醒。外面声音喧闹，徐大受以为推行新法引发农民暴乱，赶紧穿上便服开门。

值班的官员和衙役报告说"苏大胡子跑了"。

苏东坡虽然挂名团练副使，但其实是个限制行动自由的政治犯。如果苏东坡畏罪潜逃，徐大受负有不可推卸的责任。

"你们怎么知道他跑了？"徐大受问。

有个官吏把一张有字的宣纸递给他。

徐大受接过一看，上面写了一首《临江仙》。

夜饮东坡醒复醉，归来仿佛三更。家童鼻息已雷鸣。敲门都不应，倚杖听江声。　长恨此身非我有，何时忘却营营？夜阑风静縠纹平。小舟从此逝，江海寄余生。

不用看落款徐大受就知道这首词是苏东坡所写。留下这首词苏东坡就不算不辞而别，可你江海寄余生，我怎么办呀？

"走，我们去看看。"

徐大受带领军民直奔江边，远远听到临皋亭方向传来如雷鼾声。他下马一看，捧着肚子酣睡在大青条石上的正是苏东坡，旁边还有个书童背靠亭柱打盹。

徐大受知道是场误会，赶紧约束大家退后。他不希望这件事让外人知道，但最终还是没有瞒住，几个月之后宋神宗亲自派人查问。徐大受只好如实上报。

苏东坡擅长苦中作乐，在黄州这种"黄芦苦竹绕宅生"的地方，他品尝武昌鱼，发明东坡肉，夜游承天寺，而且把赤壁乾坤大挪移。他诗文中的不朽名篇，半数完成在这里。前后《赤壁赋》文长不录，我最喜欢他在黄州写的《记承天寺夜游》。承天寺故址在今黄冈城南。

> 元丰六年十月十二日夜，解衣欲睡，月色入户，欣然起行。念无与为乐者，遂至承天寺，寻张怀民。怀民亦未寝，相与步于中庭。庭下如积水空明，水中藻荇交横，盖竹柏影也。何夜无月？何处无竹柏？但少闲人如吾两人者耳。

"月光如水"是老生常谈，但只有苏东坡能真正写出这种意境。

苏东坡的江海寄余生只是说说而已，有可能是故意说给那些当朝大臣听。他不但把黄州周围的好山好水游遍，还有深夜赏花的心情。请看他的《海棠》。

> 东风袅袅泛崇光，香雾空蒙月转廊。
> 只恐夜深花睡去，故烧高烛照红妆。

雪堂在秋雨连绵的时候一度漏水，苏东坡带领全家借住寺庙定慧院。有天晚上他看见孤雁从天空飞过，有感而作《卜算子》。

> 缺月挂疏桐，漏断人初静。时见幽人独往来，缥缈孤鸿影。　惊起却回头，有恨无人省。拣尽寒枝不肯栖，寂寞沙洲冷。

除了偶尔感慨自己聪明反被聪明误，大多数时候苏东坡心情都不错。

定风波

> 莫听穿林打叶声，何妨吟啸且徐行。竹杖芒鞋轻胜马，谁怕？一蓑烟雨任平生。　料峭春风吹酒醒，微冷，山头斜照却相迎。回首向来萧瑟处，归去，也无风

雨也无晴。

浣溪沙

山下兰芽短浸溪，松间沙路净无泥。潇潇暮雨子规啼。
谁道人生无再少？门前流水尚能西。休将白发唱黄鸡。

《浣溪沙》词前有序："游蕲水清泉寺。寺临兰溪，溪水西流。"蕲水即湖北蕲水县，现在改名浠水县，清泉寺在县城郊外。

正是这种自我开解的能力让他调整心情，安然度过人生的种种劫难。他一生虽然饱经忧患，但他随时随地都能发现美食美酒和值得一游的风景。

苏东坡这种随遇而安、自得其乐的心态，在《西江月》中表现得淋漓尽致。范仲淹说不以物喜不以己悲，苏东坡庶几近之。词前小序说："顷在黄州，春夜行蕲水中，过酒家饮酒醉，乘月至一溪桥上，解鞍曲肱醉卧少休。及觉已晓，乱山攒拥，流水锵然，疑非尘世也。书此语桥柱上。"

照野弥弥浅浪，横空隐隐层霄。障泥未解玉骢骄，我欲醉眠芳草。　可惜一溪风月，莫教踏碎琼瑶。解鞍欹枕绿杨桥，杜宇一声春晓。

人间仙境遭遇天上谪仙，这首词可以帮我们理解什么叫文章本天成。词中那种澄美的意境我只在梦中曾经身临。《碧鸡漫记》的作者王灼说："东坡先生以文章余事作诗，溢而作词曲，其高处入天，平处尚临镜笑春，不顾侪辈。"

第七回

苏东坡唱大江东去　黄庭坚问春归何处

苏东坡豪放词的代表作《念奴娇·赤壁怀古》也是写于黄州。

> 大江东去，浪淘尽，千古风流人物。故垒西边，人道是，三国周郎赤壁。乱石穿空，惊涛拍岸，卷起千堆雪。江山如画，一时多少豪杰。　遥想公瑾当年，小乔初嫁了，雄姿英发。羽扇纶巾，谈笑间，樯橹灰飞烟灭。故国神游，多情应笑我，早生华发。人生如梦，一尊还酹江月。

这首词写的是中国历史上著名的赤壁之战。真实的战争地点应该是在长江南岸的蒲圻或嘉鱼，不太可能在长江北岸的黄州。苏东坡自己也不是很自信，所以他说"人道是，三国周郎赤壁"。可是因为这首词的巨大影响，很多游人宁愿去黄州凭吊赤壁古战场。周郎指三国东吴名将周瑜，周瑜字公瑾，小乔是他妻子。

比苏轼稍晚的宋人胡寅在《酒边词序》中对这首词做过最好的

注解，他说东坡豪放词"一洗绮罗香泽之态，摆脱绸缪宛转之度，使人登高望远，举首高歌"。

元丰七年（1084年）三月，苏轼改任汝州团练副使，告别了生活四年多的黄州。这四年时间苏轼彻底蜕变，如果说此前他在北宋文坛的领袖地位还有争议，至此鸦雀无声。在苏东坡一生停留较久的地方中，黄州的重要超过眉山、杭州和开封。可是十年前当我去黄州拜访东坡故居的时候，发现黄州地方政府把动物园安放在东坡雪堂隔壁，他们显然是担心东坡先生寂寞。

苏东坡在赴江苏途中经过九江，他登上云雾缭绕的庐山，写下名篇《题西林壁》。这首诗对庐山神韵的描述使人想起达·芬奇的名画《蒙娜丽莎的微笑》，而李白的《望庐山瀑布》、白居易的《大林寺桃花》只是泛泛而论，放之四海而皆准。

下山后苏轼继续前行，在南京拜访王安石，在泗州和刘倩叔同游南山，一起品茶野餐。

浣溪沙

细雨斜风作晓寒，淡烟疏柳媚晴滩。入淮清洛渐漫漫。

雪沫乳花浮午盏，蓼茸蒿笋试春盘。人间有味是清欢。

元丰八年他在江苏靖江看见和尚惠崇的《春江晚景》图，忍不住题诗两首，其中一首脍炙人口。继黄州发明东坡肉之后，苏东坡再次提醒人们他是老饕，为了美味佳肴连命都可以不要。

竹外桃花三两枝，春江水暖鸭先知。

蒌蒿满地芦芽短，正是河豚欲上时。

同年宋哲宗即位，高太后听政。司马光应召入京任尚书左仆射兼门下侍郎，尽废新法，驱逐新党。苏东坡众望所归做了翰林学士知制诰。他的《水龙吟·次韵章质夫杨花词》就是写于此时。次韵就是用原作之韵写诗填词，通常不能改变原作的用韵次序。章质夫是福建蒲城人，当时官居荆湖北路提点刑狱。

> 似花还似非花，也无人惜从教坠。抛家傍路，思量却是，无情有思。萦损柔肠，困酣娇眼，欲开还闭。梦随风万里，寻郎去处，又还被、莺呼起。　　不恨此花飞尽，恨西园落红难缀。晓来雨过，遗踪何在？一池萍碎。春色三分，二分尘土，一分流水。细看来，不是杨花，点点是、离人泪。

苏东坡做翰林学士应该和司马光推荐有关。司马光认为他是反对新法的同道中人，但苏东坡认为新法中的"免役法"等并非一无是处，屡次力争无果之后再次请求外调。他征询妻妾的意见，朝云力主回她故乡杭州。

苏东坡本人也喜欢杭州，他认为自己前生就到过杭州。有一次他同和尚参寥等人一起游览西湖附近的寿星寺，觉得寺中景物似曾相识。他对参寥说："我前世是个游方僧人，曾经在这里挂单。"

参寥和其他随从都认为他信口开河。

苏东坡说："我生平从未来过这里，庙里的和尚可以证实。但是我知道从这里到忏堂，共有九十二级阶梯。"

随从数过之后，果然不多不少。

司马光小时候奋力砸缸，现在奋力砸新法新党，发泄完愤怒并留下史学名著《资治通鉴》，无怨无悔地离开人间。朝野都认为苏东坡会得到重用甚至接替司马光为相，苏东坡却不为所动，走后门也要离开京城。于是时隔十五年后，苏东坡再次来到西子湖边。

到了杭州之后他写过一首《赠刘景文》。刘景文当时是两浙兵马都监。

荷尽已无擎雨盖，菊残犹有傲霜枝。
一年好景君须记，正是橙黄橘绿时。

这时苏东坡已是五十出头，人生已经到了诗中描述的秋天。虽然已经没有夜深赏花的热情，但仍然相信自己处在一生好景。这么解释也许有些牵强，但东坡此时确实心情轻松魂梦悠扬。

这一次他成了杭州之主，所以坚持疏浚西湖。若把西湖比西子，白堤是她的裙摆，苏堤是她的腰带。因为苏东坡，杭州成为中国最美的城市，西湖成为中国最著名的湖泊。

苏堤筑成后杭州官员在西湖游船庆祝。歌妓秀兰迟到，她解释说沐浴时不知不觉睡着了。有位官员指责秀兰失礼，东坡作《贺新凉》词解之。

乳燕飞华屋，悄无人、桐阴转午，晚凉新浴。手弄生绡白团扇，扇手一时似玉。渐困倚、孤眠清熟。帘外谁来推绣户？枉教人梦断瑶台曲。又却是、风敲竹。　石榴半吐红巾蹙，待浮花浪蕊都尽，伴君幽独。秾艳一枝细看取，芳心千重似束。又恐被、西风惊绿。若待得君来向此，花前对酒不忍触。共粉泪、两簌簌。

元祐六年（1091年），苏东坡先是回京做了吏部尚书，同年贬为颍州太守，次年转任扬州太守。扬州平山堂是他老师欧阳修当年做太守时所筑。苏东坡多次登临，"长记平山堂上，敧枕江南烟雨，杳杳没孤鸿。认得醉翁语，山色有无中。"

苏轼随后回朝做了兵部尚书、礼部尚书。元祐八年随着高太后去世，忍耐已久的宋哲宗亲政，新党东山再起。苏东坡被贬为宁远军节度副使，放逐广东惠阳。这里的荔枝让他喜出望外，"日啖荔枝三百颗，不辞长作岭南人。"应潮州地方官的要求他写了《潮州韩文公庙碑》，盛赞韩愈"文起八代之衰"。

下面这首《蝶恋花》也可能写在这个时候。

花褪残红青杏小，燕子飞时，绿水人家绕。枝上柳绵吹又少，天涯何处无芳草？　墙里秋千墙外道，墙外行人，墙里佳人笑。笑渐不闻声渐悄，多情却被无情恼。

在苏东坡离开黄州前夕，朝云为他生下小儿子苏遯，可是这个孩子未满周岁就在金陵舟中夭折，年轻的母亲深深自责。强忍忧伤跟随苏东坡来到惠州以后，岭南的燥热天气终于使朝云一病不起，念着《金刚经》四偈"一切有为法，如梦幻泡影，如露亦如电，应作如是观"含笑辞世。苏东坡放声大哭。据说朝云生前常常为东坡唱这首《蝶恋花》词，可她每次到了"枝上柳绵吹又少"就唱不下去。东坡追问原因。朝云回答说：我最怕唱下一句"天涯何处无芳草"。苏轼笑说：我正悲秋，而你又开始伤春了。朝云去世后，苏轼"终生不复听此词"。

据南宋费衮《梁溪漫志》记载，东坡一日退朝，饭后指着自己的大肚子问家人："你们说说我肚子里装着什么？"家人猜测是文章或学问见识。东坡连连摇头。朝云说："学士一肚皮不合时宜。"东坡捧腹大笑，称赞朝云是知己。流放岭南的苏轼已经看淡一切荣辱毁誉，失去朝云是他晚年遭受的最沉重打击。

苏轼放言"日啖荔枝三百颗"，政敌看见之后觉得他过得太舒服。苏氏兄弟字子瞻子由，政敌就把他们贬往更荒凉的儋州、雷

州。兄弟俩在秦观逝世的藤州意外重逢。苏东坡在海南过了两年，那时海南人主要以渔猎为生。苏东坡两样都不擅长，只好自办学堂教当地孩子读书。海南百姓知恩图报，经常悄悄把山珍海味放在他家门口。

建中靖国元年（1101年），刚刚登上皇位的宋徽宗大赦天下，自称"九死南荒吾不恨，兹游奇绝冠平生"的苏轼立刻坐船离开海南。他们全家翻越梅岭，从江西赣州上船沿赣江到达长江。沿途百姓听说东坡归来，都在江河两岸守望坡仙风采。很多读书人更是带领子孙早早等待，遥对偶像躬身下拜。

建中靖国元年七月二十八日，公元1101年8月24日，苏东坡在常州离开人间，就像他反复题咏的飞鸿一去不返。他和老师欧阳修一样谥号文忠。十一年后苏辙去世，苏氏子孙后来把三苏迁葬汝州郏城即今河南郏县。

苏东坡是中国历史上罕见的全才，诗文之外，他开创词家豪放一派，和辛弃疾并称"苏辛"，积弱不振的宋朝因为他们而英雄气在，否则绝对坚持不了三百年。苏东坡还是宋朝四大书法家之一，同时精于绘画并提出著名的"神似"理论。苏东坡的文学思想虽然很少长篇大论，但他批评扬雄"以艰深文浅陋"，赞扬韩愈"文起八代之衰，道济天下之溺"，用"外枯而中膏，似澹而实美"形容陶渊明柳宗元，以及"郊寒岛瘦""元轻白俗""山抹微云秦学士，露花倒影柳屯田"，都是一锤定音。得到他肯定的人别人很难否定，被他否定的人只能放弃上诉，因为知道他的结论就代表最高法院。

苏东坡这种伟大文人的出现，可以提振一个国家的自信，但他的离去也可能带走一个国家的好运。苏东坡去世二十六年后，开封被金兵攻陷，北宋成为《清明上河图》里的一片风景、《东京梦华录》里的一个梦境。

苏东坡对后世影响深远。据陆游《老学庵笔记》记载，南宋读书人把他的文章当作安身立命的根本,"苏文熟,吃羊肉。苏文生,吃菜羹"。

三苏的才气主要还是在苏轼这里,苏洵和苏辙位列唐宋八大家有些名不副实,但是因为苏轼胜任有余,所以大家也就不愿争议。苏东坡的三个儿子中苏过最有才学,所以人称"小坡"。他自号斜川居士。可惜他的文才远不能和父辈相比,留下的作品只有《点绛唇》值得一提。

> 新月娟娟,夜寒江静山衔斗。起来搔首,梅影横窗瘦。
> 好个霜天,闲却传杯手。君知否,乱鸦啼后,归兴浓如酒。

苏东坡和弟子黄庭坚并称"苏黄",他们又和米芾、蔡襄合称"苏黄米蔡"。苏黄并称是因为两人在宋朝的诗名不相上下。苏黄米蔡并称是因为他们的书法,他们就是中国书法史上的北宋四大家。

《绝壑高闲图》 明_文徵明

据说本来"蔡"是指蔡京，因为他是大奸臣，所以被后人除名。

苏、黄在宋朝有点像李、杜在唐朝。苏东坡的天才黄庭坚佩服得五体投地，但黄庭坚在江西诗派诗人眼中的地位远非苏东坡可比。而江西诗派在宋朝门徒众多，简直就是一统江湖的日月神教。

江西诗派想要突破唐诗的笼罩，但他们却把唐诗的代表人物杜甫奉为诗祖。有的学者认为西昆体才是江西诗派的攻击目标。西昆体祖述李商隐，而李商隐同样学习杜甫，所以江西诗派和西昆体即使不是战友，也是若即若离的同道。

黄庭坚非常尊敬苏东坡。据《邵氏闻见后录》记载，黄庭坚将苏轼的画像悬挂在正堂，每天早晚对着画像敬礼焚香。黄庭坚还写过一篇散文《书东坡字后》。

> 东坡居士极不惜书，然不可乞。有乞书者，正色诘责之，或终不与一字。元祐中锁试礼部，每来见过，案上纸不择精粗，书遍乃已。性喜酒，然不过四五龠已烂醉，不辞谢而就卧，鼻鼾如雷。少焉苏醒，落笔如风雨，虽谑弄皆有意味。真神仙中人，此岂与今世翰墨之士争衡哉？

在两人平时的交往中，毕竟年龄相差不多，苏东坡又比较随意，所以师徒俩经常互相开玩笑。苏轼曾说"黄九诗文如蟠蟀江珧柱，格韵高绝，盘餐尽废，然而不可多食，多食则发风动气"。黄庭坚马上回应"先生的文章确实精妙绝人，但偶尔也会不如古人"。

有一次苏东坡和黄庭坚谈论书法，东坡说："你的字虽然清劲，可是笔势太瘦，犹如树梢挂蛇。"黄庭坚立刻还击："先生的字有些褊浅，好像石压虾蟆。"他们各自的缺点被对方点破，所以相对大笑。

黄庭坚小时候是个神童，据说他七岁时就写了《牧童》："骑牛远远过前村，吹笛风斜隔岸闻。多少长安名利客，机关用尽不如君。"

八岁时看见邻居书生进京赶考，他写了一首打油诗相送，更加引起轰动，"送君归去玉帝前，若问旧时黄庭坚，谪在人间今八年。"

二十岁前后黄庭坚游览安徽舒州三祖山的山谷寺，"乐其林泉之胜"，从此自号"山谷道人"。英宗治平四年（1067年），黄庭坚中进士并做了叶县尉。

苏东坡喜欢夸奖晚辈，很多人都因为得到他的夸奖拒绝改行，一生埋头写文章，结果穷困潦倒，死后甚至无钱归葬。熙宁五年（1072年），此事不幸落到黄庭坚身上。黄庭坚的岳父孙觉孙莘老是东坡好友，官至吏部侍郎。他把女婿的诗文拿来请东坡指教。苏轼随手翻了翻，夸张地说："当世没有谁能把诗写这么好，难道此人来自唐朝？"

孙觉马上得意地说："他是我女婿。"

"老兄真是一双慧眼，你从哪里找到这么优秀的年轻人？"

"他是江西人。现在知道他名字的人还不多，希望你帮他扬名。"

"孙兄，你女婿如精金美玉，谁都会想要据为己有。所以你要担心的不是他默默无闻，而是将来出名之后会不会冷落令千金。"

"那怎么办？"

"好办。你让我收他为徒，我帮你把他看住。"

黄庭坚在元丰元年（1078年）开始和苏轼诗书往还，从此成为苏轼门人。苏轼对黄庭坚十分赞赏，称他"瑰玮之文妙绝当世，孝友之行追配古人"。元丰三年因受苏轼"乌台诗案"影响，黄庭坚先后贬官吉州太和知县和德州德平镇监。

元丰八年宋神宗驾崩，小皇帝宋哲宗即位，反对变法的高太后垂帘听政。苏轼回京任翰林学士知制诰，随即主持礼部贡举。黄庭坚也做了秘书省校书郎，主持编写《神宗实录》。这段时间黄庭坚和张耒、晁补之、秦观同时供职史官，追随苏轼，人称"苏门四学士"。

黄庭坚受苏东坡影响最深，后来他对待贬谪的态度明显比秦观乐观。黄庭坚的《清平乐》不知写于何时，我认为应该是在早年，极有可能是他们师徒在州桥南北快乐相随的那段时间。这首词也算伤春惜春之作，不过风格明快，完全是为赋新词强说愁。

春归何处？寂寞无行路，若有人知春去处，唤取归来同住。　春无踪迹谁知？除非问取黄鹂。百啭无人能解，因风飞过蔷薇。

苏门四学士中以秦观最擅长填词。黄庭坚不如秦观，但偶尔也能把词写得眼波流转。比如下面这首《望江东》。

江水西头隔烟树，望不见江东路。思量只有梦来去，更不怕江阑住。　灯前写了书无数，算没个人传与。直饶寻得雁分付，又还是秋将暮。

新党指控黄庭坚修撰《神宗实录》时诋毁先帝宋神宗，黄庭坚据理力争，他的强硬触怒了刚刚亲政的宋哲宗。绍圣二年（1095年）黄庭坚被贬涪州别驾黔州安置，两年后再贬戎州。这些地方都属现在的大四川，他趁机拜访老师苏轼的故乡眉山。他晚年自号"涪翁"就和涪州有关。

黄庭坚的《定风波》写于黔州。

万里黔中一漏天，屋居终日似乘船。及至重阳天也霁，催醉，鬼门关外蜀江前。　莫笑老翁犹气岸，君看，几人黄菊上华颠。戏马台南追两谢，驰射，风流犹拍古人肩。

"戏马台南追两谢"，戏马台在徐州城外南山上，相传是西楚霸王项羽定都彭城后所筑。公元416年，当时还是东晋大将的南朝宋武帝刘裕北伐经过彭城，重阳节曾在此大宴宾朋犒赏三军，谢灵运躬逢其盛。两谢通常指谢灵运和谢朓，不过谢朓五十年后才出生，另一位著名的谢家子弟谢惠连虽然不到十岁但已经是天才儿童，所以跟随谢灵运参加过那场盛会并赋诗的有可能是谢惠连。

戎州即现在的宜宾，自古就是著名的白酒产地，有一天黄庭坚大醉之后写了一首《鹧鸪天》。

> 黄菊枝头生晓寒，人生莫放酒杯干。风前横笛斜吹雨，醉里簪花倒著冠。　身健在，且加餐。舞裙歌板尽清欢。黄花白发相牵挽，付与时人冷眼看。

宋徽宗即位后大赦天下，苏轼师徒都离开贬谪地回家。黄庭坚沿长江东下，途经湖南时《雨中登岳阳楼望君山》。

一

> 投荒万死鬓毛斑，生入瞿塘滟滪关。
> 未到江南先一笑，岳阳楼上对君山。

二

> 满川风雨独凭栏，绾结湘娥十二鬟。
> 可惜不当湖水面，银山堆里看青山。

这是黄庭坚两首比较有名的七绝，其中第二首是江西诗派"点铁成金，脱胎换骨"的典范，不幸被当作顽铁点化的是唐朝诗人刘禹锡的《望洞庭》（遥望洞庭山水翠，白银盘里一青螺）和雍陶的

《望君山》（应是水仙梳洗罢，一螺青黛镜中心）。

回到中原之后黄庭坚还写了《题王居士所藏王友画桃杏花》，字里行间流露出"世路如今已惯，此心到处悠然"的放达。

> 凌云一笑见桃花，三十年来始到家。
> 从此春风春雨后，乱随流水到天涯。

"出门一笑大江横""未到江南先一笑""凌云一笑见桃花"，黄庭坚晚年的诗词里，"笑"是最频繁出现的一个字。不知他是真的笑看人生，还是强作欢颜。

崇宁元年（1102年）也就是东坡逝世的第二年，宋徽宗亲政，下诏禁毁三苏和黄庭坚、秦观的诗文。黄庭坚被流放宜州即今广西宜山。地方官吏受新党高层指使，竟然不准百姓租给他房子。直到第二年五月，黄庭坚才在城头寻觅到一间破败阁楼，算是有了栖身之所。

又一个冬天来了，黄庭坚看见梅花，词兴大发，填了一首《虞美人》。

> 天涯也有江南信，梅破知春近。夜阑风细得香迟，不道晓来开遍向南枝。　　玉台弄粉花应妒，飘到眉心住。平生个里愿杯深，去国十年老尽少年心。

宋徽宗崇宁四年九月三十日，黄庭坚酒后在宜州平静去世，这座干旱已久的山城当时下了一场小雨。

第八回

碧野朱桥当日事　两情若是长久时

宋神宗熙宁十年（1077年），苏东坡从山东密州调往江苏徐州。有人为了引起苏东坡注意，故意在苏东坡必经之路的一座寺庙外墙上模仿大苏题字。苏东坡看见之后竟然怀疑是自己亲笔。

此人正是江苏高邮人秦观秦少游。经淮南西路提点刑狱李常介绍，秦观随后前往徐州拜见苏东坡，"我独不愿万户侯，惟愿一识苏徐州"。他盛赞苏东坡"不将俗物碍天真，北斗以南能几人"。苏东坡听了很高兴。秦观正式成为苏门弟子。"苏门四学士"中，东坡偏爱少游，所以民间流传"苏小妹三难新郎"的故事，把少游说成东坡的妹夫。

现代作家汪曾祺也是高邮人，他那些回忆故乡风物的文章很受欢迎。汪曾祺笔下的高邮咸鸭蛋、杨花萝卜别有风情，但我认为他宣扬故乡风景的能力还是不如秦观。秦观眼里的故乡如诗如画，如梦如幻。

泗州东城晚望

渺渺孤城白水环，舳舻人语夕霏间。
林梢一抹青如画，应是淮流转处山。

秋日

霜落邗沟积水清，寒星无数傍船明。
菰蒲深处疑无地，忽有人家笑语声。

"舳舻"指首尾相连的船只，舳指船尾，舻指船头。苏东坡《前赤壁赋》："舳舻千里，旌旗蔽空"。邗沟是连接长江和淮河的古运河。"菰"和"蒲"都是多年生草本植物，菰的嫩茎即茭白，蒲可以编席做扇。菰蒲连在一起可以代指湖泽。

秦观比苏东坡小十二岁，他出生的时候辽国已经开始衰落，但是西夏方兴未艾。秦观从小看着村里的民兵训练，自己也经常舞刀弄剑。即使十五岁的时候父亲去世，秦观也没有专心致志考试求官，而是练习骑射准备北上从军。

秦观二十四岁的时候写了《郭子仪单骑见虏赋》，依然希望自己可以横行沙场而不是考场。他去参加过几次进士考试，都因纸上谈兵而落榜。他在考场不顺，在情场却春风得意。他的《鹊桥仙》天下流传。人们把柳永、晏几道和秦观看作三代情歌王子。

纤云弄巧，飞星传恨，银汉迢迢暗度。金风玉露一相逢，便胜却人间无数。　　柔情似水，佳期如梦，忍顾鹊桥归路。两情若是久长时，又岂在朝朝暮暮。

《鹊桥仙》是最常见的词牌之一，可是自从秦观这首词问世以后，提起《鹊桥仙》就会让人想起"纤云弄巧，飞星传恨"和"柔情似水，佳期如梦"。金风玉露即秋风白露。李商隐《辛未七夕》："恐是仙家好别离，故教迢递作佳期。由来碧落银河畔，可要金风玉露时。"

"两情若是久长时，又岂在朝朝暮暮"更是鼓励了无数相隔两地的情侣。不过令人不解的是，随着交通和通讯的日新月异，两地分居的情侣反而越来越难相守，这句词似乎应该改为"两情若要久长时，最好是朝朝暮暮"。

秦观的《江城子》写的也是少年情事。

> 西城杨柳弄春柔，动离忧，泪难收。犹记多情曾为系归舟。碧野朱桥当日事，人不见，水空流。　韶华不为少年留，恨悠悠，几时休。飞絮落花时候一登楼。便做春江都是泪，流不尽，许多愁。

我喜欢那句"碧野朱桥当日事"，碧绿的原野，朱红的桥栏，当年相约的情景在记忆中总是这么鲜明，因为那是我们的青春。

元丰二年（1079年），秦观前往越州省亲，适逢苏轼从徐州太守转任湖州太守。他搭上苏轼官船，途经无锡时陪老师登临惠山。端午过后辞别苏轼来到杭州，中秋随参寥子、辩才法师夜游龙井。随后秦观来到绍兴，郡守程师孟亲自为他做导游，陪他烧香禹庙泛舟鉴湖。在程师孟为他举行的宴会上，秦观看上了一个歌妓，于是赋《满庭芳》致意。

> 山抹微云，天连衰草，画角声断谯门。暂停征棹，聊共引离尊。多少蓬莱旧事，空回首，烟霭纷纷。斜阳外，寒鸦万点，流水绕孤村。　销魂，当此际，香囊暗解，罗带轻分。谩赢得、青楼薄幸名存。此去何时见也，襟袖

上，空惹啼痕。伤情处，高城望断，灯火已黄昏。

"斜阳外，寒鸦万点，流水绕孤村"出自隋炀帝杨广的"寒鸦千万点，流水绕孤村"。晁补之称赞这两句"虽不识字之人，亦知是天生好言语也"。"谯门"指建有望楼的城门。"谩赢得、青楼薄幸名存"化用杜牧"十年一觉扬州梦，赢得青楼薄幸名。"

苏东坡特别欣赏"山抹微云，天连衰草"，戏封少游为"山抹微云君"。他开玩笑说：没想到几天不见，你竟学柳七作词。柳永当时虽然名声很大，但是人们认为他不够风雅，甚至"词语尘下"。秦观急忙为自己辩解：某虽无学，尚不至如此。东坡笑问："销魂当此际"不似柳词？秦观无语。

苏东坡得理不饶人，紧接着送给秦观一副对联"山抹微云秦学士，露花倒影柳屯田"。"露花倒影"出自柳永的《破阵子》，秦观从此和柳永结下不解之缘。

秦观这首《满庭芳》名噪一时，据《铁围山丛谈》记载，秦观女婿范温某次赴宴，坐在角落里无人理睬。这时歌妓唱起少游的这首词，有人和范温寒暄："阁下仙乡何处，现在哪里高就？"范温很自豪地说："在下籍籍无名，不过我夫人她爹是山抹微云君"。满座宾客顿时对他刮目相看。

东坡词和少游词风格截然不同，不过苏东坡知道秦观的词更时尚，所以有一次他把自己的词拿给张耒、晁补之看，问是不是和少游词很像。两人异口同声："一点都不像。"

苏东坡把秦观和柳永相提并论，因为他们的词风确实非常相似。后人用秦观自己的诗来形容他的诗风，"有情芍药含春泪，无力蔷薇卧晓枝"。他的词风也比较清绮。

浣溪沙

漠漠轻寒上小楼，晓阴无赖似穷秋。淡烟流水画屏幽。

自在飞花轻似梦，无边丝雨细如愁。宝帘闲挂小银钩。

"晓阴无赖似穷秋"，清晨阴沉的天气像深秋一样恼人。这里无赖意思接近可恶、讨厌，但厌恶程度稍轻。

秦观词总体风格婉约清扬，有人用"自在飞花轻似梦，无边丝雨细如愁"概括他的词风。不过受苏东坡影响，他也偶尔豪放。他写过"汗血来西极，抟风出北溟"这样雄浑的诗句。《望海潮》词更是气势恢宏。

星分斗牛，疆连淮海，扬州万井提封。花发路香，莺啼人起，珠帘十里东风。豪俊气如虹。曳照春金紫，飞盖相从。巷入垂杨，画桥南北翠烟中。　追思故国繁雄。有迷楼挂斗，月观横空。纹锦制帆，明珠溅雨，宁论爵马鱼龙。往事逐孤鸿。但乱云流水，萦带离宫。最好挥毫万字，一饮拚千钟。

"星分斗牛"，扬州以斗宿和牛宿作为分野。中国古代天文学家把天上常见的星座分为二十八宿，并以天上星宿对应地上州府，这就是分野。因为分野上应星宿，还可根据星象观测天灾人祸。"万井提封"即提封万井，出自《汉书·刑法志》，古制以八家为一井，提封的意思是总共，万井提封即总共八万人家。"曳照春金紫"意谓锦衣华服映照春光，出自杜甫《奉寄章十侍御》："淮海维扬一俊人，金章紫绶照青春。""繁雄"即繁华。"迷楼挂斗"形容迷楼高接天上星斗。迷楼是隋炀帝所建楼名，故址在今扬州平山堂东观音山上。"纹锦制帆，明珠溅雨"，隋炀帝下扬州时以锦缎做船帆，并

让宫女把明珠撒在龙舟上，模拟雨雹交加的情境。"爵马鱼龙"指珍奇古玩，鲍照《芜城赋》："吴蔡齐秦之声，爵马鱼龙之玩。"

秦观不甘心以文人终老。元丰四年和元丰五年宋神宗两次对西夏用兵。三十出头的秦观自备弓马北上，希望有机会为国捍边。宋军先胜后败，两战一共损失军民和助战羌兵数十万。消息传到汴京，神宗君臣在朝堂上相对痛哭，后宫妃嫔受到感染，也跟着大放悲声。这次战败使宋军一蹶不振，秦观的从军梦也彻底苏醒。值得一提的是，《梦溪笔谈》的作者著名学者沈括也以延州知州的身份参加了这场战争。

失望的秦观在洛阳厮混了一段时间，游览龙门石窟和金谷园。名花倾国两相欢，洛阳的美女和牡丹让秦观流连忘返。后来在他贬往西南之前，曾经故地重游，填了一首《望海潮》感叹旧欢如梦。

梅英疏淡，冰澌溶泄，东风暗换年华。金谷俊游，铜驼巷陌，新晴细履平沙。长忆误随车，正絮翻蝶舞，芳思交加。柳下桃蹊，乱分春色到人家。　　西园夜饮鸣笳。有华灯碍月，飞盖妨花。兰苑未空，行人渐老，重来是事堪嗟。烟暝酒旗斜，但倚楼极目，时见栖鸦。无奈归心，暗随流水到天涯。

元丰七年苏轼在江宁向王安石推荐秦观，他生怕王安石不重视，随即又给王安石寄信，"愿公少借齿牙，使增重于世"。在唐朝科举考试中举足轻重的行卷到宋朝已不流行，但当世两大文豪王安石和苏东坡的交相推荐还是立竿见影。元丰八年秦观终于考中进士，此后做了定海主簿和蔡州教授。《水龙吟》就写于蔡州。

小楼连苑横空，下窥绣毂雕鞍骤。朱帘半卷，单衣初试,清明时候。破暖轻风,弄晴微雨,欲无还有。卖花声过尽,斜阳院落,红成阵、飞鸳鸯。　　玉佩丁东别后,怅佳期、参差难又。名缰利锁,天还知道,和天也瘦。花下重门,柳边深巷,不堪回首。念多情但有,当时皓月,向人依旧。

据说当时蔡州有个歌妓姓娄名婉字东玉,秦观这首《水龙吟》就是为她量身定制。"小楼连苑横空""玉佩丁东别后"暗藏楼东玉的名字。

秦观和柳永同样爱写慢词长调。慢词长调最常见的缺点是堆砌繁复。据说苏轼看到这首《水龙吟》后批评道:(小楼连苑横空,下窥绣毂雕鞍骤)"十三字总共只说得一人从楼下经过。"

很少有人拒收秦观的情诗,不过也有例外,汝南一个姓畅的美丽道姑就对他爱理不理。他因此酸溜溜地写了一首《南乡子》。

《调琴啜茗图》(局部)　唐_周昉

妙手写徽真，水翦双眸点绛唇。疑是昔年窥宋玉，东邻，只露墙头一半身。　往事已酸辛，谁记当年翠黛颦。尽道有些堪恨处，无情，任是无情也动人。

徽真就是崔徽的写真。崔徽是中唐河东道蒲州歌妓，和出差到蒲州的官员裴敬中一见钟情。裴敬中离开蒲州时崔徽不能随行。白居易的弟弟白行简随后来到蒲州做幕僚，听说崔徽对裴敬中念念不忘，建议崔徽找画师帮忙画像，由他转交裴敬中。结果已经另结新欢的裴敬中不为所动，崔徽忧郁而死。晚唐以后的诗人经常提到这个故事，徽真甚至成为女子肖像的代名词。

秦观的《一丛花》甚至提到过大名鼎鼎的李师师，所以有人认为他是宋徽宗、周邦彦之外，李师师的第三个情人。不过较早前还有个陈师师，那是柳永的红颜知己。师师可能是当时比较流行的艺名，我怎么想起李冰冰和范冰冰？

年时今夜见师师，双颊酒红滋。疏帘半卷微灯外，露华上、烟袅凉飔。簪髻乱抛，偎人不起，弹泪唱新词。

佳期，谁料久参差。愁绪暗萦丝。想应妙舞清歌罢，又还对、秋色嗟咨。惟有画楼，当时明月，两处照相思。

元丰八年至元祐八年（1093年），苏门四学士大部分时间都在汴京，整天厮混在一起吃酒论诗，坐在汴河游船上看美女。大家轮流做东。秦观很快囊空如洗，难为无米之炊。他不好意思开口求助，所以写诗向邻居户部尚书钱穆父婉转借贷。

三年京国鬓如丝，又见新花发故枝。
日典春衣非为酒，家贫食粥已多时。

钱穆父赶紧让人给秦观送去两石大米。他把秦观的困境告诉苏东坡等人。从此以后苏门师徒一起聚会的时候，大家尽量不让秦观掏钱。

元祐九年太皇太后高氏归天，忍耐已久的宋哲宗亲政。新党卷土重来，秦观首先被贬为杭州通判，途中接到调令改监处州酒税。处州即今浙江丽水。在处州期间，秦观常与僧人谈佛说禅，并为寺庙抄写经文。政敌因此告他私撰佛书，秦观又被贬往湖南郴州。

旅途中简陋的驿馆寂静阴冷，有只老鼠觉得清瘦的秦观不像官员，整个晚上都在观察判断秦观的身份。辗转难眠的秦观躲在被窝里吟成《如梦令》。

> 遥夜沉沉如水，风紧驿亭深闭。梦破鼠窥灯，霜送晓寒侵被。无寐，无寐，门外马嘶人起。

僻静荒凉的郴州却是秦观的福地，因为他的代表作《踏莎行》就在这里问世。

> 雾失楼台，月迷津渡。桃源望断无寻处。可堪孤馆闭春寒，杜鹃声里斜阳暮。　驿寄梅花，鱼传尺素，砌成此恨无重数。郴江幸自绕郴山，为谁流下潇湘去？

"雾失楼台，月迷津渡，桃源望断无寻处"，楼台在漫天大雾中消逝，津渡在遍地月光中迷失，这样的天气桃花源当然无从寻觅。

苏轼最爱"郴江幸自绕郴山，为谁流下潇湘去"。王国维激赏"可堪孤馆闭春寒，杜鹃声里斜阳暮"，认为气象接近《诗经》"风雨如晦，鸡鸣不已"。

南行并非事事堪悲，秦观也并非只有愁怀。

行香子

树绕村庄，水满陂塘。倚东风，豪兴徜徉。小园几许，收尽春光，有桃花红，李花白，菜花黄。　　远远围墙，隐隐茅堂。飐青旗、流水桥旁。偶然乘兴，步过东冈，正莺儿啼，燕儿舞，蝶儿忙。

元符三年（1100年）宋哲宗驾崩，徽宗赵佶即位，向太后垂帘听政。流放的官员纷纷内迁。北宋王朝有个很有意思的现象，皇帝越来越昏庸刻薄，太后却始终仁慈宽厚。已经身处雷州的秦观奉命放还横州，当年五月到达藤州，在游览当地名胜光华亭的时候觉得口渴。随从赶紧帮他找水喝。水送到时他已经不能下咽，望着葫芦里的水含笑离开人间。

天才诗人往往能预知自己回到天上的时间地点，秦观曾经写过一首《好事近》。

春路雨添花，花动一山春色。行到小溪深处，有黄鹂千百。　　飞云当面化龙蛇，天骄转空碧。醉卧古藤阴下，了不知南北。

直到他在藤州逝世，人们才想起这句"醉卧古藤阴下"另有深意。

秦观去世后传说很多。据说当时长沙有个歌妓爱慕秦观，听说秦观被贬经过，向母亲请求准许她嫁给少游。秦观和歌妓拜堂成亲，可是他觉得前途艰难风险太大，于是把歌妓留在长沙。他在藤州去世的消息还未传开，歌妓已经预先梦到。她等在路边隆重祭奠，回家以后自尽殉情。

与此同时，长沙太守正在合江亭大宴宾朋，席间有个歌妓唱了一句"微波浑不动，冷浸一天星"。在座文人雅士觉得很美，要求她把整首词唱出来。那歌妓说"其他的我不会"。原来昨晚她上商船卖艺，邻船有个男子倚着桅樯在唱歌，她只记住了这一句。座中有个叫赵琼的文人说"这歌词很像出自秦少游之手"。长沙太守派人沿江追寻，果然看到少游灵舟。

苏东坡听到秦观病逝的消息后，特意把"郴江幸自绕郴山，为谁流下潇湘去"书于扇上，每日流泪欣赏，越看越难过。他说："少游已矣，虽万人何赎！"

秦观的词得到人们高度称赞。王士祯声称"风流不见秦淮海，寂寞人间五百年"。李调元认为秦观词"首首珠玑，为宋一代词人之冠"。陈廷焯也说："秦写山川之景，柳写羁旅之情，俱臻绝顶，有不可以言语形容者。"冯煦断言"后主而后，一人而已"。

秦观逝世二十多年后，浙江绍兴一位陆姓官员的夫人怀孕时梦见秦少游。"秦观来送梦，难道我的孩子能像他一样才高八斗？"那官员和夫人商量后决定让孩子名"游"字"务观"。这孩子后来成为南宋诗坛旗手，并以忧国忧民和一往情深名垂千古。

孙浩然默默无闻，但他留下了两首绝妙好词，其中一首是《夜行船》。

何处采菱归暮。隔宵烟、菱歌轻举。白蘋风起月华寒，影朦胧、半和梅雨。　　脉脉相逢心似许。扶兰棹、黯然凝伫。遥指前村，隐隐烟树，含情背人归去。

孙浩然的《离亭燕》意象高远。明代状元才子杨慎正是从这首词得到灵感，写下《三国演义》开篇词《临江仙》。

一带江山如画，风物向秋潇洒。水浸碧天何处断？霁

色冷光相射。蓼岸荻花洲，掩映竹篱茅舍。　天际客帆高挂，烟外酒旗低亚。多少六朝兴废事，尽入渔樵闲话。怅望倚层楼，寒日无言西下。

苏东坡好友驸马都尉王诜是宋朝开国大将王全斌的后人，他曾根据《离亭燕》词意演绎出一幅《江山秋晚图》。王诜娶了宋英宗之女蜀国大长公主。王夫人性格随和，毫无公主架子。王诜和他的侍妾越来越放肆，根本不把公主放在眼里。公主去世后她的乳母回宫告状。她弟弟宋神宗下令彻查此事，王诜和侍妾差点被处死。

据说王诜是宋徽宗赵佶的人生导师，宋徽宗正是在他带领下结识了李师师。高俅本来是苏东坡的书童，元祐八年苏东坡从翰林侍读学士外放中山府（今河北定州）的时候把他送给王诜。高俅通过王诜认识宋徽宗，最后官至太尉统领八十万禁军。高俅认为自己发迹和苏东坡推荐有关，后来对苏氏子侄颇为照顾，甚至不惜为此得罪蔡京。那些崇拜东坡的文人因此对他很有好感。

画家之外，王诜也是个不错的词人，黄庭坚说他的词"清丽幽远"。王诜的代表作是《忆故人》。

烛影摇红，向夜阑，乍酒醒、心情懒。尊前谁为唱阳关，离恨天涯远。　无奈云沉雨散。凭阑干、东风泪眼。海棠开后，燕子来时，黄昏庭院。

"海棠开后，燕子来时，黄昏庭院"，意思是这三个时分最怀念故人，海棠开后你不能陪我赏花，燕子来时你依然没有消息，黄昏庭院等不到你的车驾。

据吴曾《能改斋漫录》记载，宋徽宗很喜欢这首词，指令周邦彦把它改编为《烛影摇红》。

在金庸武侠小说中，黄裳是《九阴真经》的作者。历史上真实的黄裳是宋神宗元丰五年状元，官至端明殿学士。黄裳的词以《减字木兰花》最为人所知。

  红旗高举，飞出深深杨柳渚。鼓击春雷，直破烟波远远回。　欢声震地，惊退万人争战气。金碧楼西，衔得锦标第一归。

第九回

李之仪家住长江头　贺梅子惊艳横塘路

唐诗主要写男性之间的友情,"劝君更尽一杯酒,西出阳关无故人"。宋词主要写男女之间的爱情,"衣带渐宽终不悔,为伊消得人憔悴"。唐诗和科举行卷有关,所以难免一本正经;宋词纯为遣怀助兴,所以往往流露真情。唐诗老于世故,宋词一往情深。因此宋词比唐诗更容易打动人心,尤其是年轻人的心。

卜算子

我住长江头,君住长江尾。日日思君不见君,共饮长江水。　此水几时休,此恨何时已。只愿君心似我心,定不负相思意。

这首词的作者是李之仪。因为这首词,我一直觉得李清照的父亲李格非身份可疑,我认为李之仪更适合养育李清照这样的才女。

李之仪字端叔。北宋人喜欢用"叔"做名字,晏殊字同叔,欧阳修字永叔，晏几道字叔原，李廌字方叔，李格非字文叔，晁冲之字叔用，苏东坡儿子苏过字叔党。李之仪的名字容易混淆，最好把他和《卜算子》捆绑在一起记忆。

李之仪是河北沧州无棣人，他本来师从范仲淹之子范纯仁，后来转投苏东坡门下。晚年卜居安徽当涂姑溪，因此自号姑溪居士。当涂境内的采石是李白归仙之地，这样一来李之仪和唐宋两大才子都有联系。

早年的李之仪不是苏门六君子，当然更不是苏门四学士，但后来他和苏东坡的情谊已经超越其他苏门弟子。李之仪因受东坡连累丢官，但他无悔无怨，反而到处为东坡鸣不平。苏东坡从岭南北归直到逝世的一年时间里，有多达七封书信写给李之仪。

李之仪是天才词人，在苏门弟子中仅次于秦观。

菩萨蛮

五云深处蓬山杳，寒轻雾重银蟾小。枕上挹余香，春风归路长。　雁来书不到，人静重门悄。一阵落花风，云山千万重。

"五云"即五彩祥云。"蓬山"即蓬莱仙山。"银蟾"即月亮，传说月宫中有只三条腿的蟾蜍，所以月宫又名蟾宫。

踏莎行

还是归来，依前问渡，好风引到经行处。几声啼鸟又催耕，草长柳暗春将暮。　潦倒无成，疏慵有素，且陪野老酬天数。多情惟有面前山，不随潮水来还去。

严羽《沧浪诗话》说："诗有别才，非关书也；诗有别趣，非

关理也。"这句话同样适用于词。李之仪在文学史上的地位不如黄庭坚，但他却比黄庭坚更有填词的别才，也能写出黄庭坚词所不具备的别趣。

浣溪沙

依旧琅玕不染尘，霜风吹断笑时春，一簪华发为谁新。
白雪幽兰犹有韵，鹊桥星渚可无人，金莲移处任尘昏。

浣溪沙

玉室金堂不动尘，林梢绿遍已无春。清和佳思一番新。
道骨仙风云外侣，烟鬟雾鬓月边人。何妨沉醉到黄昏。

李之仪的词有仙风道骨。欣赏这种诗词可以不求甚解，就像欣赏外文歌曲或民谣，虽然有些歌词听不明白，但无碍我们体会韵律声腔之美。

李之仪和贺铸是好朋友，填词时多次"用贺方回韵"。

贺铸有两个举世闻名的绰号，一是贺鬼头，因为他长得很像梁山好汉中的青面兽杨志，身材高大，面色铁青，丑得可以做门神；二是贺梅子，因为他写过"一川烟草，满城风絮，梅子黄时雨"。

贺铸在十七岁那年离开家乡河南辉县来到汴京加入禁军，担任右班殿直，负责监管国家武库。他人虽然长得丑，但是性格豪爽口才很好，所以结交了很多黑白两道的英豪。

六州歌头

少年侠气，交结五都雄。肝胆洞，毛发耸。立谈中，死生同，一诺千金重。推翘勇，矜豪纵，轻盖拥，联飞鞚，斗城东。轰饮酒垆，春色浮寒瓮，吸海垂虹。闲呼鹰嗾犬，白羽摘雕弓，狡穴俄空。乐匆匆。　　似黄粱梦。辞丹凤，明月共，漾孤篷。官冗从，怀倥偬，落尘笼，簿书丛。鹖弁如云众，供粗用，忽奇功。笳鼓动，渔阳弄，思悲翁。不请长缨，系取天骄种，剑吼西风。恨登山临水，手寄七弦桐，目送归鸿。

"鞚"，有嚼口的马络头。"嗾"，唆使。"冗从"，无所事事的散官。"倥偬"，纷繁、匆忙，成语有"戎马倥偬"。"鹖弁"，本义指武将的官帽，这里代指武官。"天骄"即天之骄子，《汉书·匈奴传》："南有大汉，北有强胡。胡者，天之骄子也。""手寄七弦桐，目送归鸿"出自西晋嵇康《赠秀才入军》："目送归鸿，手挥五弦。"

贺鬼头很快就在汴京声名鹊起，不过不是因为他的相貌和武艺才气，而是因为他的毒舌。他博学多闻，所以骂起人来花样翻新，仿佛说单口相声。当时很多年轻人的生日愿望竟然是"听贺铸骂人"。

北宋后期内忧外患，四大奸臣及其党羽却忙于权力斗争。贺铸人微言轻，拔剑四顾心茫然，除了骂人无计可施，"虽贵要权倾一时，小不中意，极口诋之无遗辞"。那些权贵被他骂得狗血淋头，找借口让他远离京师。

贺铸来到太原做监军。监军相当于后世的宪兵，装备精良军服酷炫，远比其他军人威风，所以贺铸的同僚都是一些王孙公子。贺铸不屑与他们为伍，他们也对贺铸爱理不理。这些纨绔子弟见贺铸五大三粗其貌不扬，以为他是凭军功爬上来的农家子弟，经常对他出言不逊，当着他的面克扣军饷殴打士兵。有一天贺铸把他们骗到荒山野岭，二话不说痛打一顿。

这些少爷兵回去商量半天，想报复又怕不是贺铸对手，他们决定向将军告发贺铸的暴行。没想到将军却含糊其辞，不肯把贺铸逮捕法办。他们怀疑将军收了贺铸的钱，扬言要告上朝廷。

将军只好坐下来和他们谈判。

"贺铸希望息事宁人,你们不告他动武伤人,他也不告你们殴打士兵。"

"不行。我们要让他发配边关。"

"你们看起来稳操胜券。那我请教各位,打官司最重要的条件是什么?证据还是后台?"

"当然是后台。现在又不是法治社会。"

将军挨个问这些少爷兵。

"你爸现在是什么官?"

"刑部侍郎。"

"你爸呢?"

"建康留守。"

"马步军都指挥使。"第三个少爷兵不待将军问起,骄傲地自报家门。

将军问:"那你们知道贺铸的出身吗?"

"这丑八怪还有出身?他不是河南农民就是山西煤矿工人。"

"他是太祖贺皇后亲兄弟的孙子。"

"不可能吧?这土行孙还是皇亲国戚?"

"人不可貌相,海水不可斗量。"将军说,"贺鬼头不但武艺高强,而且写得一手好文章,连苏大胡子都非常欣赏。"

"他如果真有你说的这么邪门,肯定会有人提醒我们。"

"他一到军中就要求我帮他保密,所以知道他真实身份的人很少。就算有人知道也不会告诉你们,因为大家都想看热闹,巴不得你们去招惹贺鬼头。"

"假如他是皇亲国戚又文武双全,怎么可能一把年纪还在做小小监军。将军一定在忽悠我们。"

"你们要是不相信,可以继续向他挑衅。"

绍圣二年(1095年),贺铸转为江夏宝泉监。元符元年(1098年)因母丧辞官,趁机南下漫游。《踏莎行》就写于这次江南之行。

> 杨柳回塘,鸳鸯别浦,绿萍涨断莲舟路。断无蜂蝶慕幽香,红衣脱尽芳心苦。　返照迎潮,行云带雨,依依似与骚人语。当年不肯嫁春风,无端却被秋风误。

"绿萍涨断莲舟路"和"红衣脱尽芳心苦"新警秀美。"当年不肯嫁春风,无端却被秋风误"别出心裁。

贺铸在江南漫游了大半年,去过绍兴庆湖拜访贺知章故居。庆湖和鉴湖都是镜湖的别名,后来贺铸自号"庆湖遗老"。看过贺知章的画像后,贺铸更加相信自己是"四明狂客"的后人,因为无论外貌还是懒散疏狂,他都和这位著名的祖先很像。

贺铸和苏州一见如故,他在苏州盘门外十里的横塘买下一座小

楼，让他名扬天下的《青玉案》就写于此时此处。

那天他想去苏州城里游玩，在村前杨柳树下遇到一位明媚少女。这一带的女孩他都认识，所以他估计这是谁家的亲戚。反正没什么急事，他站在路边观察少女要去哪里。看见小美女在前面路口转向，不是去他所住的横塘，贺铸大失所望。

青玉案

凌波不过横塘路，但目送、芳尘去。锦瑟华年谁与度？月桥花榭，琐窗朱户，只有春知处。　　碧云冉冉蘅皋暮，彩笔新题断肠句。试问闲愁都几许？一川烟草，满城风絮，梅子黄时雨。

"凌波"，本指仙女渡水如履平地，这里代指轻盈美女，曹植《洛神赋》："凌波微步，罗袜生尘"。"锦瑟华年"指美好的青春年华，李商隐《锦瑟》："锦瑟无端五十弦，一弦一柱思华年"。"碧云冉冉"，云彩缓缓流动。"蘅皋"，沼泽中长着香草的高地。

贺铸估计这个小美女就住在附近，所以家里才放心让她独自出门。他很想跟在后面弄清小美女的来历去向，可是又怕那女孩把相貌凶恶的他当作流氓，只好眼睁睁看着小美女的背影消失在远方。

黄庭坚从四川流放归来看到这首词后，大为倾倒，他说"解道江南断肠句，只今唯有贺方回"。

宋徽宗建中靖国元年（1101年），贺铸回京任太府寺主簿。刚进家门就被夫人及其姐妹淘放倒，全身上下抓挠得体无完肤。原来大家看到《青玉案》之后，一致认为贺铸在江南拈花惹草。贺夫人比他出身更高贵，她父亲是赵宋亲王。贺铸指天发誓自己没有出轨，直到他把苏州那座小楼的房契交出来才得到原谅。

贺铸随后做了太平州通判，他用《梦江南》寄托自己对南方的思念和对官场的厌倦。在他的江南梦里，一定有那位凌波却过横塘路的小美女。

> 九曲池头三月三，柳毵毵。香尘扑马喷金衔，浣春衫。
> 苦笋鲥鱼乡味美，梦江南。阊门烟水晚风恬，落归帆。

贺铸一生仕途坎坷，虽然先后得到执政大臣李清臣、文坛领袖苏东坡推荐，但是始终沉沦。大观三年（1109年）他下定决心离开官场，要求妻子跟他一起去南方。贺夫人想起往事，认定他去南方是因为旧情难忘。为了防止贺铸逃走，夫人和他寸步不离。贺铸假装送朋友上船，在船离岸的最后一刻跳上船去，夫人无奈只好回家收拾细软上马追赶，夫妻俩从此在苏州定居。

这段时间著名书法家米芾也在江淮漫游，两人一见如故。他们都长得人高马大，而且同样尚武任侠，两人每次见面都要比武斗酒吹牛。他们之间的较量犹如金庸笔下的华山论剑，好事者奔走相告。

除了年轻时有过一些逢场作戏见异思迁，贺铸和夫人还算伉俪情深。当夫人因病去世之后，他写了一首《鹧鸪天》寄托思念。

> 重过阊门万事非，同来何事不同归。梧桐半死清霜后，头白鸳鸯失伴飞。　原上草，露初晞，旧栖新垅两依依。空床卧听南窗雨，谁复挑灯夜补衣。

这首词和苏东坡的《江城子·十年生死两茫茫》齐名，都是悼念妻子的名篇，写作的时间也非常接近。"晞"有晒干的意思，又是"昕"的通假字，意为破晓。

人到中年之后很难再结识知心朋友。贺铸年轻时的朋友都在北方，所以定居苏州之后最难受的就是孤独，尤其是在夫人去世以后。

浪淘沙

一叶忽惊秋，分会东流。殷勤为过白蘋洲。洲上小楼帘半卷，应认归舟。　　回首恋朋游，迹去心留。歌尘萧散梦云收。惟有尊前曾见月，相伴人愁。

临江仙

午醉厌厌醒自晚，鸳鸯春梦初惊。闲花深院听啼莺。斜阳如有意，偏傍小窗明。　　莫倚雕阑怀往事，吴山楚水纵横。多情人奈物无情。闲愁朝复暮，相应两潮生。

贺铸年轻时非常自负，声称"吾笔端驱使李商隐、温庭筠常奔命不暇"。《宋史》说他"尤长于度曲，掇拾人所弃遗，少加隐括，皆为新奇"。他把杜牧《寄扬州韩绰判官》改写成《晚云高》，可见好友黄庭坚提倡的点铁成金、脱胎换骨也影响到了贺铸。

秋尽江南叶未凋，晚云高。青山隐隐水迢迢，接亭皋。二十四桥明月夜，弭兰桡。玉人何处教吹箫，可怜宵。

"弭兰桡"即停下兰舟。弭和米同音，有平息、停止、消除、安抚、平定、顺从之类的意思。

贺铸是两宋词人中的江湖好汉。他和宋江等人大致同时，若非他的贵族子弟身份，以他的个性很可能主动投奔梁山。陈廷焯说"方回词，儿女、英雄兼而有之"，意思是贺铸既能写儿女情长，也可以金戈铁马潇洒豪放。这两种看似完全不同的风格，贺铸转换得非常自然。

有时他还能把两种风格融合在同一首词里，以凌云健笔写闲情逸致。

浣溪沙

梦想西池辇路边，玉鞍骄马小辎軿，春风十里斗婵娟。

临水登山漂泊地，落花中酒寂寞天，个般情味已三年。

辎軿音同紫萍，是辎车和軿车的并称，后泛指有屏蔽的车子。

贺鬼头是个鬼才。晚唐五代词有一种乱世佳人的凄迷之美，这种"还与韶光共憔悴"的凄美在北宋以后逐渐式微。渲染这种凄迷美的技法似乎已经失传，连古今第一才人苏东坡和集词学大成的周邦彦都敬谢不敏。从北宋词人留传下来的作品看，贺铸竟是这种技法的唯一传人。黄庭坚说"解道江南断肠句，只今唯有贺方回"，应该也有这方面的意思。

贺铸的一组《浣溪沙》可以证明。

一

鼓动城头啼暮鸦，过云时送雨些些，嫩凉如水透窗纱。

弄影西厢侵月户，分香东畔拂墙花，此时相望抵天涯。

二

烟柳春梢蘸晕黄，井阑风绰小桃香。几时帘幕又斜阳。

望处定无千里眼，断来能有几回肠。少年禁取恁凄凉。

"井阑风绰小桃香"，井栏风拂桃花香。"少年禁取恁凄凉"，少年经受如此凄凉。

三

落日逢迎朱雀街，共乘青舫度秦淮，笑拈飞絮罥金钗。

洞户华灯归别馆，碧梧红叶掩萧斋，愿随明月入君怀。

"罥金钗"就是缠绕金钗。罥的本义是捕捉鸟兽的网。

陈廷焯说"自子野后一千年来,温韦之风不作矣"。我觉得至少贺铸是个例外。

贺铸晚年主要精力用来整理家藏的万卷图书,宣和七年(1125年)病逝于常州寺庙,留下《应湖遗老集》,存词将近三百首。

贺铸和苏东坡一样喜欢阳羡也就是现在的江苏宜兴,生前想去那里定居未果,死后子孙遵照他的遗愿把他葬在宜兴筱岭。

贺铸去世后不到两年,"靖康之难"发生。

晁补之的名字比较好记,他字无咎,号归来子。他的姓名字号可以串在一起记忆,犯了错误之后将功补过,这样就可以无咎,浪子归来金不换。晁补之是山东巨野人,出身高门大族,曾祖晁宗悫官至参知政事。宋神宗元丰二年(1079年),晁补之试开封及礼部别院皆第一,也就是说他差点连中三元。他在试卷中展示的经学造诣得到皇帝称赞。

晁补之的父亲晁端友、叔叔晁端礼和堂弟晁冲之都是知名文人。晁端友做杭州新城令的时候,晁补之跟在身边,他写了散文《七述》记述钱塘风物,得到时任杭州通判的苏轼赞许。晁端友趁机让儿子拜苏轼为师。不过在看过晁补之的《新城游北山记》后,我怀疑史籍记载有误,这篇游记才是苏轼决定收徒的真正缘由。

苏门四学士仕途都不顺利,晁补之同样如此。他只做过澶州司户参军、著作佐郎、扬州通判、齐州知州之类的小官,失意之下想学陶渊明归隐田园。

临江仙

谪宦江城无屋买,残僧野寺相依。松间药白竹间衣。水穷行到处,云起坐看时。　一个幽禽缘底事,苦来醉耳边啼?月斜西院愈声悲。青山无限好,犹道不如归。

他的名作《摸鱼儿·东皋寓居》说的也是归隐。

买陂塘，旋栽杨柳，依稀淮岸江浦。东皋嘉雨新痕涨，沙觜鹭来鸥聚。堪爱处，最好是、一川夜月光流渚。无人独舞。任翠幄张天，柔茵藉地，酒尽未能去。　青绫被，莫忆金闺故步，儒冠曾把身误。弓刀千骑成何事，荒了邵平瓜圃。君试觑，满青镜、星星鬓影今如许。功名浪语。便做得班超，封侯万里，归计恐迟暮。

"沙觜"，和陆地相连的沙洲。"青绫被"，汉朝尚书郎值夜班时，官家提供青缣白绫被褥。"金闺"指汉朝宫门金马门，这里是学士们值班的地方，晁补之做过校书郎、著作佐郎。"儒冠曾把身误"，读书耽误了自己，杜甫《奉赠韦左丞丈二十二韵》"纨袴不饿死，儒冠多误身"。"邵平瓜圃"，邵平是秦朝东陵侯，负责守护秦始皇生母赵姬的陵寝，秦亡后沦为布衣，在长安东南霸城门外种瓜，世称"东陵瓜"。

晁补之在念叨归隐多年之后回到山东老家修了一座庄园，取名归来园，自号归来子。不过他归隐的志向似乎不太坚定。宋徽宗大观四年（1110年）朝廷想让他重新做官，指派地方官上门看他尚能饭否。晁补之一顿吃掉十几个馒头，此后做过达州和泗州知州。

晁补之去世之后堂弟晁谦之把他的诗文编为《鸡肋集》。鸡肋食之无味弃之可惜，除非这是晁补之临终时自己拟定的名字，否则晁谦之就是在变相挖苦自己的兄弟。

第十回

看朱成碧心迷乱　十分斟酒敛芳颜

苏门四学士中，秦观最多愁善感，元好问甚至说他的诗是女郎诗，张耒和他正好相反，心宽体胖人称"肥仙"。陈师道说"张侯便然腹如鼓，雷为饥声汗为雨"。胖子最难受的是夏天，所以黄庭坚形容他"六月火云蒸肉山"。据说他生下来就有"耒"字掌纹，所以取名张耒。

张耒年少时游学陈州，当时苏辙恰好是陈州学官。熙宁四年（1071年）苏轼出任杭州通判时途经陈州看望弟弟，张耒因此得以拜师苏轼。受到苏轼指点的张耒突飞猛进，年仅二十岁就考中进士。熙宁八年苏轼在密州修筑"超然台"，张耒应邀写了《超然台赋》。苏轼称赞他"超逸绝尘"、"其文汪洋淡泊，有一唱三叹之声"。

元祐二年（1087年），苏轼主持礼部贡举，张耒被聘为阅卷官。苏门四学士陆续回京。他们经常携手同游，赋诗斗酒，"一文一诗出，人争传诵之，纸价为贵"。

新党上台以后，整人别出心裁。张耒不幸也成为他们戏弄的对象，先后三次被贬往黄州。幕后操纵者显然在偷笑，你既然愿意追随苏东坡，那就让你在黄州待到天荒地老。当时苏轼的另一位弟子潘大临也在黄州，两人在柯山脚下比邻而居，互相勉励。潘大临是"满城风雨近重阳"的作者。

张耒词以《少年游》最有名。

含羞倚醉不成歌，纤手掩香罗。偎花映烛，偷传深意，酒思入横波。　看朱成碧心迷乱，翻脉脉、敛双蛾。相见时稀隔别多，又春尽，奈愁何。

据说张耒这首词的写作时间是元丰七年（1084年），当时他在开封南边的咸平做县丞，咸平古为通许镇现为通许县。赵德麟《侯鲭录》卷一："张文潜初官通许，喜营妓刘淑女。"营妓就是官妓，早在春秋末年越王勾践就开始设置，到汉武帝时正式确立，最初的目的是为了安抚那些常年在外打仗没有妻室的军人，唐宋以后经常参与官场的迎来送往。"看朱成碧"有两种解释，一指伤心痛哭泪眼模糊，一指春去秋来花落叶留。"横波"即眼波、眼睛，王观《卜算子》："水是眼波横，山是眉峰聚。""双蛾"即双眉，蛾就是蛾眉。

张耒一生以闻道苏轼自豪，他在苏门四学士中年龄最小，去世的时间也在最后。他的三个儿子都考中进士，其中两个在靖康之难中战死。小儿子张和赶回去为两个哥哥营葬，不幸被强盗杀害在路上。一年之内兄弟三人相继遇难，惨绝人寰。

黄庭坚晚年写过一组《病起荆江亭即事》，其中一首诗说到两个同门陈师道和秦少游："闭门觅句陈无己，对客挥毫秦少游。正字不知温饱未？西风吹泪古藤州。"闭门觅句的陈无己就是陈师道。

陈师道是苏门六君子之一，他做过秘书省正字，一生饥寒交迫，所以黄庭坚最关心他有没有解决温饱。陈师道很像唐朝诗人孟郊，他们在文学史上最出名的不是诗文而是穷困潦倒。

陈师道还做过太学博士，太学博士相当于现在的北大、清华教授。现在的名牌大学中很多教授名利双收，风光胜过很多官僚却不用担心在政治斗争中被打倒，可是陈师道饿得人比黄花瘦。陈师道最穷困的时候，不得不借口儿女想念外公外婆，让老婆带着孩子赖在岳父郭概家不走。

陈师道的文学成就主要在诗歌创作上。《瀛奎律髓》编者方回把杜甫和黄庭坚、陈师道、陈与义列为江西诗派"一祖三宗"，甚至认为杜诗为唐诗之冠，黄庭坚和陈师道的诗为宋诗之冠。在方回眼里陈师道的好诗俯拾皆是，可人们只记得他的游戏之作《绝句》。

> 书当快意读易尽，客有可人期不来。
> 世事相违每如此，好怀百岁几时开？

传说陈师道每次登山临水有了灵感，立刻回家上床躺下，以棉被蒙头不能打扰。家人知道他这个习惯，立刻驱赶家里的鸡鸭猫狗，同时把孩子抱到邻居家，直到他把诗写好。

晁补之贬官经过徐州的时候，又冷又饿的陈师道正躺在床上发抖。晁补之请他喝酒，同时让自己的歌姬为他跳梁州舞。陈师道酒足饭饱，词兴大发，写了一首《减字木兰花》。

> 娉娉袅袅，芍药梢头红样小。舞袖低徊，心到郎边客已知。　金尊玉酒，劝我花间千万寿。莫莫休休，白发簪花我自羞。

晁补之感叹道:"人疑宋开府《梅花赋》清艳不类其为人。无已此词,过于《梅花赋》远矣。"宋开府是指盛唐名相宋璟,他被封为开府仪同三司,晋爵广平郡开国公。

陈师道和赵挺之都是郭概的女婿。赵挺之是李清照丈夫赵明诚之父,他是王安石变法的拥护者,在做监察御史时多次弹劾苏东坡。苏门弟子极其反感赵挺之。在陈师道做秘书省正字的时候,适逢皇室葬礼,文武百官必须去郊外皇陵拜祭。陈夫人怕他受寒,特意去赵家向妹妹借了一件皮衣。陈师道听说这是赵挺之家的东西,坚决拒绝,竟因此感染风寒去世。

晁补之的堂弟晁冲之早年曾受过陈师道指导,而陈师道是苏门六君子之一,因此晁冲之也算是苏东坡的再传弟子。晁冲之专学杜甫,他的一部分诗笔力雄健,风格高古,不过我更喜欢他简洁清新的即兴之作。

春日

阴阴溪曲绿交加,小雨翻萍上浅沙。

鹅鸭不知春去尽,争随流水趁桃花。

晁冲之不慕功名,但和秦观一样放浪风流。他因为精通音律,做过大晟府丞。据说李师师就是在他的指导下脱颖而出,成为开封风月场所的上厅行首。晁冲之年轻时风流潇洒,"少年使酒走京华,纵步曾游小小家。看舞霓裳羽衣曲,听歌玉树后庭花"。

宋哲宗绍圣初年,晁氏家族因为反对新法多人遭到株连。晁冲之为了躲避政治斗争,结庐河南阳翟具茨山。初唐四杰之一的卢照邻也曾在这里归隐。

晁冲之最有名的词是《玉蝴蝶》。

目断江南千里，灞桥一望，烟水微茫。尽锁重门，人去暗度流光。雨轻轻，梨花院落；风淡淡，杨柳池塘。恨偏长，佩沉湘浦，云散高唐。　　清狂，重来一梦，手搓梅子，煮酒初尝。寂寞经春，小桥依旧燕飞忙。玉勾栏，凭多见暖；金缕枕，别久犹香。最难忘，看花南陌，待月西厢。

"佩沉湘浦"，屈原《九歌·湘君》："捐余玦兮江中，遗余佩兮澧浦。"湘夫人不满湘君失约，一气之下把湘君送给她的玉玦和玉佩扔在湘江澧浦。"云散高唐"出自宋玉《高唐赋》，巫山神女对楚王说："妾在巫山之阳，高丘之阻，旦为朝云，暮为行雨。朝朝暮暮，阳台之下。"

苏门弟子在东坡气场笼罩之下，多少有些名家子弟的拘束，只有黄庭坚、秦观、李之仪和晁冲之能够收放自如。

晁冲之的《临江仙》自在悠游。

忆昔西池池上饮，年年多少欢娱。别来不寄一行书。寻常相见了，犹道不如初。　　安稳锦衾今夜梦，月明好渡江湖。相思休问定何如。情知春去后，管得落花无。

"相思休问定何如。情知春去后，管得落花无"，相思就不要问一定会怎样，就像春天过去以后，无人在意落花的去向，言下之意是要珍惜现在互相眷恋的时光。"情知"的意思是明知、深知。

晁冲之在山中住了十年之后回到汴京，有高官希望他加入自己的阵营，被他婉言谢绝。他的不慕荣利使他和晁补之形成鲜明对比。他儿子晁公武是目录学名著《郡斋读书志》的作者。

晁冲之和诗人吕本中情同手足。吕本中认为晁冲之和陈师道等人的诗风深受黄庭坚的影响，而黄庭坚来自江西，故戏称他们为"江西诗派"。江西诗派在北宋末年和南宋影响深远。

吕本中是安徽寿州人，他的曾祖吕夷简、祖父吕公著都曾经做过宰相。而吕夷简的伯父吕蒙正名声更响。吕蒙正是宋太宗太平兴国二年（977年）状元，曾经三度拜相。

吕本中本人并不是江西诗派诗人，但后人因为他制作《江西诗社宗派图》把他列入黄庭坚名下。他写诗提倡"悟入"和"活法"，但他最值得注意的身份不是诗人而是词家。

踏莎行

雪似梅花，梅花似雪，似和不似都奇绝。恼人风味阿谁知，请君问取南楼月。　　记得去年，探梅时节。老来旧事无人说。为谁沉醉为谁醒，到今犹恨轻离别。

"阿谁"是唐宋时口语，就是"谁"。

减字木兰花

去年今夜，同醉月明花树下。此夜江边，月暗长堤柳暗船。　　故人何处，带我离愁江外去。来岁花前，又是今年忆去年。

吕本中词既有民歌的浑然天成，又有文人词的清婉雅正，就像荆钗布裙的西子换上羽衣霓裳，清纯和华贵集于一身，自知明艳更沉吟。这是我最喜欢的那种辞章。

长相思

要相忘，不相忘，玉树郎君月艳娘，几回曾断肠。

欲下床，却上床，上得床来思旧乡，北风吹梦长。

采桑子

恨君不似江楼月，南北东西。南北东西，只有相随无别离。　　恨君却似江楼月，暂满还亏，暂满还亏，待得团圆是几时。

南宋末年的著名词人蒋捷和吕本中一脉相承，他们的词同为元曲先声。

在宋室南渡之前，吕本中只是个吟风弄月的翩翩公子，经过靖康之难后，他明显改变了自己的风格。

南歌子

驿路侵斜月，溪桥度晓霜。短篱残菊一枝黄，正是乱山深处、过重阳。　　旅枕元无梦，寒更每自长。只言江左好风光，不道中原归思、转凄凉。

吕本中还是个著名学者，世称东莱先生，著有《春秋集解》。

毛滂字泽民，衢州江山人。苏东坡做杭州太守时，毛滂是杭州法曹。据黄升《花庵词选》记载，毛滂做法曹的时候表现并不突出，所以任期到了之后苏轼也没有挽留。就在毛滂离开杭州的当晚，苏轼应朋友之邀参加宴会，席间有歌妓演唱《惜分飞》。

泪湿阑干花着露，愁到眉峰碧聚。此恨平分取，更无言语空相觑。　　断雨残云无意绪，寂寞朝朝暮暮。今夜山深处，断魂分付潮回去。

"此恨平分取"的意思是我们同样伤心难过。分取即分得、分享，贺铸《减字木兰花》："谁共登楼，分取烟波一段愁。""断魂分付潮回去"的意思是我的心魂会随着潮水回到你身边，刘长卿《秋风清》："潮水无情亦解归，自怜长在新安住。"

东坡惊问此歌作者是谁。歌妓说就是刚刚离任的毛法曹。东坡立刻派信使快马加鞭把毛滂追回。

崇宁元年（1102年）毛滂由曾巩之弟曾布推荐进京做了删定官。政和元年（1111年）罢官归里，寄住仙居寺。他不甘心就此沉沦，大观初年填词讨好蔡京。

毛滂也写过"携酒上高台，与君开壮怀"。他的《临江仙》深受近代词曲大家吴梅青睐。

闻道长安灯夜好，雕轮宝马如云。蓬莱清浅对觚棱。玉皇开碧落，银界失黄昏。　　谁见江南憔悴客，端忧懒步芳尘。小屏风畔冷香凝。酒浓春入梦，窗破月寻人。

宋徽宗政和五年冬天，毛滂得罪被罢官，住在河南杞县简陋的旅舍等待发落。他既无法去京城车水马龙的元宵节凑热闹，也不能回到江南故乡和妻儿团聚，无可奈何只好填词排解寂寞。"觚棱"是指宫阙转角处的方瓦脊，此处代指宫殿。"玉皇开碧落，银界失黄昏"是说玉皇把碧落打开，火树银花不夜天，黄昏就直接跳过了。"谁见江南憔悴客，端忧懒步芳尘。小屏风畔冷香凝。"写的是他想象中妻子在家思念他的情景。"端忧"一般解作闲愁或深忧。吴梅认为"酒浓春入梦，窗破月寻人"不在张先"云破月来花弄影"之下。

我喜欢毛滂写闲适生活的那些小词，就像我故乡的马兰瓜，虽不是什么名品，但是清甜足以消夏。

浣溪沙

银字笙箫小小童,梁洲吹过柳桥风,阿谁劝我玉杯空。
小醉径须眠锦瑟,夜归不用照纱笼。画船帘卷月明中,

浣溪沙

小雨初收蝶做团,和风轻拂燕泥干。秋千院落落花寒。
莫对清尊追往事,更催新火续余欢。一春心绪倚阑干。

浣溪沙·武康社日

碧户朱窗小洞房,玉醅新压嫩鹅黄,半青橙子可怜香。
风露满帘清似水,笙箫一片醉为乡,芙蓉绣冷夜初长。

苏门弟子多是进士出身,名列苏门六君子的李廌成为少数例外。他生长华山脚下,所以自号太华逸民。发奋读书的李廌很早就引起苏东坡注意,东坡称赞他为"万人敌"。据说他六岁即成孤儿,科举考试多次失利之后隐居河南长葛。他的《师友谈记》记述苏门师徒治学为文的言论,是研究北宋文学史的重要文献。他的词值得一提的只有《虞美人》。

玉阑干外清江浦,渺渺天涯雨。好风如扇雨如帘,时见岸花汀草涨痕添。 青林枕上关山路,卧想乘鸾处。碧芜千里思悠悠,惟有霎时凉梦到南州。

"乘鸾"的典故出自《列仙传》,萧史是秦穆公时人,善吹箫,他的箫声能让孔雀白鹤从天而降,秦穆公女儿弄玉因此爱上他。两人结为夫妻后,弄玉向萧史学习吹箫。几年之后她能吹作凤鸣,凤凰从天而降。秦穆公修筑凤台,萧史和弄玉住在台上,有一天夫妻

双双骑着鸾凤飞上天庭。

谢逸字无逸号溪堂，他是晏殊和王安石的老乡，江西临川人。谢逸安贫乐道，一生过着"家贫惟饭豆，肉贵但羹藜"的清苦生活。他写过三百首咏蝶诗，人称"谢蝴蝶"。他的诗歌风格与南朝山水诗人谢灵运相似，清新幽折，所以时人称他为"江西谢康乐"。他最有名的词是《千秋岁·咏夏夜》。

楝花飘砌，蔌蔌清香细。梅雨过，萍风起。情随湘水远，梦绕吴峰翠。琴书倦，鹧鸪唤起南窗睡。　密意无人寄，幽恨凭谁洗？修竹畔，疏帘里。歌余尘拂扇，舞罢风掀袂。人散后，一钩淡月天如水。

"人散后，一钩淡月天如水"写景如画。丰子恺先生根据诗意画出一幅著名漫画。

元祐中，谢逸在黄州关山杏花村驿馆和几位湖北、江苏的秀才相逢。他们听说谢逸来自才子之乡临川，于是提议大家效仿曹植七步成诗比试词艺。谢逸仅仅走了五步就完成下面这首《江城子》，一举成名天下知。

杏花村馆酒旗风，水溶溶，飏残红。野渡舟横，杨柳绿荫浓。望断江南山色远，人不见，草连空。　夕阳楼上晚烟笼，粉香融，淡眉峰。记得年时，相见画图中。只有关山今夜月，千里外，素光同。

自从谢逸在驿馆墙上题了这首词后，过往官民经常向驿馆差役索要纸笔抄录。差役苦不堪言，一气之下用泥灰把谢逸的墨迹遮住。

谢逸名列吕本中《江西诗社宗派图》，但他却是因为填词被我们记住。

菩萨蛮

暄风迟日春光闹，葡萄水绿摇轻棹。两岸草烟低，青山子规啼。　　归来愁未寝，黛浅眉痕沁。花影转廊腰，红添酒面潮。

望江南

临川好，柳岸转平沙。门外澄江丞相宅，坛前乔木列仙家。春到满城花。　　行乐处，舞袖卷轻纱。谩摘青梅尝煮酒，旋煎白雪试新茶。明月上檐牙。

《望江南》本是小令，但是宋人喜欢把两首同名小令重叠在一起，唤作"重头小令"。

王观也是晁冲之好友，他是江苏如皋人，历任大理寺丞、江都知县，在做江都知县时写了《扬州赋》，文采飞扬，宋神宗看后大加称赏。王观官至翰林学士，当时正好有宫娥得到宠幸，王观应制赋词："黄金殿里，烛影双龙戏。劝得官家真个醉。进酒犹呼万岁。锦茵舞彻凉州，君恩与整搔头。一夜御前宣唤，六宫多少人愁。"因为他和王安石比较亲近，对王安石变法不满的高太后借口这首词秽乱宫廷把他罢免。王观于是自号"逐客"，从此流落江湖。

王观离开京城的时候，说好给他饯行的同僚都借故未来，只有晁冲之携酒赶到。晁冲之见这些同僚如此势利，愤而赋《汉宫春》词嘲笑。

潇洒江梅，向竹梢疏处，横两三枝。东风也不爱惜，雪压霜欺。无情燕子,怕春寒,轻失花期。惟是有,南来塞雁,年年长见开时。 清浅小溪如练。问玉堂何似,茅舍疏篱?伤心故人去后,冷落新诗。微云淡月,对孤芳、分付他谁?空自倚,清香未减,风流不在人知。

王观最著名的词是《卜算子·送鲍浩然之浙东》。

水是眼波横,山是眉峰聚。欲问行人去那边,眉眼盈盈处。 才始送春归,又送君归去。若到江南赶上春,千万和春住。

这首词送别的是同性友人,可是看起来却像是送别异性爱人。"水是眼波横,山是眉峰聚"和牛希济的"记得绿罗裙,处处怜芳草"有异曲同工之妙。

王观的词集取名《冠柳集》,自信可以超越柳永。王灼《碧鸡漫志》说"王逐客才豪,其新丽处与轻狂处,皆足惊人"。

张舜民是陈师道的姐夫,陕西邠州人,英宗治平二年(1065年)进士。武烈王高琼之孙高遵裕带兵防御西夏,聘请张舜民为掌书记。宋神宗元丰四年(1081年),高遵

《画山水图》(局部) 清_王翚

裕不听张舜民劝阻，轻敌冒进先胜后败，麾下五万宋军几乎片甲不回。张舜民作诗嘲讽，贬监郴州酒税。张舜民后来官越做越大，但依然议论豪迈，气不少衰。

苏东坡落难黄州之后，很多朋友都和他划清界限。张舜民恰在此时流放郴州，特意绕道黄州去看望东坡。王安石变法失败含恨离世之后，门生故吏避之唯恐不及，张舜民专程前去吊唁并写诗讽刺安石弟子欺师灭祖。

张舜民是苏东坡好友，词风也和东坡极为相似。他的名作《卖花声·题岳阳楼》一度被人认为出自东坡之手。

> 木叶下君山，空水漫漫。十分斟酒敛芳颜。不是渭城西去客，休唱阳关。　　醉袖抚危栏，天淡云闲，何人此路得生还。回首夕阳红尽处，应是长安。

"十分斟酒敛芳颜"是那种天生好言语，却并无太多深意。词中女子知道情郎此去万水千山，不知何时才能相见，所以脸上没有笑颜，只顾把酒杯斟满。她可能也有把自己灌醉的意思，"不如饮待奴先醉，图得不知郎去时"。

山东高密人侯蒙在宋徽宗时官至户部尚书，他在中进士前多次落榜，因为人老貌丑成为其他举子嘲笑恶搞的对象，有人甚至把他的头像画在风筝上。侯蒙不怒反笑，他认为这是一种吉兆。

临江仙

> 未遇行藏谁肯信，如今方表名踪。无端良匠画形容。当风轻借力，一举入高空。　　才得吹嘘身渐稳，只疑远赴蟾宫。雨余时候夕阳红。几人平地上，看我碧霄中。

第十一回

周邦彦色胆包天　李师师倾国倾城

唐朝山东、江苏、浙江和江西都没有出现过顶级文人,到了五代两宋,上天似乎想要弥补这个遗憾,于是山东出现"济南二安"辛弃疾和李清照,江苏出现冯延巳、李后主和秦观,浙江出现周邦彦和陆游,江西出现晏殊父子、欧阳修、王安石和姜夔。

周邦彦字美成,集词学艺术之大成。推崇者把他和诗圣杜甫相提并论,有道是"诗中杜陵,词中美成"。过去因为受教科书的影响,我对周邦彦的印象不是很好,虽然他来自我最喜欢的中国城市杭州。周邦彦这种词人有段时间是大陆当代正统学者的批判对象,他们认为他没有表现百姓的绝望和反抗,他应该像杜甫那样,一边参加豪门夜宴一边痛骂权贵铺张。

当周邦彦还是太学生的时候,他写过一篇赞扬新法的《汴都赋》。龙颜大悦的宋神宗把他提拔为太学正。太学正相当于教导主任。周邦彦从一个学生摇身一变成为教导主任,这个转换足以惊呆小伙伴。不过我认为科举时代献赋求官的人,多半是像杜甫那样,对自己的考试能力缺乏信心。

周邦彦除了做过太学正，还做过大晟府提举也就是中央歌舞团团长，所以很容易让人以为他又红又专一本正经。事实正好相反，周邦彦年轻的时候放浪不羁，"疏隽少检，不为州里推重"。

据王灼《碧鸡漫志》记载，周邦彦年少时在苏州和营妓岳楚云一见钟情，可是他没有能力为楚云赎身，只好独自进京追求功名。在太学得到宋神宗赏识并有了官职之后，周邦彦兴冲冲地回到苏州寻找楚云，不料楚云已经从良嫁人。无巧不成书，不久之后他在苏州太守的酒宴上见到了楚云的妹妹。周邦彦想起往事前尘，写了一首《点绛唇》怀念楚云。

辽鹤西归，故乡多少伤心事。寸书不寄，鱼浪空千里。
凭仗桃根，说与凄凉意。愁无际，旧时衣袂，犹有东风泪。

"辽鹤西归"，据旧题陶渊明著的《搜神后记》记载："丁令威本辽东人，学道于灵虚山，后化鹤归辽，集城门华表柱。时有少年举弓欲射之，鹤乃飞，徘徊空中而言曰：'有鸟有鸟丁令威，去家千年今始归，城郭如故人民非，何不学仙冢累累。'遂高上冲天。""凭仗桃根"，东晋书法家王献之的爱妾桃叶有个妹妹名叫桃根，这里借指捎信的楚云妹妹。

如果说看上歌妓还不算离谱，那么盯上自己下属的姬妾就可谓惊世骇俗。

周邦彦做过江苏溧水县令，在这里他写下名作《满庭芳·夏日溧水无想山作》。

风老莺雏，雨肥梅子，午阴嘉树清圆。地卑山近，衣润费炉烟。人静乌鸢自乐，小桥外、新绿溅溅。凭栏久，黄芦苦竹，拟泛九江船。　　年年，如社燕，飘流瀚海，来寄修椽。且莫思身外，长近樽前。憔悴江南倦客，不堪听、急管繁弦。歌筵畔，先安簟枕，容我醉时眠。

"地卑山近，衣润费炉烟"，地势低又靠近山，衣服潮湿需要烘干。"黄芦苦竹，拟泛九江船"，化用白居易《琵琶行》"住近湓江地低湿，黄芦苦竹绕宅生。"

周邦彦属下主簿设家宴请客，席间让自己的姬妾歌舞助兴。其中有位歌姬不但能歌善舞，而且一颦一笑很像楚云。周邦彦心血来潮，像所有好色的官员一样旁若无人，拉住歌姬的手致以最亲切的问候，满堂宾客目瞪口呆。从那天开始，溧水政府工作会议全部改在主簿家举行。主簿先是无可奈何，后来灵机一动，干脆在自己后院开了一座酒楼。

这些事本来很隐秘，主簿闷声发财，其他同僚也不敢随便议论，可是周邦彦不打自招。他的《风流子》详细描述他和情人幽会的经过。

新绿小池塘，风帘动，碎影舞斜阳。美金屋去来，旧时巢燕；土花缭绕，前度莓墙。绣阁里，凤帏深几许？听得理丝簧。欲说又休，虑乖芳信，未歌先噎，愁转清商。　　遥知新妆了，开朱户，应自待月西厢。最苦梦魂，今宵不到伊行。问甚时说与，佳音密耗。寄将秦镜，偷换韩香。天便教人，霎时厮见何妨？

"愁转清商"一作"愁近清觞"。"待月西厢"来自元稹《莺莺传》。"不到伊行"，不到她那边。这个"行"是名词，读音和银行的行一样，晏几道《临江仙》："觉来何处放思量。如今不是梦，真

个到伊行。""密耗",秘密消息。"秦镜"和"韩香"都是传说中的爱情信物。

这些风流韵事虽然有人议论,但并没有影响周邦彦的前程,他依然是吏部重点培养的官员。回到京城之后他也没有收敛,经常在勾栏瓦舍流连。这一次他色胆包天,因为他盯上了名妓李师师。坊间传闻李师师是皇帝宋徽宗的女人。

李师师早就听说过周邦彦的才名,所以当侍女通报周邦彦求见的时候,她欣然答应。

周邦彦进门之后,行礼如仪。

李师师说:"周大人,你胆子不小。"

"此话怎讲?"

"自从外面有了那个和官家有关的传闻之后,其他客人都不敢再来找我。"

"这件事明显是捕风捉影,官家怎么可能随意上街闲逛。就算是微服私访,也绝不可能来到花街柳巷。"

"如果我跟你说这件事是真的,你还敢来找我吗?"

周邦彦想了想说:"只要你愿意见我,我就敢来找你。"

"你不怕官家找你麻烦?"

"你和官家的事只有万分之一的可能,而站在我眼前的是百分之百的美人。"

这时外面有人高声喧哗。李师师正想起身看看怎么回事,侍女已经进来了。

"姐姐,外面有个叫宋江的山东人求见。他说姐姐如果不见他,他就要做一件惊天动地的大事。"

"你有没有暗示他我认识皇帝?"

"说了。他好像不当回事。"

"那他肯定是个疯子,叫人把他赶出去。"

不久之后宋江在水泊梁山举旗造反。

自从周邦彦和李师师相好，做了皇帝情敌之后，无论他走到哪里，都有人围观指认，要求签名留念。

朋友聚会时经常有人鼓噪。

有人问："谁是大宋第一牛人？"

众人答："周邦彦。"

周邦彦的《一落索》就是写给李师师。

> 眉共春山争秀，可怜长皱。莫将清泪滴花枝，恐花也、如人瘦。　清润玉箫闲久，知音稀有。欲知日日倚栏愁，但问取、亭前柳。

不过李师师更喜欢他的《蝶恋花》。

> 月皎惊乌栖不定，更漏将残，辘轳牵金井。唤起两眸清炯炯，泪花落枕红绵冷。　执手霜风吹鬓影。去意徊徨，别语愁难听。楼上阑干横斗柄，露寒人远鸡相应。

这天周邦彦正在和李师师卿卿我我，宋徽宗突然驾到。周邦彦来不及逃跑，只好躲到床下角落。

宋徽宗赵佶随身带了一篮冰橙，他对李师师说："这是新到的贡品，我特意拿来给你尝鲜。"

李师师接过篮子，挑了一个冰橙洗净切开。

两人软语温存，互相喂食，恩爱缠绵。周邦彦大气不敢出。宋徽宗离开之后，又惊又累的周邦彦已经神情恍惚。

回到家后，周邦彦填了一首《少年游》记述当天遭遇。

并刀如水,吴盐胜雪,纤手破新橙。锦幄初温,兽香不断,相对坐调笙。 低声问:向谁行宿?城上已三更。马滑霜浓,不如休去,直是少人行。

"并刀如水",并州即今山西太原一带,自古以制造锋利的刀剪著称。"向谁行宿?城上已三更",意思是这么晚了还能去哪儿住,婉转劝对方留下来别走。

李师师看过后一笑置之,随手把词笺放在书案上忘了收起。改天宋徽宗再次光临时看见了这首词,立刻猜到上次幽会有人目击。他知道这件事传出去会影响自己的声誉,所以追问李师师偷窥者的底细。在他再三保证不会惩罚偷窥者之后,李师师说出了周邦彦的名字。赵佶回到皇宫立刻召见宰相蔡京,责问道:"听说开封府有个监税周邦彦,经常帮助商家偷税漏税,这种官员为什么不赶出京城?"

蔡京不明就里,反而为周邦彦说话:"陛下,这件事传闻可能有偏差。据微臣所知,这个周邦彦文章写得还不错,曾经因此得到先皇赞许。他虽然有些轻浮,

《山水图》(局部) 清 _ 王翚

但立身还算清白,应该不至贪污腐败。"

"他贪腐的名声已经传到朕这里,你还为他开脱?莫非你也得了他的好处?"

蔡京回到宰相府,把门生清客招来一打听,很快就弄清了事情的来龙去脉,立刻下令把周邦彦赶出开封。

李师师听说周邦彦被贬官,也算有情有义,坚持要为他送行。在离别的宴会上,周邦彦填了那首著名的《兰陵王》,交给李师师演唱。

> 柳阴直,烟里丝丝弄碧。隋堤上、曾见几番,拂水飘绵送行色。登临望故国,谁识京华倦客?长亭路,年来岁去,应折柔条过千尺。　闲寻旧踪迹,又酒趁哀弦,灯照离席。梨花榆火催寒食。愁一箭风快,半篙波暖,回头迢递便数驿,望人在天北。　凄恻,恨堆积!渐别浦萦回,津堠岑寂,斜阳冉冉春无极。念月榭携手,露桥闻笛。沈思前事,似梦里,泪暗滴。

"隋堤",汴京附近汴河之堤是隋炀帝下扬州时所筑。"梨花榆火催寒食",分手时正是有梨花和榆火的寒食时节。唐宋时朝廷在清明取榆柳之火分赐百官,因为前一天寒食禁烟。"津堠",渡口附近的哨所,堠即哨所。"岑寂",冷清寂寞。

这件事和这首词很快传到宫里。宋徽宗本想放弃李师师,可没过多久又找上门去。相对宫中那些在他面前千依百顺的妃嫔,快人快语有些野性的李师师让他欲罢不能。

两人再次见面后,李师师不但不道歉,反而对宋徽宗爱理不理。她说自己和周邦彦只是普通朋友,现在却连累他漂泊江湖,这一切全都是因为皇帝嫉妒。如果徽宗想要找从一而终的烈女,何必

冒险来这烟花之地。赵佶只好赦免周邦彦,"复召为大晟乐正"。

这个故事出自宋人张端义的《贵耳集》,应该不是空穴来风。后来宋江抵挡不住李师师的风情,愿意接受朝廷招安。李师师周旋于皇帝、强盗和才子之间。

周邦彦是皇帝情敌的消息终于传到吏部那些负责考核官员的老官僚那里。本来吏部评定官员有三个图章,分别是"笨蛋""平常""忠良",周邦彦都不符合,吏部官员只好上街找人刻了第四枚图章"色狼"。他们认为周邦彦连皇帝的女人都敢勾搭,这才是胆大包天的真正色狼。

周邦彦相信自己是三国名将周瑜之后,周瑜精通音乐,"曲有误,周郎顾"。周邦彦把自己的书房题名"顾曲堂",还在词中当仁不让自称"周郎"。他自创了不少新词牌,如《拜新月慢》《荔枝香近》《玲珑四犯》《六丑》等。宋徽宗赵佶曾询问《六丑》词牌名的来历。周邦彦解释道:"上古颛顼高阳氏有六个儿子,品行高尚却外貌奇丑。这首词一共犯了六种宫调,旋律优美但演奏难度很高,所以取名六丑。"

六丑

正单衣试酒,怅客里、光阴虚掷。愿春暂留,春归如过翼,一去无迹。为问花何在?夜来风雨,葬楚宫倾国。钗钿堕处遗香泽,乱点桃蹊,轻翻柳陌。多情为谁追惜?但蜂媒蝶使,时叩窗槅。 东园岑寂,渐蒙笼暗碧。静绕珍丛底,成叹息。长条故惹行客,似牵衣待话,别情无极。残英小、强簪巾帻。终不似、一朵钗头颤袅,向人欹侧。漂流处、莫趁潮汐,恐断红尚有相思字,何由见得。

"试酒",宋代风俗,农历三月末或四月初尝新酒。"过翼",飞过的鸟。"楚宫倾国",楚王好细腰,这里以楚宫绝代佳人比喻落下的蔷薇花。"钗钿堕处",即鲜花落处,白居易《长恨歌》:"花钿委地无人收,翠翘金雀玉搔头。""多情为谁追惜",意谓还有谁多情似我,会为花落春残可惜。"珍丛",花丛。"强簪巾帻",勉强插戴在头巾上。"向人欹侧",向人依恋献媚。欹侧,倾斜。"恐断红尚有相思字",用唐人顾况(一说卢渥)和宫女在红叶上题诗传情的故事。

周邦彦和苏东坡、辛弃疾、姜夔并称"宋词四大家",历代词论家对周邦彦评价很高,唐圭璋说"北宋婉约作家,周最晚出,熏沐往哲,涵泳时贤,集其大成"。王国维《人间词话》认为周美成美中不足,"创调之才多,创意之才少",但是依然把他比作诗圣杜甫,"故以宋词比唐诗,则东坡似太白,欧、秦似摩诘,耆卿似乐天,方回、叔原则大历十子之流。南宋唯一稼轩可比昌黎,而词中老杜,则非先生不可"。

周邦彦的故乡是人间天堂杭州,自从白居易、苏东坡相继做过杭州太守后,本来就秀压江南的杭州更加蕴藉风流。"水是眼波横,山是眉峰聚",王观说的似乎就是西湖和杭州。

生长在这片秀水灵山的才人,自然对故乡魂牵梦萦。

苏幕遮

燎沉香,消溽暑。鸟雀呼晴,侵晓窥檐语。叶上初阳干宿雨。水面清圆,一一风荷举。　　故乡遥,何日去?家住吴门,久作长安旅。五月渔郎相忆否?小楫轻舟,梦入芙蓉浦。

其中"水面清圆,一一风荷举"是神来之笔,王国维《人间词话》感叹"真能得荷花之神理。"

故乡无此好湖山，周邦彦的家乡是连苏东坡都心动的人间天堂。可是周邦彦虽然思念故乡，最后却客死他乡。他说"故乡多少伤心事"，这句诗过于哀痛，就像唐朝诗人高蟾《金陵晚望》的"世间无限丹青手，一片伤心画不成"，肯定不是为赋新词无病呻吟。我怀疑这里说的不仅是楚云，还牵涉他年轻时另一段更加刻骨铭心的情缘。

证明周邦彦可能另有情人的还有《玉楼春》。

> 桃溪不作从容住，秋藕绝来无续处。当时相候赤阑桥，今日独寻黄叶路。　烟中列岫青无数，雁背夕阳红欲暮。人如风后入江云，情似雨馀粘地絮。

周邦彦年少落魄的时候爱上楚云完全有可能，但是后来楚云负约在先而周邦彦早已不是情窦初开的少年，所以我认为和他相候赤栏桥的可能另有其人。"当时相候赤阑桥"和秦观"碧野朱桥当日事"有异曲同工之妙。

在高蟾曾经伤心的金陵，周邦彦也留下了自己的足迹。他的《西河》巧妙地化用刘禹锡的旷世名篇《金陵五题》，虽然说不上点铁成金，但确实做到了浑融无迹。

> 佳丽地，南朝盛事谁记？山围故国绕清江，髻鬟对起，怒涛寂寞打孤城，风樯遥度天际。　断崖树、犹倒倚，莫愁艇子曾系。空余旧迹郁苍苍，雾沉半垒。夜深月过女墙来，伤心东望淮水。　酒旗戏鼓甚处市？想依稀、王谢邻里。燕子不知何世，入寻常、巷陌人家，相对如说兴亡，斜阳里。

这首词化用刘禹锡咏史诗《金陵五题》中的《石头城》和《乌衣巷》。"莫愁",《后汉书》和《旧唐书·乐志》均称:"石城有女子名莫愁,善歌谣。"不过这个石城在湖北竟陵或钟祥,并不是指石头城金陵。传说洛阳也有女子名莫愁。南宋《容斋随笔》作者洪迈认为周邦彦可能把"石城"与"石头城"弄混了。

周邦彦和姜夔都是性情中人,一生大部分时间在和女人周旋,为爱而生为情所困,所以他们都能把女子写得别有风神。同样是写即将分手的情人,周邦彦记得"唤起两眸清炯炯,泪花落枕红绵冷",姜夔则担心"淮南皓月冷千山,冥冥归去无人管"。

周邦彦是大晟词人的代表,大晟词人就是宫廷词人。宫廷词人和宫廷诗人一向名声不太好,他们的作品往往堆砌辞藻空洞枯燥。周邦彦为宫廷诗人正名,他精通格律并维护婉约正宗,开南宋姜夔、张炎一派词风,对后世影响深远。

周邦彦晚年做过顺昌府和处州知州,最后提举南京鸿庆宫,六十六岁时死在北宋的南京商丘。在他去世六年之后北宋灭亡。

李师师是个真实存在的名妓,而且她和宋徽宗的故事很可能也是真的。因为当时很多诗文都提到这件事。据《宣和遗事》记载,他们幽会的情景还被例行巡逻的武官贾奕看见。贾奕同样填词为证。

南乡子

闲步小楼前,见个佳人貌似仙。暗想圣情浑似梦。追欢。执手兰房恣意怜。　一夜说盟言,满掬沉檀喷瑞烟。报道早朝归去晚,回銮。留下鲛绡当宿钱。

"鲛绡":神话传说中海中鲛人所织的绡,极薄,这里指名贵的丝织物。"绡"指生丝或生丝织物。

著名学者刘子翚也把这段风流韵事写进他的组诗《汴京纪事》。

辇毂繁华事可伤，师师垂老过湖湘。

缕衣檀板无颜色，一曲当时动帝王。

　　刘子翚是朱熹的老师，世称屏山先生，他不太可能信口胡编。从诗意来看，李师师后来流落潇湘，晚景凄凉。

　　宋江也是真实存在的历史人物，不过当时和他一起造反的只有三十六条好汉。梁山好汉使本来就风雨飘摇的朝廷雪上加霜，间接促成了北宋的灭亡。李师师和皇帝、强盗都有关联，但没人把她看作祸国红颜，因为北宋本有机会继续生存。

第十二回

魏夫人为谁凝望　朱敦儒天教疏狂

在契丹全盛时期，北宋悄然崛起。在北宋全盛时期，女真悄然崛起。

女真在唐朝被称为黑水靺鞨，世居黑龙江、松花江流域和长白山，以打猎和捕鱼为生。契丹人长期向他们索要珍珠以及狩猎用的雄鹰海东青。负责监督女真进贡的契丹贵族号称银牌天使，他们除了勒索财宝雄鹰，还可以随时要求他们看中的女真美女献身。女真人终于忍无可忍。

公元1115年，女真首领完颜阿骨打称帝建国，国号"大金"。因为"辽"在契丹语中是镔铁的意思，完颜阿骨打给自己年轻的国家取了"金"这个更坚实的名字，发誓要和辽人对抗到底。

"澶渊之盟"换来宋辽百年和平，缺乏实战经验的两国军队迅速沦落为城管和保安，对付国内摆摊卖瓜的老百姓还行，遇到强悍的西夏和金国生力军就立刻被打回原形。宋人被迫割地求和，辽人更惨，因为辽国夹在西夏和金国之间。昔日横行东亚的契丹人如今

只能直行，向北逃往荒凉的蒙古草原。

辽国重镇黄龙府被金人占领的消息传到宋朝之后，作为盟友的宋廷不但没有派兵支援，反而认为契丹人已经招架不住，应该趁机收复燕云十六州。宣和二年（1120年）宋徽宗派人去和金国联络，双方约定夹击辽国。这次宋金结盟主要通过海路进行，所以两国签订的条约史称"海上盟约"。

宣和四年，宋军按照约定猛攻燕京，可惜徒劳无功，只好向金兵求援。金兵接手之后，燕京很快被拿下。看见宋军如此平庸，金人立刻有了其他想法。他们在灭亡辽国的第二年挥师南侵，这一年正是中国人最熟悉的历史年号之一靖康元年（1126年）。

势如破竹的金国铁骑让宋徽宗六神无主，他把皇位传给儿子宋钦宗后匆匆南逃。宋钦宗也想开溜，但被尚书右丞李纲吓阻。李纲对宋钦宗说："六军将士的家眷都在汴京，陛下如果一定要走，万一将士们难舍父母妻子中途离散，到时谁能保证陛下的安全？再说金人已经兵临城下，如果他们知道圣驾就在前面，派一支轻骑跟踪追击，陛下恐怕很难脱身。"宋钦宗不得不留守京城。

金兵遭到开封军民的英勇抵抗，伤亡惨重。这时天下勤王兵马陆续赶到，金人得到割地承诺后退兵。肃王赵枢作为人质被带走。李纲升任枢密使，不过随后就被宋钦宗解职，罢为观文殿学士扬州知州，不久之后再贬四川奉节，罪名竟是"专主战议，丧师费财"。金人一直在留意李纲的去向，此时趁机卷土重来，宋钦宗被迫重新起用李纲。

李纲带着一家老小骑着毛驴刚刚到达长沙，接到诏书后立刻就地调兵遣将，走到半路得知汴京沦陷北宋灭亡。李纲带领将士披麻戴孝跪倒操场，面向北方哀我国殇。想起徽钦二帝过去的昏庸和现在的狼狈，李纲发现自己很难挤出眼泪，反而差点笑出声来。

宋徽宗是个不折不扣的昏君，北宋的几大奸臣就是在他纵容下狼狈为奸，宋江等人也是在他做皇帝期间逼上梁山，但他同时又是宋朝最有才华的皇帝，琴棋书画词赋无一不精。张择端的《清明上河图》就是献给了宋徽宗。宋徽宗不但是著名画家，还以瘦金体书法名垂青史。他的才华经历和南唐后主李煜极为相似，因此传言他是李后主再世。

宣和画院的成立对中国绘画的意义怎么强调都不过分，当时还留下一个和画院有关的传说。有一天宋徽宗和文臣武将踏青归来，意犹未尽，便以"踏花归来马蹄香"为题，当场考试众位画师。画师们有的画骑马人手捧鲜花，有的在马身上点缀几片落花，只有一位青年画家匠心独运，他的画面上没有鲜花和落花，但见几只蝴蝶随马飞行。宋徽宗赞叹不已，当即重赏这位画师。

在被俘北上之后，宋徽宗看见杏花飘零，填了一首《燕山亭》。

裁翦冰绡，轻叠数重，淡着燕脂匀注。新样靓妆，艳溢香融，羞杀蕊珠宫女。易得凋零，更多少、无情风雨。愁苦。问院落凄凉，几番春暮。　　凭寄离恨重重。这双燕何曾，会人言语。天遥地远，万水千山，知他故宫何处。怎不思量，除梦里、有时曾去。无据。和梦也、新来不做。

"冰绡"，洁白的丝绸，这里用来比喻杏花花瓣。"燕脂"即胭脂。"蕊珠宫"，有时简称蕊宫，道教经典中经常提到的仙宫。"凭寄"，凭谁寄，托谁寄。"无据"，不知何故。"和梦也"，连梦也。

下面这首《在北题壁》传说也是出自徽宗之手，那时他已经被囚禁在金国发祥地五国城。五国城在今黑龙江依兰县。

彻夜西风撼破扉，萧条孤馆一灯微。

> 家山回首三千里，目断天南无雁飞。

宋钦宗赵桓同样擅长书画，有些归于宋徽宗名下的画作可能是宋钦宗的作品。他的艺术才能和昏庸颠顸都得到宋徽宗真传。即使已经做了俘虏，宋钦宗也只顾埋怨奸臣卖国忠臣不救，不承认自己有任何失误。

西江月

> 历代恢文偃武，四方晏粲无虞。奸臣招致北匈奴。边境年年侵侮。　　一旦金汤失守，万邦不救銮舆。我今父子在穹庐，壮士忠臣何处？

他们父子到达五国城后，金人封徽宗为昏德公，封钦宗为重昏侯，真是恰如其分，一点没有冤枉他们。

北宋皇室在靖康之难中受尽羞辱侵凌，普通百姓同样九死一生，尤其是相对柔弱的女性。江苏宜兴人蒋兴祖当时任开封阳武知县，阳武宋军将领逃跑后，蒋兴祖带领全家坚守。在击退金人一支百人骑兵后，大队金兵前来报复。蒋兴祖血战殉国，其妻及长子也死于战火。

蒋兴祖的女儿来不及自尽被金人押往北方，在经过河北雄州也就是现在的保定雄县时，她在驿站墙壁上题了一首《减字木兰花》。

> 朝云横渡，辘辘车声如水去。白草黄沙，月照孤村三两家。　　飞鸿过也，百结愁肠无昼夜。渐近燕山，回首乡关归路难。

我毫不同情自取其辱的徽钦二帝，却不能不为蒋兴祖女儿这样的无辜少女感到可惜。她写这首词的时候还未出嫁，可见年龄只有十五岁左右。如果没有在战乱中被金兵掳走，她很可能成为另一个李清照。

在所有艺术中，建筑和绘画终有倒塌风化的一天，只有文学和音乐可以永恒，而词正是文学和音乐的结晶。蒋氏女虽然只留下了这一首词，但是足以让我们见识她的才情。宋金争战的金戈铁马对我来说毫无意义，我只记得北去马车上那个回首乡关的少女。

北宋才女除了李清照，最有名的当属魏夫人。魏夫人名字很有特点，身为闺阁女子却取名魏玩。她是曾布的妻子，魏泰之姐。曾布是曾巩的弟弟，他们兄弟四人和苏东坡兄弟在欧阳修做主考的宋仁宗嘉祐二年（1057年）同时考中进士。那一年曾布和苏东坡同龄，只有二十二岁，而曾巩已经年近四十。曾氏兄弟的文名和官位正好相反。曾布坚定支持王安石变法，几乎做过所有重要官职，北宋末年因为拥立宋徽宗成为宰相。

魏泰就是那个在鼎州沧水驿楼发现李白《菩萨蛮》的魏道辅。魏泰是个很有意思的人物，从小喜欢打架，曾经在考场把考官打跑。魏夫人把他带到曾家，让他拜曾巩等人为师。魏泰博览群书，可是对考试做官不感兴趣。他在晚年回到襄阳老家，遭到一群有眼不识泰山的流氓敲诈，忍无可忍再次开打。当时曾布权倾朝野，魏泰很快成为襄阳一霸。在他称霸襄阳的同时，有《临汉隐居集》和《临汉隐居诗话》传世。

朱熹把魏夫人和李清照相提并论。她们是朱熹眼中"本朝妇人能文者"的代表。魏夫人衣食无忧，生活安稳，但是因为和曾布感情平淡，所以一生愁眉不展。

魏夫人和曾布新婚之初，有过一段恩爱时光，他们经常携手同游。

菩萨蛮

红楼斜倚连溪曲,楼前溪水凝寒玉。荡漾木兰船,船中人少年。　荷花娇欲语,笑入鸳鸯浦。波上暝烟低,菱歌月下归。

曾氏兄弟性格迥异。曾巩是宋朝名声最好的文人,但曾布却被《宋史》列入奸臣传。曾布声名狼藉多少受了追随王安石变法的牵连,但他堪比晏殊的辉煌履历肯定和他善于投机有关。在曾布这种人眼里,权力才是他真正的爱人。魏夫人无可奈何,只能在家独自伤神。

菩萨蛮

溪山掩映斜阳里,楼台影动鸳鸯起。隔岸两三家,出墙红杏花。　绿杨堤下路,早晚溪边去。三见柳绵飞,离人犹未归。

杨柳是诗词中最常见的景物,折柳送别是自古以来的风俗。"三见柳绵飞,离人犹未归"有一种不可言诠的美丽和哀愁:柳绵三次飘过我的窗前,可你依然远在天边。我还记得当初送你离开,而你如今已经忘了归来。

东风吹恨上眉端,魏夫人姓魏名玩,她的人生却一点也不好玩。曾布一度因为和王安石不合被贬为地方官,辗转饶州、潭州、广州、桂州、秦州、陈州、蔡州、庆州,据说他长期把魏夫人留在江西老家。这样做一举两得,既可以显示他公而忘私,又可以随心所欲追逐美女。魏夫人不相信才貌双全的自己在丈夫心目中毫无位置,所以一生都在期盼曾布回心转意,像燕尔新婚那样寸步不离。

卷珠帘

记得来时春未暮,执手攀花,袖染花梢露。暗卜春心共花语,争寻双朵争先去。　多情因甚相辜负,轻拆轻离,欲向谁分诉。泪湿海棠花枝处,东君空把奴分付。

李清照有点阳刚,朱淑真过于哀痛,魏夫人介于两者之间。她的词既有新月的柔美,又有夕阳的哀伤,因此明月和夕阳也成了她词中最常见的意象。

减字木兰花

西楼明月,掩映梨花千树雪。楼上人归,愁听孤城一雁飞。　玉人何处,又见江南春色暮。芳信难寻,去后桃花流水深。

点绛唇

波上清风,画船明月人归后。渐消残酒,独自凭阑久。聚散匆匆,此恨年年有。重回首,淡烟疏柳,隐隐芜城漏。

定风波

不是无心惜落花。落花无意恋春华。昨日盈盈枝上笑,谁道,今朝吹去落谁家。　把酒临风千种恨,难问,梦回云散见天涯。妙舞清歌谁是主,回顾,高城不见夕阳斜。

魏夫人比李清照文静,曾布的身份地位也远远超过赵明诚,所以通常她的怨恨都比较婉转。上面两首词虽然提到"此恨年年有"和"把酒临风千种恨",但依然是泛泛而论,直到《系裙腰》才终于忍无可忍。

灯花耿耿漏迟迟，人别后、夜凉时。西风潇洒梦初回。谁念我，就单枕，皱双眉。　锦屏绣幌与秋期，肠欲断、泪偷垂。月明还到小窗西。我恨你，我忆你，你争知。

据说魏夫人因为提倡封建道德多次受到朝廷褒奖。一个情感如此丰富的女子独守空闺，不得不接受命运的安排，还得为这种扼杀生命的伦理喝彩，我们无法想象魏夫人的无奈。

除了朱熹，明朝才子杨慎也称赞过魏夫人的才情，他说："李易安、魏夫人，使在衣冠之列，当与秦七、黄九争雄，不独擅名于闺阁也。"秦七、黄九是指秦观和黄庭坚，他们在自家兄弟中排行第七和第九。

传说魏夫人和另一位才女朱淑真是好友，朱淑真称赞她"占尽京华第一春，轻歌妙舞实超群"。这样看来，宋朝三大女词人几乎生活在同一时代。北宋末年中原王朝盛极而衰，三大才女却流光溢彩。为了避免有人说是红颜祸水，我们还是把她们分开。正好有些学者认为朱淑真是南宋人，那我们就把她放在南宋吧。

朱敦儒和陈与义是洛阳老乡，他们分别是当时"洛阳八俊"中的词俊和诗俊。朱家在洛阳的世家大族中并不突出，但足以让朱敦儒衣食无忧。陈与义《临江仙》"忆昔午桥桥上饮，座中多是豪英"，其中就有朱敦儒的身影。朱敦儒喜欢携妓遨游，洛阳周围的名山大川见证了他的风流。年轻时的朱敦儒"生长西都逢化日，行歌不记流年。花间相过酒家眠。乘风游二室，弄雪过三川"。最能体现朱敦儒逍遥生活的是他的《鹧鸪天》。

我是清都山水郎，天教懒慢带疏狂。曾批给雨支风券，累上留云借月章。　诗万首，酒千觞，几曾着眼看侯王。玉楼金阙慵归去，且插梅花醉洛阳。

就是因为这首词，朱敦儒成为大宋词仙之一。"清都"，神话传说中的仙都。"山水郎"，为天帝管理山水的郎官。"曾批给雨支风券"，曾对风伯雨神发号施令。"累上留云借月章"，多次上书请求留云借月。

北宋末年奸臣当道，朱敦儒因此两次放弃做官的机遇。在那个天下大乱的艰难时世，朱敦儒仿佛置身事外，悠哉游哉地做他的神仙公子。

好事近·渔父词

摇首出红尘，醒醉更无时节。活计绿蓑青笠，惯披霜冲雪。　　晚来风定钓丝闲，上下是新月。千里水天一色，看孤鸿明灭。

金兵攻陷汴京的时候朱敦儒已经年近五十，国恨家仇终于使他从自己的幻梦中苏醒。

相见欢

金陵城上西楼，倚清秋。万里夕阳垂地、大江流。中原乱，簪缨散，几时收。试倩悲风吹泪、过扬州。

簪缨是指古代达官贵人的冠饰，簪为文饰，缨为武饰，后来借指高官显宦。

南宋高宗绍兴二年（1132年），有人向朝廷推荐朱敦儒。朱敦儒当时和亲族正在岭南肇庆避难，"风雨蛮溪半夜寒"。宋高宗赵构让肇庆官府督促他进京。朱敦儒到达临安后得到赵构接见并赐进士出身，累迁两浙东路提点刑狱。

陆游年轻时得到朱敦儒赏识。朱敦儒写过一首咏梅的《卜算子》，其中有"独自风流独自香，明月来寻我"。陆游后来写过同题名作，他的"无意苦争春，一任群芳妒"很可能是从朱词脱胎换骨。

朱敦儒南渡以后词风大变。

减字木兰花

刘郎已老，不管桃花依旧笑。要听琵琶，重院莺啼觅谢家。　　曲终人醉，多似浔阳江上泪。万里东风，国破山河落照红。

朱敦儒填这首词的时候人在江南，所以词中几个典故都和南方有关。"刘郎"指唐朝诗人刘禹锡，刘禹锡曾被贬到南方连州、朗州等地，回到长安后两次去玄都观里欣赏桃花并写诗讽刺当朝权贵都是在他走后上位，"玄都观里桃千树，尽是刘郎去后栽。""谢家"有各种说法，一般认为是指谢秋娘的家。据说《望江南》词牌本名《谢秋娘》，是中唐宰相李德裕做浙西观察使的时候为歌妓谢秋娘写的一首词，后因白居易用这个词牌填的词中有"能不忆江南"而改名。"曲终人醉，多似浔阳江上泪"出自白居易《琵琶行》。

采桑子

扁舟去作江南客，旅雁孤云。万里烟尘，回首中原泪满巾。　　碧山对晚汀洲冷，枫叶芦根。日落波平，愁损辞乡去国人。

朱敦儒和反对秦桧的大臣李光交往甚密，后来又因发表主战言论被弹劾免官。绍兴十九年上疏请求归田，带领全家退居嘉兴。秦桧父子笼络文人粉饰太平，请朱敦儒之子出任删定官。朱敦儒为了儿子的前程也出山做了鸿胪少卿。秦桧去世后朱敦儒父子被赶出朝廷，灰溜溜收拾东西离开临安，当时只有陆游为他们饯行。

朱敦儒字希真，传世词作有《樵歌》三卷，又名《太平樵歌》。他的词作风靡一时，辛弃疾《念奴娇·近来何处》特意注明"效朱希真体"。

我们知道南唐后主李煜字重光。宋徽宗宣和年间，有个名字和他很相近的词人李重元以四首《忆王孙》名噪一时。因为此人身份神秘才华横溢，当时也有好事者把他和李后主联系在一起。

忆王孙·春词

萋萋芳草忆王孙,柳外楼高空断魂,杜宇声声不忍闻。欲黄昏,雨打梨花深闭门。

忆王孙·夏词

风蒲猎猎小池塘,过雨荷花满院香。沉李浮瓜冰雪凉。竹方床,针线慵拈午梦长。

忆王孙·秋词

飕飕风冷荻花秋,明月斜侵独倚楼。十二珠帘不上钩。黯凝眸,一点渔灯古渡头。

忆王孙·冬词

彤云风扫雪初晴,天外孤鸿三两声,独拥寒衾不忍听。月笼明,窗外梅花瘦影横。

在苏州枫桥旁边的古镇上,有一些推销旅游纪念品的小店,那里出售装在小镜框里的书画作品,其中几套四季风景给我印象很深。李重元这组词很可能是那些无名画家的灵感来源。

北宋末年还有个民间词人写过一首《御街行》。

霜风渐紧寒侵被,听孤雁、声嘹唳。一声声送一声悲,云淡碧天如水。披衣告语:"雁儿略住,听我些儿事。

塔儿南畔城儿里,第三个、桥儿外,濒河西岸小红楼,门外梧桐雕砌。请教且与,低声飞过,那里有、人人无寐。"

这首词完全口语，以捎信为名传达缠绵爱意，堪称最有创意的情诗。耳闻目睹了太多谎言和背叛，很多人已经不相信爱情，这首词告诉我们那个手持弓箭的卷毛小胖墩一直都在，只是现在人口增长太快，他有点忙不过来。

　　最近有个喜欢音乐的朋友提醒我，这首《御街行》的歌词神似月光女神莎拉布莱曼的《斯卡布罗集市》，感兴趣的读者可以进行对比。

　　民间诗人往往是文艺革新的先锋，这首词已经和元曲非常接近，所以俞平伯《唐宋词选释》认为它是金元曲子的先声。

第十三回

陈与义吹笛到天明　岳武穆弦断有谁听

历史上所谓的中原主要是指今天的黄河中下游各省，其中又以河南为中心，所以河南又名中州。因为地处中原腹心加上一马平川，河南就是所谓的四战之地，中国历史上几乎每一场大规模战争都曾波及河南。

苏东坡去世两年之后岳飞在河南汤阴出生，岳飞出生二十四年之后北宋王朝寿终正寝。

岳飞出生那天"有大禽若鹄，飞鸣室上"，因此名"飞"字"鹏举"。俗话说乱世出英雄，岳飞是最好的例证。他从小就表现出过人的习武天赋，先拜同乡豪杰周侗为师，崭露头角后，地方官指派枪术教头陈广对他进行专门指导。少年岳飞很快就打遍汤阴无敌手。

靖康元年（1126年）十二月，北宋京城汴梁一年之内再次被金兵包围。宋钦宗派勇士冲出围城送蜡书给康王赵构。赵构在相州建立河北兵马大元帅府并自任大元帅。元帅府下辖前后中左右五军，其中前军统制为刘浩。岳飞正是被刘浩征召入伍。

中原王朝和游牧民族的历次战争基本没有占到便宜，很多所谓胜利都是文字游戏。"王师"外战外行的原因很简单，游牧民族全民皆兵，骑马射箭是他们生活的一部分，农耕民族有些人一辈子也没摸过刀剑。还有一个更隐晦的原因，中原王朝的统治者害怕百姓掌握作战技能危及他们的安全，所以恨不得连菜刀和锄头都收走。以未经训练的农民对抗弓马娴熟的牧民猎户，还没交手就知道胜负。训练有素和临阵磨刀的差别就像专业运动员对业余选手。

苏东坡是较早意识到这一点的历史名人，他在宋仁宗嘉祐年间中进士后立刻进献《教战守策》，主张加强民兵训练，提高兵源总体素质的同时压制职业军人的骄横。汤阴县的地方官吏大概是苏长公的崇拜者，他们的强化训练使岳飞成为当年宋、辽、金、夏四国最全能的军人。岳飞很快脱颖而出。靖康元年的开封解围战岳飞初露锋芒，他带领的三百骑兵在李固渡和金兵遭遇，以少胜多大败狂妄的金国铁骑。

靖康二年四月，卷土重来的金兵攻陷开封。兵微将寡的岳飞在两军决战的辽阔战场几乎没有得到表现机会。金人挟持徽钦二帝和后妃公主北归。同年五月康王赵构在宋朝的南京商丘继皇帝位。

岳飞认为军人最大的耻辱就是君父蒙难，从此更加勇往直前。宋高宗绍兴四年（1134年），三十二岁的岳飞收复襄阳六郡，官拜清远军节度使，成为南北两宋最年轻的大军区司令。绍兴七年，三十五岁的岳飞升任太尉。十年时间从普通士兵跻身最高统帅，可见赵构和秦桧并没有否认岳飞的军事天才。

按照古人的习惯，三十五岁之前就可以泛称三十，所以岳飞的名作《满江红》应该写在做太尉之前。

怒发冲冠，凭栏处，潇潇雨歇。抬望眼，仰天长啸，壮怀激烈。三十功名尘与土，八千里路云和月。莫等闲，

断鸿声远长天暮——回到宋词现场

白了少年头,空悲切。 靖康耻,犹未雪,臣子恨,何时灭?驾长车,踏破贺兰山阙。壮志饥餐胡虏肉,笑谈渴饮匈奴血。待从头,收拾旧山河,朝天阙。

这首词用"满江红"来做词牌非常贴切。满江红本来就是指残阳如血。整首词几乎不用典故直抒胸臆。有人认为这首词不可能出自岳飞之手,岳飞一生马不停蹄南征北战,几乎没有时间读书,但不用典故这一点恰恰证明这首词可能属于岳武穆。

绍兴八年底,金国使节"诏谕"江南,完全把南宋当作自己的属国。秦桧代表宋高宗接受这种羞辱。胡铨请斩秦桧以谢天下。身在湖北鄂州的岳飞立即上书反对和议,他认为"金人不可信和议不可恃",后一句"相臣谋国不臧"直接抨击秦桧。宋高宗随即大赦天下,岳飞拒绝接受封赏,要求朝廷继续厉兵秣马。宋高宗开始烦他。

岳飞的另一首《满江红》应当写于此时。

遥望中原,荒烟外,许多城郭。想当年、花遮柳护,

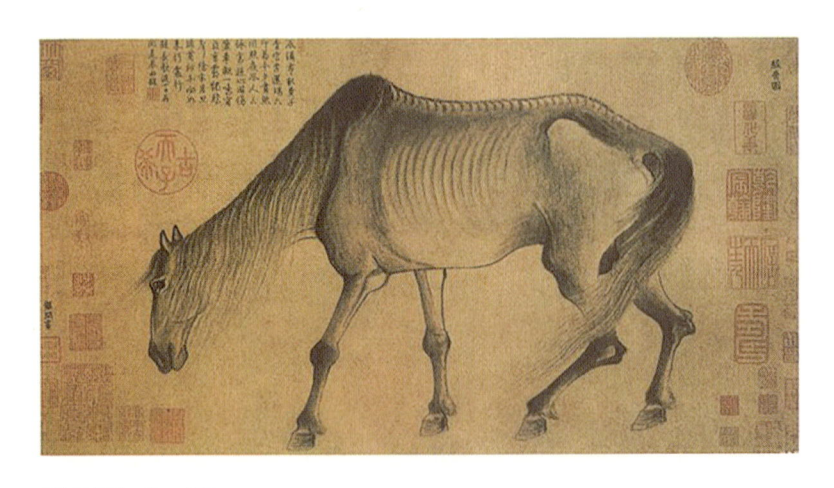

《骏骨图》 宋_龚开

凤楼龙阁。万岁山前珠翠绕，蓬壶殿里笙歌作。到而今，铁骑满郊畿，风尘恶。　兵安在，膏锋锷。民安在，填沟壑。叹江山如故，千村寥落。何日请缨提锐旅，一鞭直渡清河洛。却归来，再续汉阳游，骑黄鹤。

"万岁山"又称寿山艮岳，宋徽宗政和四年（1122年）修建的大型皇家园林。"蓬壶殿"是万岁山中的一座宫殿，蓬壶即蓬莱山。"膏锋锷"即以血肉滋润刀箭。"请缨"即请战。"河洛"指黄河和洛水，这里代指中原。

相对北宋开国皇帝赵匡胤，南宋第一位皇帝赵构是个没有斗志的守成之君。他缺少赵匡胤那种一往无前的勇气，所以军事上稍有进展就想着和谈。岳飞想不通为何不乘胜追击，可是又不能像和平年代那样毅然归隐。他写下《小重山》感叹自己进退两难。

昨夜寒蛩不住鸣，惊回千里梦，已三更。起来独自绕阶行。人悄悄，帘外月胧明。　白首为功名，旧山松竹老，阻归程。欲将心事付瑶琴。知音少，弦断有谁听。

寒蛩指深秋的蟋蟀。

绍兴十年五月，金人验证了岳飞的先见之明，兵分四路南侵。经历了最初的猝不及防之后，岳飞和韩世忠、张俊带兵反攻。岳家军先后取得郾城、颖昌、朱仙镇大捷。岳飞激励将士"直捣黄龙，与诸君痛饮"。就在这时，南宋朝廷发出十二道金牌，要求岳飞后退。岳飞仰天长叹。岳家军将士群情激奋，拔剑欲斩钦差大臣。

绍兴十一年岳飞驻军安庆，写下《登池州翠微亭》。此时的岳飞丝毫没有意识到危险正在悄然迫近。

> 经年尘土满征衣，特特寻芳上翠微。
> 好水好山看未足，马蹄催趁明月归。

这年年底三十九岁的岳飞回到临安，等待他的不是鲜花和掌声，而是大理寺的杀威棒。

对于宋高宗赵构为什么要自毁长城，千百年来一直众说纷纭。我认为比较接近史实的解释是，宋军经过南渡初期的溃不成军之后，已经通过反攻把战线推进到黄河沿岸，为南宋偏安江南夺取了战略纵深，所以赵构认为金人已经不足为患，赵宋王朝现在最大的威胁是以岳飞为首的骄兵悍将。赵构和秦桧商量之后决定杀一儆百，岳飞不幸中了头彩。据说岳飞之死是金人提出的和谈条件之一，但当时南宋连战皆捷，不可能反被金人要挟。

赵匡胤黄袍加身的时候只有三十出头，同样不到四十的岳飞让赵构难免产生联想。年轻气盛毫无疑问是岳飞被选上的重要原因，和他并称南宋"中兴四大将"的韩世忠、张俊、刘光世都比他大十岁以上。

宋室南渡以后定都杭州，杭州从此成为马可波罗笔下的世界之都。西湖成为"销金锅儿"，一改北宋初年林逋隐居时的冷清，有诗为证："帖帖平湖印晚天，踏歌游女锦相牵。都城半掩人争路，犹有胡琴落后船。"可是岳飞因为戎马倥偬，一直没有机会好好游览。这一次他终于有时间在杭州停留，但他已经失去自由。

岳飞在受审时仰天惨笑："皇天后土，可表此心。"一个同情他的狱卒偷偷问他有什么遗言要说，他接过纸笔连写两个"天日昭昭"。

绍兴十一年十二月二十九日，还有一天就过年了，敬天畏神的赵构和秦桧觉得春天不宜杀人，决定提前开斩。火树银花不夜天，岳飞、岳云父子和部将张宪最后看了一眼桨声灯影里的杭州城，被自己捍卫的政权一刀砍翻。

岳飞逝世后，据说连三尺儿童都知道秦桧是罪魁祸首，没人责怪躲在幕后的赵构。韩世忠上门去找秦桧，质问为什么要杀岳飞，岳飞所犯何罪？秦桧回答"莫须有"，意思是应该有吧。韩世忠痛心疾首："莫须有三字，何以服天下？"

岳飞和张宪的家眷随即被发配边疆。沿途预先得到消息的百姓默默站在道路两旁，无言哀悼拦腰折断的民族脊梁。我相信从这一刻开始，很多人开始厌弃南宋。蒙古人在打过长江之后没有遇到太多抵抗，他们应该感谢赵构和秦桧帮忙。

绍兴三十二年，赵构把皇位让给宋孝宗赵慎，默许宋孝宗给岳飞平反。淳熙五年（1178年）岳飞赐谥武穆，嘉定四年（1211年）追封鄂王。宋孝宗后来对岳飞的子孙承认，"卿家冤枉，朕悉知之。"岳飞的遭遇连敌人都为他叫屈，主编《宋史》的元朝诸生也认为宋高宗自毁长城。

宋高宗在世的时候，一直不准公开悼念岳飞。百姓只能把岳飞的画像挂在家里偷偷祭拜。岳飞去世一年之后，在他驻扎过的武昌军营内，有个读过点书的士兵写诗悼念自己的统帅。

自古忠臣帝主疑，全忠全义不全尸。
武昌门外千株柳，不见杨花扑面飞。

无数游人来到军营参观岳家军驻地，看到这首诗都大哭而去。

为了防范武将重演陈桥兵变，宋朝把军权交给文官。这些文官通常只会纸上谈兵，但也有些人意外发现自己天生就适合大场面，完全不需要军事训练就可以指挥世纪大战。前者代表是夏竦，后者的代表是虞允文。

胡世将是另一位虞允文式的名将。他是常州晋陵也就是江苏武进人，徽宗崇宁五年（1106年）中进士后官至兵部侍郎。绍兴九年

金兵大举进攻关中,千年古都长安沦陷,西北守军各自为战。川陕宣抚使胡世将调动名将吴璘等人主动出击,使"分屯之军得全师而返"。绍兴十一年收复陇州等地,逐步稳定西北局势。

因为苏东坡《念奴娇·赤壁怀古》有名句"人生如梦,一樽还酹江月",所以词牌《念奴娇》又名《酹江月》。胡世将用东坡原韵填过一首《酹江月》词。

神州沉陆,问谁是、一范一韩人物。北望长安应不见,抛却关西半壁。塞马晨嘶,胡笳夕引,赢得头如雪。三秦往事,只数汉家三杰。　　试看百二山河,奈君门万里,六师不发。阃外何人,回首处,铁骑千群都灭。拜将台欹,怀贤阁杳,空指冲冠发。阑干拍遍,独对中天明月。

《酹江月》即《念奴娇》,因为苏东坡名作《念奴娇·赤壁怀古》的最后一句"一樽还酹江月"而得名。这首词风格接近岳飞《满江红》,最后几句和"怒发冲冠,凭栏处"简直雷同。"一范一韩"出自北宋韩琦和范仲淹镇守西北时的民谣"军中有一韩,西贼闻之心胆寒;军中有一范,西贼闻之惊破胆。""汉家三杰"是指辅佐刘邦夺取天下的张良、萧何和韩信。"拜将台"和"怀贤阁"都在陕西南郑,刘邦在秦亡后被封为汉王定都南郑,他听从萧何建议筑坛拜韩信为将。"怀贤阁"位于斜谷口,后人为纪念诸葛亮而建,北宋时犹存,苏东坡曾往参观。

王以宁是湖南湘潭人。靖康初年金人大兵压境,北宋进行战争总动员。王以宁凭三寸不烂之舌从鼎州借兵解围太原。南宋时官至枢密院编修官、京西制置使。他写过一首《水调歌头·呈汉阳使君》,风骨凛然。

《梅花山鸟图》 明_陈洪绶

大别我知友，突兀起西州。十年重见，依旧秀色照清眸。常记鲒碕狂客，邀我登楼雪霁，杖策拥羊裘。山吐月千仞，残夜水明楼。　　黄粱梦，未觉枕，几经秋。与君邂逅，相逐飞步碧山头。举酒一觞今古，叹息英雄骨冷，清泪不能收。鹦鹉更谁赋，遗恨满芳洲。

　　"大别"即大别山，作者把这座"突兀起西州"的名山当作"我知友"，所以说它"十年重见，依旧秀色照清眸"。"鲒碕狂客"即"四明狂客"贺知章，四明山和鲒碕山都在浙江宁波境内，作者把汉阳太守比作潇洒豪放的贺知章。"杖策拥羊裘"出自《后汉书·逸民传》，据说隐士严光曾"披羊裘钓泽中"。"残夜水明楼"出自杜甫诗"山吐月千仞，残夜水明楼"，"明"在这里是动词，"水明楼"是说月光映水后又返照楼台。"鹦鹉"指东汉末年的才士祢衡和他的《鹦鹉赋》，祢衡不为曹操所容，后来终被黄祖杀害。

　　苏东坡写过一篇散文《方山子传》，记述他和好友陈慥在黄州的不期而遇。陈慥字季常号龙丘居士，身材高大却特别怕老婆。苏东坡决不放过任何捉弄朋友的机会，特意写了一首诗调侃陈季常惧内。

　　　　龙丘居士亦可怜，谈空说有夜不眠。
　　　　忽闻河东狮子吼，拄杖落手心茫然。

　　"谈空说有"，佛教有空宗、有宗，因此空有论成为魏晋玄谈的重要内容。"河东"，陈慥妻子姓柳，河东是柳姓的郡望。"狮子吼"一词来源于佛教，意指威严的"如来正声"。陈慥怕老婆的故事后来被南宋洪迈写进《容斋随笔》，从此"河东狮吼"专指镇压老公的悍妇妒妻。

　　两宋之交的著名诗人陈与义是陈慥的后人。陈与义家在洛阳，

"天资卓伟，为儿时已能作文致名誉。流辈敛衽，莫敢与抗"。

宣和四年（1122年），陈与义的一组《墨梅》诗被宰相王黼推荐给宋徽宗，他因此成为符宝郎。符宝郎是皇帝近臣之一，掌管国之符节和皇帝八宝，其中包括传国玉玺。陈与义声名大噪，成为炙手可热的文坛新秀。洛中名士争相和陈与义交游。陈与义还收到了很多字迹娟秀的情书。

靖康之难发生以后，人到中年的陈与义开始拖家带口南逃，漂白江湖风餐露宿，所以特别怀念当年的岁月静好。

临江仙

忆昔午桥桥上饮，座中多是豪英。长沟流月去无声。杏花疏影里，吹笛到天明。　　二十馀年如一梦，此身虽在堪惊。闲登小阁看新晴。古今多少事，渔唱起三更。

午桥是指中唐宰相裴度建筑的午桥庄和绿野堂，午桥碧草是"洛阳八景"之一。据说现在洛阳市东南十五里伊水边的午桥村就是当年午桥的故址。

陈与义的诗歌名篇《伤春》也写在逃难途中，直言"庙堂无策可平戎，坐使甘泉照夕烽"。

这年端午，陈与义又以一首《临江仙》凭吊屈原。

高咏楚词酬午日，天涯节序匆匆。榴花不似舞裙红。无人知此意，歌罢满帘风。　　万事一身伤老矣，戎葵凝笑墙东。酒杯深浅去年同。试浇桥下水，今夕到湘中。

戎葵即蜀葵，高达两米，所以又名一丈红。

金国文坛领袖元好问特别喜欢陈与义的这几首《临江仙》，认

为"如此等类,诗家谓之言外句。含咀之久,不传之妙,隐然眉睫间。惟具眼者乃能赏之。"陈与义生于1090年,元好问生于1190年,两人正好相差一百年。

陈与义还在洞庭湖畔写下《城上晚思》,这是描写洞庭风景的最美诗篇之一。

独凭危堞望苍梧,落日君山如画图。
无数柳花飞满岸,晚风吹过洞庭湖。

逃难途中陈与义和昔日好友席益意外重逢。席益字大光,他和

《观荷图》 清_金农

陈与义是洛阳同乡。两人百感交集，在简陋的乡村酒馆喝得烂醉如泥。分手时陈与义填了一首《虞美人》送给后来同样做过参知政事的席益。

> 张帆欲去仍搔首，更醉君家酒。吟诗日日待春风，及至桃花开后、却匆匆。　歌声频为行人咽，记著樽前雪。明朝酒醒大江流，满载一船离恨、向衡州。

南宋建立后宋高宗赵构召见旧臣。陈与义经襄阳绕道岭南、福建抵达临安，被任命为礼部侍郎，随后以徽猷阁直学士知湖州。他多次经过苕溪附近的青墩镇，决心将来到此归隐。青墩就是现在的浙江桐乡乌镇。

青墩对陈与义的意义，犹如扬州对杜牧，黄州对苏东坡。他在这里写下很多名篇。例如七绝《牡丹》。

> 一自胡尘入汉关，十年伊洛路漫漫。
> 青墩溪畔龙钟客，独立东风看牡丹。

"十年伊洛路漫漫"，离开故乡以后十年来长路漫漫。诗人在靖康二年（1127年）金兵攻陷汴京后离开故乡，到写这首诗时正好十年。伊洛即河南的伊水和洛水，这里代指诗人的故乡洛阳。

七律《怀天经智老因访之》也是在青墩完成。天经和智老是他的两个朋友，一个姓叶名德字天经，另一个是大圆洪智和尚。

> 今年二月冻初融，睡起苕溪绿向东。
> 客子光阴诗卷里，杏花消息雨声中。
> 西庵禅伯还多病，北栅儒先只固穷。

忽忆轻舟寻二子,纶巾鹤氅试春风。

自古吟咏杏花的诗词很多,但超越"杏花消息雨声中"的很少。绍兴五年,陈与义回朝担任给事中、中书舍人。宋高宗赵构看到"杏花消息雨声中"后,任命陈与义为翰林学士知制诰。

绍兴七年正月,陈与义成为参知政事,登上仕途最高峰。宰相赵鼎主战,陈与义却附和赵构主和。赵鼎气愤难平。陈与义不想卷入政治斗争,以资政殿学士再知湖州,加提举临安洞霄宫。绍兴八年十一月,年仅四十九岁的陈与义病逝于青墩无住庵。

元代学者方回把陈与义列为江西诗派"一祖三宗"之一。南宋黄升在《中兴以来绝妙词选》中说,陈与义"词虽不多,语意超绝,识者谓其可摩坡仙之垒也。"清朝词评家陈廷焯也说陈词如《临江仙·忆昔午桥桥上饮》"笔意超旷,逼近大苏"。

"杏花消息雨声中""杏花疏影里,吹笛到天明",陈与义的诗词代表作都和杏花有关,可见他对杏花情有独钟。也许纯粹是个巧合,也许满座英豪已经烂醉如泥,在杏花疏影里听他吹笛到天明的是个妙龄女子,垆边人似月,皓腕胜霜雪。

我反感宋太宗迫害李后主,但是不得不承认他们兄弟优待文人的政策使宋朝文学取得了可以和唐朝相提并论的成就。文学创作的繁荣带动了文学理论的昌盛。宋朝出现了大量的诗话词话,而且这种写作诗话词话的风气一直延续到晚清。不过有意思的是,理论水平和创作成就并非相辅相成,有时甚至完全相反。《沧浪诗话》作者严羽和《人间词话》著者王国维堪称诗词理论的泰山北斗,但他们自己创作的诗词几乎没有一首被人记住。

叶梦得就是眼高手低的代表。他来自江苏吴县,父亲是北宋名臣叶清臣的子孙,母亲是晁补之的妹妹。叶梦得和陈与义一样年少成名,甚至有人把他和苏东坡相比,认为他兼具狂气、逸气、英雄气。他著述宏富，写过《石林诗话》，但真正堪称佳作的只有《八声甘州·寿阳楼八公山作》。

> 故都迷岸草，望长淮、依然绕孤城。想乌衣年少，芝兰秀发，戈戟云横。坐看骄兵南渡，沸浪骇奔鲸。转眄东流水，一顾功成。　　千载八公山下，尚断崖草木，遥拥峥嵘。漫云涛吞吐，无处问豪英。信劳生、空成今古，笑我来、何事怆遗情？东山老，可堪岁晚，独听桓筝。

乌衣年少，指住在金陵乌衣巷的王谢子弟。芝兰秀发，"芝兰"出自《世说新语·言语》，谢太傅问诸子侄："子弟亦何预人事，而正欲使其佳？"诸人莫有言者。车骑（谢玄）答曰："譬如芝兰玉树，欲使其生于庭阶耳。""秀发"出自李白《宣州谢朓楼饯别校书叔云》："蓬莱文章建安骨，中间小谢又清发。""骄兵"指淝水之战中苻坚带领的八十万大军。"奔鲸"指奔逃的鲸鱼。"遗情"指思念往事，曹植《洛神赋》："遗情想象，顾望怀愁。""东山老"即东晋太傅谢安，他曾隐居浙江上虞东山。"桓筝"和东晋著名音乐家桓伊有关，桓伊擅长吹笛和弹筝，据说著名琴曲《梅花三弄》就是根据他的笛谱改编。晋孝武帝猜忌谢安，桓伊抚筝而歌曹植《怨歌行》进行规劝。

叶梦得依附奸臣蔡京，宋徽宗时做过翰林学士，南渡后官至尚书左丞。晚年隐居湖州弁山石林，自称石林居士，所以他的诗文集多以石林为名。

第十四回

花自飘零水自流　　此情无计可消除

　　北宋定都河南开封。开封地处汴河要冲,又曾是战国七雄之一的魏国都城大梁,所以开封又名汴京、汴梁。东京汴梁是当时世界上最繁华的城市,除了孟元老的《东京梦华录》和张择端的《清明上河图》,还有屏山先生刘子翚的《汴京纪事》可以证实。

　　　　梁园歌舞足风流,美酒如刀解断愁,
　　　　忆得少年多乐事,夜深灯火上樊楼。

　　这是最世俗也最美好的京都。从这首诗可以看出,宋朝一改汉唐以来的旧俗,不再金吾禁夜,普通百姓可以通宵达旦寻欢作乐。
　　北宋遗民特别怀念汴京,他们写过很多追忆汴京繁华的诗文。随着金人南侵开封沦陷,消失在汴京柳陌花衢的是孟元老、刘子翚的青春,也是赵宋王朝的青春,华夏文明的青春。直到千年以后的今天,依然有人认为北宋是中华文明的巅峰。

李清照流落江南后写过一首《永遇乐》，回忆自己在汴京度过的青春岁月。她和刘子翚一样怀念一去不返的东京梦华，无法接受北宋王朝已经夕阳西下。

> 落日熔金，暮云合璧，人在何处。染柳烟浓，吹梅笛怨，春意知几许。元宵佳节，融和天气，次第岂无风雨。来相召，香车宝马，谢他诗朋酒侣。　中州盛日，闺门多暇，记得偏重三五。铺翠冠儿，捻金雪柳，簇带争济楚。如今憔悴，风鬟霜鬓，怕见夜间出去。不如向、帘儿底下，听人笑语。

"落日熔金，暮云合璧"，落日像熔化的黄金那样金光灿烂，晚霞如珠联璧合互相辉映。"次第岂无风雨"，接下来希望不会有风雨。"记得偏重三五"，记得比较重视正月十五的元宵佳节。"铺翠冠儿"，饰有翠羽的女式帽子。"捻金雪柳"，各种金叶银片做成的首饰。"簇带争济楚"，满头珠翠争奇斗妍。"簇带"和"济楚"均为宋时方言，簇带即戴满，济楚指美好、端整。

李清照的父亲李格非是苏东坡门人，但千古第一才女对千古第一才子却心怀怨恨。李清照不但在词论中批评过苏轼，也不承认自己的父亲是苏门弟子。她认为正是因为苏东坡带领她父亲反对新法，她才不得不离开燕尔新婚的家，离开汴京的如梦繁华。

李清照父亲是苏门"后四学士"之一，母亲是宋仁宗时状元王拱臣的孙女。李清照继承了家族的文学天分，从小便有才名。据说赵明诚在和她订婚前梦见一个奇怪的句子，"言与司合，安上已脱，芝芙草拔"。他父亲吏部侍郎赵挺之听了大笑，安慰他道："言和司合是词，安上已脱是女，芝芙草拔就是之夫，意思是你将做女词人的丈夫。"

不过赵明诚并不是李清照的初恋。李清照在家乡济南章丘度过自己的少女时代，她的才华意气不让须眉，早在一千年前就开始自由恋爱。李清照自许婉约派护法，但是一旦坠入爱河，却豪放得让小伙伴们惊讶。

绣幕芙蓉一笑开，斜飞宝鸭衬香腮，眼波才动被人猜。
一面风情深有韵，半笺娇恨寄幽怀，月移花影约重来。

这首《浣溪沙》写少女春心已共花争发，刚刚见面又约好晚上再会，而且毫不顾忌旁人的惊猜。现在的小女生这么做毫不奇怪，但李清照可是生活在男女授受不亲的封建时代。"绣面芙蓉一笑开"，面如芙蓉，一笑盛开。"宝鸭"指鸭形的宝钗。"月移花影"出自唐代元稹《莺莺传》："待月西厢下，迎风户半开。拂墙花影动，疑是玉人来。"

她的《点绛唇》同样表现少女寂寞难耐，情窦初开。

蹴罢秋千，起来慵整纤纤手。露浓花瘦，薄汗青衣透。
见有人来，袜刬金钗溜，和羞走。倚门回首，却把青梅嗅。

袜刬就是刬袜，一般解作赤脚穿袜。李后主《菩萨蛮》"刬袜步香阶，手提金缕鞋。"

济南章丘有个明水湖，明水湖畔有座溪亭。活泼好动的李清照经常去湖里划船，流连忘返。

如梦令

常记溪亭日暮，沉醉不知归路。兴尽晚回舟，误入藕花深处。争渡，争渡，惊起一滩鸥鹭。

遠望雲山隔秋水 近看古木擁坡陀居然相對六君子 正直特立無偏頗大痴贊
雲林畫

江頭碧樹動秋風 江上青山接遠空 安问波心添釣艇 遥随 我作漁翁 枫木居士

風趣雲林象戲 點秋色仙人拾不來芝山倚晴碧 溦瑣趙覲

黃公別去已多年 句見雲林畫東坡二老 風流追蹤浮邈莽長卷對江天共幾緑雲

壹山甫見鄴宋作畫至正五年四月八日 泊舟弓河之上而山甫篝登 時已億卷正伴鬼必復 心誒老師風之忍大哂也 倪讚

苏东坡去世那年，十八岁的李清照嫁给了赵明诚。赵明诚当时还是一位太学生，而且文采平平。那时北宋刚刚经历一个人才鼎盛的时期，晏殊父子、柳永、张先、范仲淹、欧阳修、王安石、苏东坡、黄庭坚、秦观都文采飞扬，所以嫁给赵明诚这样一个普通官宦子弟，李清照多少有些失望。好在赵明诚知道自己的不足，心甘情愿地为李清照伴唱，而且两人有个共同爱好，那就是金石字画收藏。他们婚后有过一段妇唱夫随的逍遥快乐时光。

> 昨夜雨疏风骤。浓睡不消残酒。试问卷帘人，却道海棠依旧。知否？知否？应是绿肥红瘦。

从少女时代开始，李清照的每一首词都轰动一时。这首《如梦令》同样如此。不过过去听说过她的人都在济南，现在她的才名已经风靡汴京，传遍整个大宋国境。

《丑奴儿》也是写的儿女情长。

> 晚来一阵风兼雨，洗尽炎光。理罢笙簧，却对菱花淡淡妆。　绛绡缕薄冰肌莹，雪腻酥香。笑语檀郎，今夜纱橱枕簟凉。

《减字木兰花》同样在撒娇，李清照的一颦一笑已经让整个宋朝的男人神魂颠倒。

> 卖花担上，买得一枝春欲放。泪染轻匀，犹带彤霞晓露痕。　怕郎猜道，奴面不如花面好。云鬓斜簪，徒要教郎比并看。

宋徽宗崇宁元年（1102年），朝廷开始排挤反对变法的元祐党人，皇帝亲笔书写"元祐党人碑"，宣布永不录用文彦博、司马光、苏轼兄弟等人的子孙并把他们赶出汴京，随即诏令"宗室不得与元祐奸党子孙为婚姻"。李清照父亲李格非名列元祐党籍，丈夫赵明诚又是宗室子弟，双双犯禁，不得不跟随父亲回到故乡济南。

那时李清照已经是万众瞩目的美女词人，所到之处比现在的明星还受欢迎，可想而知她离开汴京的时候有多么郁闷。女性有时候比男人更有虚荣心，如果可以"一曲菱歌值万金"，很少有人"自知明艳更沉吟"，何况李清照当时还很年轻。

吏部侍郎赵挺之当初和礼部员外郎李格非做儿女亲家主要是因为大家是山东老乡都爱吃薄饼卷大葱，并没有在意双方政见不同。时局的发展要求他们表明立场，两人才发现当初的决定过于匆忙。赵挺之靠打击以苏东坡为代表的元祐党人当上宰相，作为苏门弟子的李格非也属于清算对象。李清照曾为父亲求情，赵挺之拒绝帮忙。搞笑的是，赵挺之后来被同党抛弃，罪名竟是"力庇元祐奸党"。赵挺之怎么也想不通，在牢里不到五天就气绝身亡。

赵挺之去世以后赵明诚带着李清照回到青州故乡。他们夫妻都喜欢陶渊明的《归去来兮辞》，所以把庄园命名为"归来堂"。陶渊明在《归去来兮辞》中说"倚南窗以寄傲，审容膝之易安"，李清照因此自号"易安居士"。在此后的十余年里，李清照帮助赵明诚撰写《金石录》，夫妻俩一起度过北宋末年的凄风苦雨。

宣和三年（1121年），赵明诚在亲友帮助下得以出守莱州。习惯了和丈夫耳鬓厮磨的李清照强颜欢笑，想到自己将要空房独守，提笔填了一首《凤凰台上忆吹箫》。

> 香冷金猊，被翻红浪，起来人未梳头。任宝奁闲掩，日上帘钩。生怕闲愁暗恨，多少事、欲说还休。今年瘦，非干病酒，不是悲秋。　明朝，这回去也，千万遍阳关，也则难留。念武陵春晚，烟锁重楼。惟有楼前流水，应念

我、终日凝眸。凝眸处,从今更添,一段新愁。

"香冷金猊",狮形铜香炉上的香冷了。"被翻红浪",红色被子有如波浪翻滚,意谓辗转反侧一夜无眠。"武陵人远",当代学者沈祖棻认为"武陵"在宋词、元曲中有两个含义:一是指陶渊明《桃花源记》中的渔夫故事,一是指刘义庆《幽明录》中的刘晨、阮肇入天台故事。此处借指爱人要去的远方,同时也有隐隐担心对方迷途不返的意思。"烟锁秦楼",出自冯延巳《南乡子》"烟锁秦楼无限事。"秦楼即凤台,传说中春秋时秦穆公女儿弄玉与其夫萧史乘凤飞升之前的住处,这里指李清照自己的妆楼。

此后李清照独居青州。莱州和青州相距不远,不知何故李清照一直没有去莱州和赵明诚团圆。可能是因为莱州地处胶东半岛,

《松溪论画图》 明_仇英

万一发生战事很容易被金兵截断退路。李清照极度无聊,只好用诗词排遣自己的寂寞。

> 风定落花深,帘外拥红堆雪。长记海棠开后,正是伤春时节。　酒阑歌罢玉樽空,青缸暗明灭。魂梦不堪幽怨,更一声啼鴂。

这首词写得非常凄凉,词牌名却是《好事近》。可见到了李清照的时代,词牌已经和内容基本无关,甚至完全相反。

《行香子》写于七夕,李清照把赵明诚和自己比作牛郎织女。

> 草际鸣蛩,惊落梧桐,正人间天上愁浓。云阶月地,关锁千重。纵浮槎来,浮槎去,不相逢。　星桥鹊架,经年才见,想离情别恨难穷。牵牛织女,莫是离中。甚霎儿晴,霎儿雨,霎儿风。

"鸣蛩",蟋蟀。"甚",为甚,为什么。

《醉花阴》写在重阳节,有人认为这是李清照最好的词。

> 薄雾浓云愁永昼,瑞脑消金兽。佳节又重阳。玉枕纱厨,半夜凉初透。　东篱把酒黄昏后,有暗香盈袖。莫道不消魂,帘卷西风,人比黄花瘦。

"瑞脑消金兽",意思和《凤凰台上忆吹箫》第一句"香冷金猊"差不多,"瑞脑"即冰片,又称龙脑。"纱厨"即防蚊蝇的纱帐,周邦彦《浣溪沙》:"薄薄纱厨望似空,簟纹如水浸芙蓉。""暗香盈袖"指菊花幽香满袖,汉末《古诗十九首·庭中有奇树》:"攀

条折其荣,将以遗所思。馨香盈怀袖,路远莫致之。"

据说赵明诚收到这首词之后,闭门谢客仿作了五十首。他把李清照的词混在其中,请好友陆德夫评鉴。

陆德夫反复比较之后说:"赵兄最近进步神速,有三句写得真好。"

"是哪三句?"

"莫道不消魂,帘卷西风,人比黄花瘦。"

赵明诚从此对李清照心悦诚服。

《醉花阴》是否李清照最好的词尚有争论,但《一剪梅》肯定是李清照最脍炙人口的词,因为它作为流行歌曲传唱至今。

　　红藕香残玉簟秋。轻解罗裳,独上兰舟。云中谁寄锦书来,雁字回时,月满西楼。　花自飘零水自流。一种相思,两处闲愁。此情无计可消除,才下眉头,却上心头。

"玉簟秋",时至秋深,精美的竹席已嫌清冷。陈廷焯《白雨斋词话》说:易安佳句,如《一剪梅》起七字云"红藕香残玉簟秋",精秀特绝,真不食人间烟火者。

靖康二年(1127年),金兵围困汴京,要求宋朝派亲王去金营谈判。康王赵构挺身而出,此举为他后来整合人心建立南宋打下基础。由于金人提出的条件过于苛刻,谈判破裂。赵构从金军大营出来后,途经河北磁州时被深谋远虑的宗泽留住。宋钦宗派人潜出开封,任命赵构为天下兵马大元帅,让他起兵勤王。开封城陷后金兵点名搜捕宋朝宗室,赵构成为宋太宗嫡系子孙中惟一的漏网之鱼。

赵构在河南商丘登上皇位以后随即南逃,赵明诚夫妇也跟着南下。赵明诚临时被起用为江宁知州。建炎三年(1129年)春,南京城下了一场大雪,李清照填了《临江仙》寄寓漂泊之感。

庭院深深深几许？云窗雾阁常扃。柳梢梅萼渐分明。春归秣陵树，人老建康城。　　感月吟风多少事，如今老去无成。谁怜憔悴更凋零。试灯无意思，踏雪没心情。

"扃"是指关上。这首词借用了欧阳修名句"庭院深深深几许"，是李清照词风转变的标志。她的深闺寂寞已经被乡愁代替，故乡常常出现在她的诗词里。

《汉宫春晓图》（局部）　清_院本

菩萨蛮

风柔日薄春犹早,夹衫乍著心情好。睡起觉微寒,梅花鬓上残。　　故乡何处是?忘了除非醉。沉水卧时烧,香消酒未消。

"沉水"是沉香的别名。

如狼似虎的金兵随即越过长江。李清照因为不舍得放弃那些金石收藏,多次差点被金兵追上。赵明诚奉命调任湖州知州,他把李清照安置在安徽池阳。他走后李清照独自逃难,前面看见一条大江。当地百姓说这就是乌江,李清照写诗怀念楚霸王,顺便讽刺北宋男人窝囊。

生当作人杰,死亦为鬼雄。
至今思项羽,不肯过江东。

赵明诚在路上中暑病倒建康,李清照闻讯赶来探望时他已经奄奄一息,年仅四十九岁英年早逝。李清照亲笔写下《祭赵湖州文》寄托哀思。

此后李清照孤苦伶仃,先是被御医王继先趁火打劫强买文物,接着有人诬告她和赵明诚曾向金人进献玉壶。她只好派人把剩下的文物送到妹夫所在的南昌,她妹夫当时在隆祐太后身边做兵部侍郎。金兵随即攻陷南昌。李清照跟随赵构逃亡,一度漂流海上。

在漂泊南方之前,李清照对江南的杏花春雨有很多美好的预期。现在连绵不断的梅雨使她忍无可忍,愤而写下《添字采桑子》。

窗前谁种芭蕉树?阴满中庭,阴满中庭,叶叶心心舒卷有余情。　　伤心枕上三更雨,点滴霖霪,点滴霖霪,愁损北人不惯起来听。

无论多么坚强的人，都无法忍受年复一年的寂寞孤独，何况无儿无女的李清照已经美人迟暮。这时风流倜傥的张汝舟出现，他托人做媒，自己也频频写信，对李清照的诗词如数家珍。李清照虽然聪明绝顶，但恋爱经验却远不如现在比较早熟的高中女生，所以很快答应他的求婚。

张汝舟随即现了原形，原来他和御医王继先一样居心，接近李清照是因为那些古董价值连城。婚后他发现李清照的金石收藏已经所剩无几，而且李清照根本不让他经手，恼羞成怒，开始对李清照进行家暴。李清照是那种"至今思项羽，不肯过江东"的烈女，当然不会忍气吞声，她抄起剪刀还击，愤然提出离婚，即使因此坐牢也在所不惜。宋朝的奇葩法律规定，妻告夫要判三年徒刑。

出狱后李清照寄住在弟弟李远家里。她已经风烛残年，整理赵明诚留给她的《金石录》是她唯一未了的心愿。《声声慢》写的就是此时心境。

寻寻觅觅，冷冷清清，凄凄惨惨戚戚。乍暖还寒时候，最难将息。三杯两盏淡酒，怎敌他，晚来风急？雁过也，正伤心，却是旧时相识。　满地黄花堆积，憔悴损，如今有谁堪摘？守着窗儿，独自怎生得黑。梧桐更兼细雨，到黄昏，点点滴滴。这次第，怎一个愁字了得。

这段时间她写了著名散文《金石录后序》，回忆闺门多暇的"中州盛日"以及陪赵明诚添香夜读的往事。

在《南歌子》里，她恍惚以为自己还在汴京旧居，还在赵明诚的怀里。

> 天上星河转，人间帘幕垂。凉生枕簟泪痕滋。起解罗衣，聊问夜何其。　翠贴莲蓬小，金销藕叶稀。旧时天气旧时衣。只有情怀，不似旧家时。

"夜何其"，夜已经到了什么时辰？《诗经·小雅·庭燎》"夜如何其？夜未央。""翠贴""金销"均为服饰工艺，即贴翠，销金。

绍兴四年九月，金兵再次渡江南犯，赵构放弃临安，李清照又开始了逃难，流寓金华直到绍兴五年暮春。这期间李清照写下《武陵春》。

> 风住尘香花已尽，日晚倦梳头。物是人非事事休，欲语泪先流。　闻说双溪春尚好，也拟泛轻舟。只恐双溪舴艋舟，载不动、许多愁。

《写生花卉册》　清_恽寿平

绍兴十三年（1143年）前后，李清照终于把《金石录》校勘整理完毕。她平静地看着生命像夕阳余晖一样逐渐消失，却发现自己很难一走了之。

宋朝是个让汉族文人既自豪又绝望的王朝。此前无论是春秋战国、魏晋南北朝还是五代十国，少数民族政权始终未能征服整个中原。可是到了宋朝，北方接连出现辽、西夏、金和蒙古四个强大的少数民族政权，每一个都似乎不可战胜。宋朝文人病急乱投医，把女人不守妇道看作汉族政权衰弱的原因之一。在他们看来李清照这种才女的出现不但不值得庆幸，反而是国家将亡的象征。

绍兴十八年，《苕溪渔隐丛话》的作者胡仔攻击李清照再嫁是不守妇道，李清照对前辈词家的批评也被他讥笑为"蚍蜉撼大树"。绍兴十九年，王灼在《碧鸡漫志》中再次攻击李清照，他说李清照"作长短句能曲折人意，轻巧尖新，姿态百出，闾巷荒淫之语，肆意落笔。自古缙绅之家能文妇女，未见如此无顾藉也。"

王灼写过《长相思》，他的文学论述不乏真知灼见，也承认李清照"自少年即有诗名，才力华赡，逼近前辈"，可是依然无法放下对女性的偏见。

> 来匆匆，去匆匆，梦短无凭春又空，难随郎马踪。山重重，水重重，飞絮流云西复东，音书何处通

李清照一笑置之，用一首《渔家傲》总结平生。

> 天接云涛连晓雾，星河欲转千帆舞。仿佛梦魂归帝所，闻天语，殷勤问我归何处。　我报路长嗟日暮，学诗谩有惊人句。九万里风鹏正举，风休住，蓬舟吹取三山去。

宋高宗建炎四年（1130年）春间，李清照曾经避难海上，此词很可能和这段经历有关。李清照梦中又回到海上，不过梦中的大海彩舟云淡，星河鹭起，她完全不想回到岸边，反而希望好风凭借力，送我上仙山。

没有人留意李清照什么时候离开人世，不过在历史的银河里，李清照已经是一颗恒星，她的存在无人可以忽视。明朝状元才子杨慎说："宋人中填词，易安亦称冠绝，使在衣冠，当与秦七、黄九争雄。"明末清初杭州词人沈谦说："男中李后主，女中李易安，极是当行本色。前此太白，故称词家三李。"王士祯说"婉约以易安为宗，豪放惟幼安称首。"

第十五回

小楼一夜听春雨　深巷明朝卖杏花

岳飞遇害那年，陆游十七岁，他和几个游侠少年决定去杭州刺杀秦桧。当他们经过杭州郊外官军哨卡的时候，其中一个少年闪烁不定的眼神引起守卡军官怀疑，藏在马车上的武器和传单被查获。然而让守卡军官疑惑不解的是，陆游等人并没有落荒而逃。

军官问："你们怎么不跑？"

陆游说："我们为什么要跑？"

"你们预谋刺杀大宋丞相，这可是非常严重的罪行。到时再加个叛国通敌的罪名，轻则发配边疆，重则家破人亡。"

"叛国通敌的是秦桧这个老贼。老贼杀害岳少保，我们替天行道何罪之有？我倒是很想知道，抓住我们就可以升官发财，你为什么希望我们逃跑？"

军官低声说："我们也同情岳少保，如果我们把你们抓起来献给秦桧，随时有可能被战友下黑手，所以你们逃跑对我们大家都好。"

"我们不跑。"

"为什么呀？要是让上面知道我们故意把你们放跑，我们肯定吃不了兜着走。求你们了，快跑吧。"

"你们上一次军训是什么时候？"

"你问这个干什么？"

"看你们这一身肥膘，估计至少半年没有进行训练。你们想抓我们好像有点难，除非我们束手就擒。"

军官看看自己身边这些腆着肚子的老兵油子，再看看陆游等人青春年少雄姿英发，知道陆游说的是实话。他几乎是哀求陆游离开："我们当兵是为了养家糊口，你们没必要把我们逼上绝路。如果你们真想去临安，请你们下午再闯关。"

"为什么呀？"

"下午值班的军官最近赢了我不少钱，我怀疑他出老千。"

南宋朝廷听说有人要刺杀秦桧，出动大批军警进行搜捕。好在军警普遍同情岳飞憎恨秦桧，睁一只眼闭一只眼，陆游等人顺利坐船逃回山阴。风声过后陆游想再次组织行刺，无奈秦桧及其党羽防范严密，只好放弃。

山阴陆氏来自苏州。陆游高祖陆轸是山阴陆姓第一个金榜题名的人。祖父陆佃是王安石门人，官至资政殿学士、尚书左丞。父亲陆宰做过京西路转运副使、朝议大夫直秘阁。陆游的母亲是晁冲之的外甥女，她的胞妹嫁给了吴越王的孙子钱景臻，而钱景臻的母亲是宋仁宗女儿秦国公主，所以陆游勉强算是皇室远亲，小时候常随母亲进宫给后妃们拜年请安。可能正是因为这个缘故，陆母有些盛气凌人，她的偶像是秦观秦少游，因此借口梦见秦观，坚持让儿子名游字务观。

陆游生于公元1125年，次年发生靖康之难，他父亲陆宰弃官带领全家逃进深山。"儿时万死避胡兵"，陆游直到九岁才结束逃亡回到山阴。逃难途中陆游经常背着小书箱自己走路，为了抓一只野兔翻山越岭，有时不得不在冰冷的山溪里洗澡，竟然因祸得福把身体练得特别强健，后来活到九十高龄，成为中国顶级文人中屈指可数的寿星。

陆游特别喜欢梅花，他写过"何方可化身千亿，一树梅花一放翁"。二十岁的时候，陆游写下他的第一首咏梅名篇《卜算子》。

驿外断桥边，寂寞开无主。已是黄昏独自愁，更着风和雨。　无意苦争春，一任群芳妒。零落成泥碾作尘，只有香如故。

有人认为这首词写在中年以后。我也觉得"无意苦争春，一任群芳妒"更像是中年情怀。不过二十岁这年陆游确实做了一件大事，那就是迎娶表妹唐婉。可惜这段美满婚姻只维持了两年。

虽然出身书香门第，陆游对功名并不热心，他认为在这民族存亡的紧要关头，好男儿应该"上马击狂胡，下马草军书"。陆母把儿子无心科举归罪唐婉，认为正是因为小两口过于缠绵，陆游才会轻视功名。陆游夫妇不愿意就此分离，他们偷偷在附近租了一套房子。久而久之走漏风声，陆母带人打上门去。为了防止他们藕断丝连，陆母强迫陆游续娶王夫人。陆老太太仗着自己是皇室远亲欺人太甚，唐婉家人一气之下把她嫁给住在本郡的赵宋宗室赵士程。

几年之后的绍兴二十一年（1151年），陆游在沈园和赵士程、唐婉夫妇狭路相逢。陆游转身想走。赵士程把他叫住。豁达大度的赵士程对唐婉说："你们表兄妹很久没有相聚，肯定有很多话要说。我在前面桥上等你。"

唐婉和陆游客套了几句，随即带着丫鬟离去。陆游内心却不能平静。他知道今生已经永失我爱，在沈园的粉墙上题了一首《钗头凤》。

红酥手，黄縢酒，满城春色宫墙柳。东风恶，欢情

薄。一怀愁绪，几年离索。错、错、错。　春如旧，人空瘦，泪痕红浥鲛绡透。桃花落，闲池阁。山盟虽在，锦书难托。莫、莫、莫！

"黄縢酒"，宋代官酒以黄纸为封，故以黄縢酒代指美酒。"縢"的意思是封闭，缠束。"宫墙"，南宋以绍兴为陪都，绍兴有皇帝行宫。"离索"，离群索居。"浥"，音同邑，湿润，王维《渭城曲》："渭城朝雨浥轻尘，客舍青青柳色新。""鲛绡"，这里指丝绸手帕。

唐婉直到第二年春天再次游园时才看到这首词，虽然没有明说，但唐婉知道这是陆游写给她的，所以用同一词牌在旁边和了一首。

世情薄，人情恶，雨送黄昏花易落。晓风干，泪痕残。欲笺心事，独倚斜栏。难、难、难。　人成各，今非昨，病魂常似秋千索。角声寒，夜阑珊。怕人询问，咽泪装欢。瞒、瞒、瞒！

唐婉身体本来就不好，回家之后很快病倒。沈园邂逅成为压断她生命之弦的最后一根稻草。陆游听说她卧床不起，想去探望又有所顾忌。当年秋天唐婉抑郁离世。

绍兴二十三年，二十八岁的陆游迫于家族压力走进进士考场，同时参加考试的还有张孝祥、杨万里、范成大、虞允文以及秦桧的孙子秦埙。夺魁呼声最高的是陆游和秦埙。秦桧的门客拜访主考陈子茂，暗示秦桧不能接受状元之外的结果。陈子茂坚持把陆游列为第一。第二年复试，礼部主考再次顶住秦桧压力把陆游列为第一。秦桧暗中打击主考，同时借口陆游喜论恢复妄谈国政，让陆游名落孙山。鹬蚌相争渔翁得利，张孝祥意外成为状元。

陆游本来就对考试不太用心，所以并没有因此消沉。他心里念念不忘的除了还我河山就是唐婉。唐婉逝世将近五十年之后，陆游依然经常徘徊沈园。

一

城上斜阳画角哀，沈园非复旧池台。
伤心桥下春波绿，曾是惊鸿照影来。

二

梦断香消四十年，沈园柳老不吹绵。
此身行作稽山土，犹吊遗踪一泫然。

唐婉是陆游最爱的人，秦桧是他最恨的人。好在绍兴二十五年秦桧恶贯满盈。陆游的仕途开始出现转机，吏部任命他为福建宁德主簿。几乎在这同时，金国摄政王完颜亮看到了使臣带回的南宋临安山水图和柳永的《望海潮》，决心"提兵百万西湖上，立马吴山第一峰"。当年和陆游同时参加进士考试的虞允文临危受命，组织军民在采石矶把完颜亮打回原形。

陆游听到这个消息既欢欣鼓舞又有些失落。七年前陆游和虞允文同时在杭州应试的时候，陆游是万众瞩目的青年才俊，而多次名落孙山的虞允文已经人到中年，正在考虑改行开个成都小吃馆卖冰粉和夫妻肺片。没想到现在陆游还在福建山区陪县令下棋，虞允文已经建立丰功伟绩，出将入相指日可期。

绍兴三十二年，宋高宗赵构让位给宋孝宗赵慎。宋孝宗是南宋比较有斗志的皇帝，他登基后随即赐陆游进士出身。陆游心领神会，立刻开始为北伐鼓吹。隆兴元年（1163年），南宋大将张浚挥师扫北，但在安徽符离集被早有准备的金兵打败。宋孝宗被迫签订隆兴和议。主和派大臣在宋孝宗面前攻击张浚丧师辱国。张浚被排

挤出朝廷，陆游也罢官回到故乡山阴。

鹧鸪天

懒向青门学种瓜，只将渔钓送年华。双双新燕飞春岸，片片轻鸥落晚沙。　　歌缥缈，舻呕哑，酒如清露鲊如花。逢人问道归何处，笑指船儿此是家。

鲊，一种用盐和红曲腌制的鱼。

《小庭婴戏图》 南宋＿苏汉臣

当时因为逃难的北方官民大量涌入南方，江南城镇房价暴涨，陆游只好在镜湖附近的三山乡自己买地建房。《游山西村》就是隐居三山以后的作品。

> 莫笑农家腊酒浑，丰年留客足鸡豚。
> 山重水复疑无路，柳暗花明又一村。
> 箫鼓追随春社近，衣冠简朴古风存。
> 从今若许闲乘月，拄杖无时夜叩门。

乾道六年（1170年）四十六岁的陆游被起用为夔州通判，这是陆游一生最重要的转折点，他存世的九千多首诗歌大部分都写于入蜀之后。陆游一路游览江山名胜，在《入蜀记》中记述了万里长江的很多奇特水生物，使人看过之后感叹长江的巨大变迁。

乾道八年夔州通判任满，四川宣抚使王炎把他招入幕府。陆游来到陕西南郑前线。在南郑期间，他登上高兴亭遥望金兵占领的终南山，写下《秋波媚》一词。

> 秋到边城角声哀，烽火照高台。悲歌击筑，凭高酹酒，此兴悠哉！　多情谁似南山月，特地暮云开。灞桥烟柳，曲江池馆，应待人来。

南郑在大巴山和秦岭之间，自古以来虎狼成群。陆游在南郑时有一个壮举，那就是"呼鹰古垒，截虎平川"。

名将吴璘之子吴挺掌握四川兵权，招聚亡命，骄纵不法，经常擅自杀人。王炎无可奈何。陆游预言这样下去会出大乱。后来吴挺之子吴曦果然叛国降金。

蜀道艰难，这段时间陆游经常出入剑门关，落寞孤单。

> 衣上征尘杂酒痕，远游无处不消魂。
> 此身合是诗人未？细雨骑驴入剑门。

王炎奉调回京后，随后镇蜀的范成大挽留陆游。他们经常登上高兴亭遥望古都长安，缅怀汉唐两朝"犯我强汉者虽远必诛"的霸气侧漏。陆游比范成大要大一岁，而且当年考进士时两人是携手同游的好兄弟，所以他经常穿着睡衣参加宴会。同僚觉得陆游放肆。范成大一笑置之。陆游听说有人讥其颓放，干脆自号放翁。

朝中有人弹劾陆游，范成大爱莫能助。陆游再次被免，心力交瘁大病一场，住在成都浣花溪杜甫草堂休养。受黄庭坚和江西诗派影响，南宋诗人对杜甫特别崇拜，浣花溪草堂就是他们朝圣的地方。位卑未敢忘忧国，这是杜甫和陆游的共同之处。

虽说天下兴亡匹夫有责，但实际上最关心国家兴亡的人往往是杜甫、陆游这个阶层的人。当国家危难的时候，帝王将相得过且过醉生梦死，平头百姓继续过自己的小日子，只有杜甫、陆游这种人最难将息。

宋孝宗淳熙四年（1177年），五十三岁的陆游用古乐府《关山月》痛陈和谈误国，忧虑军心涣散。

> 和戎诏下十五年，将军不战空临边。
> 朱门沉沉按歌舞，厩马肥死弓断弦。
> 戍楼刁斗催落月，三十从军今白发。
> 笛里谁知壮士心，沙头空照征人骨。
> 中原干戈古亦闻，岂有逆胡传子孙！
> 遗民忍死望恢复，几处今宵垂泪痕。

这首诗再次让他声名大震。据说有一天宋孝宗问左丞相周必大:"当今之世,有没有唐朝李白这样的诗人?"周必大推荐陆游。淳熙五年宋孝宗召见陆游。陆游被任命为福建、江西提举常平茶盐公事。

淳熙七年春天江西抚州干旱暴雨接踵而至,陆游未经朝廷同意发粮赈济,被弹劾后罢职。陆游随后回到故乡山阴,六年之后写下名作《书愤》。

> 早岁那知世事艰,中原北望气如山。
> 楼船夜雪瓜州渡,铁马秋风大散关。
> 塞上长城空自许,镜中衰鬓已先斑。
> 出师一表真名世,千载谁堪伯仲间!

同年陆游以朝请大夫知严州。严州即今浙江建德,这里"奇山异水,天下独绝",正是南朝吴均《与朱元思书》盛赞的地方。临行前宋孝宗特意接见陆游,对他说:"严陵山水清嘉,职事之余你可以尽情登临,多写些诗文记述胜游。"两年后任满回京,宋孝宗再次召见并任命陆游为军器少监。

陆游写过很多名作,年轻时咏梅的《卜算子》、中年以后的《书愤》和临终前的《示儿》都脍炙人口,几首《沈园》更是感动了无数痴男怨女,但最受欢迎的还是《临安春雨初霁》。这首诗就写在他做军器少监前后。

> 世味年来薄似纱,谁令骑马客京华?
> 小楼一夜听春雨,深巷明朝卖杏花。
> 矮纸斜行闲作草,晴窗细乳戏分茶。
> 素衣莫起风尘叹,犹及清明可到家。

"矮纸"，短纸、小纸。"细乳"，沏茶时水面出现的乳白色小泡沫。

宋孝宗很喜欢这首诗，淳熙十六年他决定把皇位让给宋光宗，最后一道圣旨就是任命陆游为礼部郎中。

宋光宗等候做皇帝的时间太久，加上身体不好，所以做了皇帝后立刻和父亲对着干，贬斥辛弃疾等主战派大臣。陆游再次被罢免，此后将近二十年他"身杂老农间"，为了生计亲自种田，同时为附近村民的孩子看病。他想忘记世事终老田园，但是每到夜深人静，他在梦中又会重返前线。

僵卧孤村不自哀，尚思为国戍轮台。
夜阑卧听风吹雨，铁马冰河入梦来。

轮台、临洮、梁洲、阳关、榆关、楼兰、萧关、紫塞、楼烦、车师、武威、酒泉、乌孙、黑山、阴山、交河、天山、瀚海、狼山、燕然、龙城、居延、匈奴、玉门、鸡塞、蓟门、渔阳、大散关、卢龙塞、无定河都是唐宋诗人经常提到的边关或敌国，未必指真实地点，使用哪个地名代表边疆或敌国主要看押韵的需要。

这首《十一月四日风雨大作》写于宋光宗绍熙三年（1192年），陆游已经七十高龄。那种壮志难酬、无路请缨的悲愤随后又让他写出边塞词经典《诉衷情》。

当年万里觅封侯，匹马戍梁州。关河梦断何处，尘暗旧貂裘。　胡未灭，鬓先秋，泪空流。此生谁料，心在天山，身老沧洲。

开禧元年（1205年）四月，宋宁宗听从宰相韩侂胄的建议，大张旗鼓伐金。韩侂胄敦请已经年过八十的陆游出山。陆游勉为其难。韩侂胄心情愉快，请出自己最美的四夫人为陆游跳舞祝寿。可惜北伐很快失败，身首异处的韩侂胄成为南宋朝廷求和的信物。

北伐失败后陆游回到故乡，此时他已经收敛万丈雄心，唯一让他思念的就是唐婉。嘉定元年（1208年），八十四岁的陆游最后一次来到沈园，坐在当年题词的粉墙前独自沉吟。

嘉定二年，预感到自己即将和唐婉九泉相见的陆游把一首《示儿》当做遗书留给子孙。

> 死去元知万事空，但悲不见九州同。
> 王师北定中原日，家祭无忘告乃翁。

嘉定三年，公元1210年，陆游走完了自己健康长寿而多愁善感的一生。健康长寿对普通人是一种福分，对陆游却像一种惩罚。清醒的意识每时每刻都在提醒他，祖国正在江河日下，爱人已经永远离开了他。

陆游的一生是光荣的一生，战斗的一生。从年轻时奔走呼号，到临终前留下遗言，无不和抗战有关。梁启超因此感慨："诗界千年靡靡风，兵魂销尽国魂空。诗中什九从军乐，亘古男儿一放翁。"

北宋潘美陷害杨家将，从此以后"潘杨不结亲"。南宋秦桧陷害陆游，山阴陆氏至今不和秦姓通婚，胆敢违规的子女定被赶出家门。南宋末年秦桧墓被盗，主犯之一免贵姓陆。

李弥逊也和秦桧过不去。他是江苏吴县人，晚年隐居福建连江西山。李弥逊在北宋宣和年间做过冀州知州。金兵进犯河朔的时候，其他州郡守令不是闭城坚守就是落荒而逃，只有李弥逊与众不同，他倾家荡产招募勇士，主动袭击金兵游骑。金兵伤亡甚众，以至金兀术带兵北还的时候，特意告诫部下远避冀州。

李弥逊自号筠溪居士、普现居士。他的诗歌代表作是《春日即事》。

小雨丝丝欲网春，落花狼藉近黄昏。
车尘不到张罗地，宿鸟声中自掩门。

他的词以《菩萨蛮》最引人注目。

江城烽火连三月，不堪对酒长亭别。休作断肠声，老来无泪倾。　风高帆影疾，目送舟痕碧。锦字几时来？薰风无雁回。

刘学箕是刘子翚之孙，自号种春子。他隐居不仕，写过一些清新可爱的小词。

菩萨蛮

烟汀一抹蒹葭渚，风亭两下荷花浦。月色漾波浮，波流月自留。　若耶溪上女，两两三三去。眉黛敛羞蛾，采菱随棹歌。

第十六回

张元干捍卫汴京　范成大不辱使命

有人说:"女人的完美人生是,一生去过很多地方,始终睡在一人身旁。"我认为古代诗人的完美人生是,位极人臣青史留名,健康长寿安享晚年。符合这个标准的人寥寥无几,范成大是其中之一。

范成大官至参知政事,在出使金国期间不辱使命,和杨万里、陆游、尤袤并称南宋"中兴四大诗人"。无论官职、政绩还是文名,在南宋诗人中都属翘楚。晚年隐居故乡苏州吴县的石湖,和姜夔等门人词客酬唱悠游,最后倒在歌儿舞女的怀抱。

南北两宋两个范姓名臣都是苏州吴县人,但范成大不是范仲淹的直系子孙。范成大父亲范雩是北宋宣和五年(1123年)进士,母亲蔡氏是北宋书法家蔡襄的孙女、著名宰相文彦博的外孙女。可是范成大十八岁之前父母双亡,家里竟然没有住房,带着弟弟妹妹住在一条破船上。他后来曾经感慨"若有一廛供闭户,肯将篦舫换柴扉"。

从十八岁到二十八岁中进士的十年时间,范成大除了赚钱养家糊

口以及偶尔去江浙漫游，通常都在昆山的一座寺庙读书，庙里的小和尚经常来找他聊天。正是从这些兴奋地谈论美女香客的小和尚身上，范成大看出了宗教的虚妄。范成大晚年夜夜笙歌，因为他的宗教就是及时行乐。

南宋名臣范成大和北宋名臣王安石都以不修边幅著称。范成大中进士后做了户曹并监管和剂局，和剂局就是国家制药机构。有御史弹劾范成大破坏官员形象，经常穿着又脏又破的官服在街上招摇，还有人在和剂局生产的药品中发现杂物。上级于是让范成大离职反省。范成大问清楚工资津贴照发，立刻放弃申诉。他利用这段时间潜心写作诗词，声名大噪，引起宋孝宗关注。

乾道三年（1167年），宋孝宗和宰相王淮提起范成大。王淮把范成大丢官的经过说了。孝宗大笑，他让吏部立刻起用范成大为处州知州。处州即今浙江丽水。范成大在处州政绩突出，他把自己的成功经验上报朝廷。宋孝宗下令全国推广，随即召范成大进京做了崇政殿说书兼礼部员外郎。崇政殿说书就是皇帝顾问，范成大成为皇帝近臣。

乾道六年，因为隆兴北伐的失败，宋金双方开始议和。南宋派遣"祈请使"北上，希望达到两个目的，首先是请金人归还赵宋皇家陵墓所在的河南巩县、洛阳，其次是重新制定两国交换国书的礼仪。作为战败国的使者向战胜国提这种条件，无异于与虎谋皮。其他大臣都不敢接受使命，范成大主动请缨。不过就连宋孝宗都觉得凶多吉少，他在送行的时候对范成大说："如果不是朕破坏和约，你就不用去冒险。此去发生什么都不奇怪，你要做好苏武牧羊的准备。"

范成大满不在乎。到了金国首都燕京，正式接见之前金国君臣设宴招待南宋使臣。范成大知道如果过几天正式递交国书，自己就必须按照过去的礼仪对金国皇帝卑躬屈膝，所以酒过三巡之后，突然从怀里掏出国书。金国君臣没想到他会在饭桌上把国书掏出来，目瞪口呆。金国太子认为范成大无礼，抽刀要砍范成大，被他叔叔越王制止。金国太子要范成大把国书收回去，范成大置之不理。

太子声色俱厉："你到底是来求和还是宣战？"

"当然是求和，我来请求大金归还大宋祖宗陵寝所在地。不过如果你们一定要大动干戈，我们也奉陪到底。"

双方僵持了一个时辰之后，金世宗只好接受国书。范成大最终没有完成使命，但他的表现轰动两国朝野，甚至连金世宗也承认"可以激励两国臣子"。

范成大在汴京写下名作《州桥》。

> 州桥南北是天街，父老年年等驾回。
> 忍泪失声问使者，几时真有六军来？

归国后范成大得到朝廷的肯定，晋升中书舍人。乾道七年受命出镇静江府。静江府就是广西桂林。范成大从长江逆流进入赣江，从赣南进入岭南，路上填了一首《鹧鸪天》。

> 荡漾西湖采绿萍，扬鞭南埭衮红尘。桃花暖日茸茸笑，杨柳光风浅浅颦。　章贡水，郁孤云，多情争似桂江春。崔徽卷轴瑶姬梦，纵有相逢不是真。

"埭"音同带，指堤岸或江河中用来减缓水流冲击力的石坝。"崔徽"是中唐歌妓，她曾经把自己的画像送给情郎，希望对方回心转意。"瑶姬"即巫山神女，宋玉《高唐赋》称楚国先王游高唐时在白天梦见神女愿荐枕席，神女临去时称自己"旦为朝云，暮为行雨。"

范成大在桂林完成《骖鸾录》和《桂海虞衡志》，竭力宣扬桂

林山水为"天下第一",这一说法后来演变为"桂林山水甲天下"。

在任满离开桂林的宴会上,僚属请来契丹歌舞团为他送行。他填了一首《鹧鸪天》。

休舞银貂小契丹,满堂宾客尽关山。从今嬾嬾处,谁复端端正正看。 揾泪易,写愁难。潇湘江上竹枝斑。碧云日暮无书寄,寥落烟中一雁寒。

淳熙二年(1175年),范成大调任四川制置使。他邀请陆游加入他的幕府,两人时相唱和。淳熙四年范成大离任,途经武昌时写下《水调歌头》。

细数十年事,十处过中秋。今年新梦,忽到黄鹤旧山头。老子个中不浅,此会天教重见,今古一南楼。星汉淡无色,玉镜独空浮。 敛秦烟,收楚雾,熨江流。关河离合,南北依旧照清愁。想见姮娥冷眼,应笑归来霜鬓,空敝黑貂裘。酾酒问蟾兔,肯去伴沧洲?

"今年新梦",今年不曾料到。"黄鹤旧山头",指黄鹤山,今称蛇山,在湖北武昌西,传说仙人王子乔曾驾鹤过此,另有说法认为驾鹤经过的是得道成仙的三国蜀国丞相费祎费文伟。"老子个中不浅",东晋庾亮镇守武昌时曾与僚属殷浩等人秋夜登南楼,自称"老子于此处兴复不浅。""个中",此中。"姮娥"即嫦娥。"空敝黑貂裘"用《战国策》故事,苏秦游说秦王,十次上书均未被采纳,所穿黑貂皮衣服也已破旧不堪,只好离秦返家。"酾酒",斟酒。"蟾兔",古代神话传说,月中有蟾蜍和白兔,此指月亮。"沧洲",水边之地,隐者所居。

范成大勤于著述，从四川回到苏州的路上又完成两卷游记《吴船录》，书名来自杜甫的"门泊东吴万里船"。《吴船录》和陆游的《入蜀记》都是古代著名游记，两部书几乎同时完成。

范成大在南宋四大诗人中官位最高，权力名声应有尽有，但天性懒散的范成大却并不觉得幸福。他喜欢睡懒觉，可是为了上朝不得不半夜起来等候。范府有个家丁范大脑袋，睡觉时鼾声如雷，主人每次离家早朝范大脑袋都以鼾声相送。范成大更加觉得自己做官是无期徒刑。

淳熙九年，范成大终于如愿退休回到故乡石湖。他的六十首《四时田园杂兴》就写在归田以后，其中又以《夏日》最为脍炙人口。

昼出耘田夜绩麻，村庄儿女各当家。
童孙未解供耕织，也傍桑阴学种瓜。

范成大同情百姓的苦难，"无力买田聊种水，近来湖面亦收租"，也享受村居的安闲，"日长篱落无人过，惟有蜻蜓蛱蝶飞"，当然更加留恋美女的温柔，"云英此夕度蓝桥，人意花枝都好"。

范成大和杨万里都是绍兴二十四年（1154年）进士，两人相交莫逆。范成大自编的《石湖集》指定由杨万里作序。杨万里说范成大的诗"清新妩媚"、"奔逸隽伟"，他甚至断言"今海内诗人，不过三四，而公皆过之，无不及者"。范成大的诗文一直被人传诵，到清初流传更广，当时有"家剑南而户石湖"的说法。"剑南"是指陆游的《剑南诗稿》。

芦川居士张元干是福建永泰人，他和陆游有很多相似之处。他们都是出生在中层官僚家庭的翩翩公子，都反对和议力主抗金，都曾在前线和敌人短兵相接，都是年少成名并活到八十高龄。

张元干的父亲张动官至龙图阁直学士。张元干小时候跟随父亲

来到河北临漳官舍，二十岁左右又到江西南昌投奔舅父向子諲。在向子諲介绍下，张元干拜师徐俯学习诗艺。徐俯是黄庭坚的外甥，官至参知政事，写过《春游湖》这样的可爱小诗。

双飞燕子几时回？夹岸桃花蘸水开。
春雨断桥人不度，小舟撑出柳阴来。

两年后张元干到京城成为太学上舍生。太学上舍生可以不经公务员考试直接做官。不久张元干做了开德府教授，转文林郎，宣和七年成为陈留县丞。

靖康元年（1126）正月，金兵逼近京城。向子諲是兵部侍郎李纲的好友，此时张元干正好在李纲府上求教。李纲召集幕僚商量对策，张元干也在一边旁听。李纲的幕僚分为两派，一派主张护驾南走避开金兵锋芒，一派主张坚守汴京等待各地勤王。双方争执不下。李纲问张元干怎么想，张元干慷慨陈词，坚决主张抵抗。

"汴梁是我大宋神京，一旦放弃将动摇军心民心，而且大宋一向以汴京为重心部署军力，也就是说最精锐的部队和最坚固的堡垒都在这里。如果汴京陷落，我们将无险可守。"

有人说："我们还有万里长江。"

张元干反驳："请问自古以来退往江南的朝廷，有哪个曾经北伐成功？退往江南就意味着永远放弃中原。"

李纲点头赞许。这时宋徽宗已经匆匆出走，白时中、李非彦等大臣也想奉宋钦宗南逃。李纲挺身而出阻挠，宋钦宗无奈决定留守，李纲随即正式聘请张元干为幕僚。

张元干独自来到禁军常去的酒楼请在场的禁军将士喝酒。禁军将士无心坚守，他们认为皇帝随时会走，张元干决定做做这些将士的思想工作。

"皇帝可以走,你们不能走。"

"为什么?"

"你们的家眷都在汴京,现在金人大兵压境,你们走了谁来保护他们?"

"这我们不用担心,朝廷会帮我们安置他们。"

"你们听说过安史之乱吧?"张元干接着说,"唐玄宗决定逃往四川的时候,安史叛军还没有攻陷潼关,按理说有足够的时间转移长安军民,可结果大多数人都落入叛军之手,其中包括很多皇亲国戚和贵族大臣。唐玄宗根本就没有通知他们。"

"你的意思是一旦金兵攻城,皇帝只顾自己逃命,根本不会考虑我们的家眷?"

"有时候不是他不想,而是力不从心。"

将士们哑口无言。

过了一会儿,有个军阶较高的将领说:"我们也不想走,可是如果上级命令我们离开汴京,我们肯定不能违抗军令。"

"单独一个人违抗命令没用,但如果你们统一行动,上级就拿

《古松翠峤图》 清_恽寿平

你们没办法，这就是所谓的法不责众。"

第二天，宋钦宗改变主意再次决定离京南下，李纲闻讯赶到时禁军已经整装待发。

李纲束手无策，急得在城门口团团转："怎么办，怎么办？"

张元干说："大人别慌。禁军未必愿意南巡，不信您问他们？"

李纲问："你怎么知道？"

"我不知道，所以请大人亲自询问。"

李纲登上城楼，大声问禁军将士："汴梁是我大宋神京，如果我们放弃汴梁，那就等于宣告大宋灭亡。你们愿意跟我死守汴梁，还是愿意跟随陛下向南逃亡？"

禁军齐声回答："我们愿意死守汴梁，城在人在，城亡人亡！"

"你们说什么？我没听清。"

"城在人在，城亡人亡！"

宋钦宗见此情景，害怕勉强出逃会被禁军中途抛弃，只好勉为其难留守汴京。

金兵包围开封后，张元干和守军并肩战斗，挥舞宝剑把金兵斩落城头。金兵看见开封军民士气正盛，怕僵持下去对自己不利，不得不退兵北返。宋钦宗认为李纲有挟持天子的嫌疑，不但不论功行赏，反而把李纲赶出汴梁。这时有人告密说张元干是李纲同谋，张元干刚领到的官服被当场脱掉，只留下一条犊鼻短裤。

金兵打听到李纲离开，这年冬天卷土重来。他们顺利攻克开封，俘虏徽钦二帝和几乎所有王子公主，北宋王朝寿终正寝。流落淮上的张元干鞭长莫及，只能扼腕叹息。

建炎元年（1127年）五月，康王赵构在河南商丘即位，是为南宋高宗。赵构即位之初痛定思痛，起用李纲为相，张元干也被召回做了朝议大夫、将作少监充抚谕使。李纲依然反对定都江南，主张积极备战。宋高宗不想刺激金人，李纲只做了七十五天宰相就被罢免。

建炎三年春天，金兵再次大举南征。高宗从扬州渡江逃亡江南。长江以北全部落入金人之手。张元干在吴兴太湖边写下《石州慢》，长歌当哭。

雨急云飞，惊散暮鸦，微弄凉月。谁家疏柳低迷，几点流萤明灭。夜帆风驶，满湖烟水苍茫，菰蒲零乱秋声咽。梦断酒醒时，倚危樯清绝。　　心折。长庚光怒，群盗纵横，逆胡猖獗。欲挽天河，一洗中原膏血。两宫何处？塞垣只隔长江，唾壶空击悲歌缺。万里想龙沙，泣孤臣吴越。

"心折"，心中摧折，江淹《别赋》："使人意夺神骇，心折骨惊。""两宫"，指徽、钦二帝。"塞垣只隔长江"，宋军已经退防到长江沿岸。"唾壶空击悲歌缺"，只能大声呼吁，不能亲自杀敌，刘义庆《世说新语·豪爽》："王处仲每酒后，辄咏'老骥伏枥，志在千里。烈士暮年，壮心不已'。以如意打唾壶，壶口尽缺。""龙沙"，沙漠边远之地，这里指徽、钦二帝幽囚之所。

传说烟波钓徒张志和在吴兴白日飞升。张元干偶然看到他的画像，填了一首《渔家傲》纪念祖先。张志和经历过安史之乱，张元干羡慕他能劫后余生，也希望宋朝能像唐朝那样有惊无险。

钓笠披云青嶂绕，橛头细雨春江渺。白鸟飞来风满棹。收纶了，渔童拍手樵青笑。　　明月太虚同一照，浮家泛宅忘昏晓。醉眼冷看城市闹。烟波老，谁能惹得闲烦恼。

"橛头"即橛头船，尖头小船。唐朝诗人张志和《渔父歌》："钓

车子，楖头船，乐在风波不用仙。"

绍兴元年春天，南宋军民把金人赶出江南。赵构定都杭州，把杭州改名临安。临安的意思是临时都城，提醒朝野不要忘记大宋的京城在开封。

绍兴八年冬，秦桧和孙近主张向金人称臣纳贡，李纲上疏指斥他们卖国求荣。张元干给李纲寄去一首《贺新郎》，希望李纲东山再起重整朝纲。

> 曳杖危楼去。斗垂天，沧波万顷，月流烟渚。扫尽浮云风不定，未放扁舟夜渡。宿雁落、寒芦深处。怅望关河空吊影，正人间鼻息鸣鼍鼓。谁伴我，醉中舞。　　十年一梦扬州路。倚高寒、愁生故国，气吞骄虏。要斩楼兰三尺剑，遗恨琵琶旧语。谩暗涩铜华尘土。唤取谪仙平章看，过苕溪尚许垂纶否？风浩荡，欲飞举。

"鼻息鸣鼍鼓"意思就是鼾声如雷。"鼍鼓"，用鼍皮蒙的鼓，鼍俗称猪婆龙。"谁伴我，醉中舞？"，用东晋祖逖和刘琨夜半闻鸡同起舞剑故事。"琵琶旧语"，用王昭君和亲匈奴事，王昭君善弹琵琶。"谩暗涩铜华尘土"，叹息当时和议已成定局，虽有宝剑也不能用来杀敌，只能任其生锈弃于尘土。"垂纶"即垂钓，纶是钓鱼用的丝线，传说姜子牙被周文王起用前在渭水垂钓，后世遂以垂纶指隐居。

绍兴十二年胡铨因为请斩秦桧被赶出京城，途经福州时张元干不惧株连大排筵席为他送行，并以《贺新郎》相赠。

> 梦绕神州路。怅秋风、连营画角，故宫离黍。底事昆仑倾砥柱，九地黄流乱注。聚万落千村狐兔。天意从来高

难问，况人情，老易悲难诉！更南浦，送君去。　　凉生岸柳催残暑。耿斜河、疏星淡月，断云微度。万里江山知何处？回首对床夜语。雁不到、书成谁与？目尽青天怀今古，肯儿曹恩怨相尔汝？举大白，听《金缕》。

"故宫离黍"，出自《诗经·黍离》，这是东周都城洛邑周边痛诉家国兴亡的民歌。"底事昆仑倾砥柱"，为何昆仑山的天柱会倾倒崩塌，传说昆仑山上有天柱，天柱崩则天塌。"九地黄流乱注"，传说黄河中有砥柱，砥柱崩则河水泛滥。"南浦"本义为南面水边，后常用来代指送别之地，《楚辞·九歌》有"送美人兮南浦"。"耿斜河"，耿耿星河，斜河即银河。"儿曹恩怨相尔汝"即青年男女之间打情骂俏，语出韩愈《听颖师弹琴》"妮妮儿女语，恩怨相尔汝"。"大白"，一大杯酒，"浮白"指饮酒。"金缕"即《金缕曲》。

胡铨辗转到达新州以后，写了一些新词忧国忧民。这些词通过彭德器转到张元干手中。张元干读后感慨万千，情不自禁再次和韵。

瑞鹧鸪

白衣苍狗变浮云，千古功名一聚尘。好是悲歌将进酒，不妨同赋惜余春。　　风光全似中原日，臭味要须我辈人。雨后飞花知底数？醉来赢取自由身。

才华横溢的张元干后半生一直没有做官，江南的山程水驿见证了他的落寞孤单。

点绛唇

山暗秋云，暝鸦接翅啼榕树。故人何处，一夜溪亭雨。　　梦入新凉，只道消残暑。还知否，燕将雏去，又是流年度。

绍兴二十一年有人旧事重提,以附和胡铨的罪名告发张元干。秦桧下令把张元干逮至临安。张元干在秦桧死后方才出狱,但他并没有回家,而是收拾行李再次出发。

此夜此生长好,明月明年何处。古今中外的诗人都爱好旅游,但是没有人比张元干更喜欢漂泊。即使是酷爱登临的李白和苏东坡,六十岁之后也希望找个安身之所。张元干却无法停下脚步,直到八十左右依然人在旅途。是什么让他放弃天伦之乐离开故土,是什么让他顶着萧疏白发风餐露宿?有谁在夕阳古渡听他倾诉,有谁在荒村茅店陪他饮酒?

张元干和张孝祥并称南渡初期词坛双璧,有《芦川词》两卷传世。《四库全书总目》说"其词慷慨悲凉,数百年后,尚想其抑塞磊落之气"。芦川词慷慨悲凉的风格深刻影响辛弃疾。

张元干一生追随的抗金名将李纲也填过词。他的《望江南》值得一提。

归去客,迂骑过江乡。茅店鸡声寒逗月,板桥人迹晓凝霜。一望楚天长。　春信早,山路野梅香。映水酒帘斜扬日,隔林渔艇静鸣榔。杳杳下残阳。

第十七回

杨万里山川怕见　张孝祥天外飞仙

南宋四大诗人中，陆游一马当先，杨万里和范成大旗鼓相当，殿后的尤袤徒有虚名。有意思的是，他们的文学成就似乎和出生先后有关，陆游诞生于1125年，次年范成大问世，第三年杨万里、尤袤两个小伙伴携手来到人间。

杨万里和范成大经历十分相似。他们在绍兴二十四年（1154年）同时考中进士，范成大官至参知政事，杨万里做过礼部右侍郎和广东提点刑狱；范成大最著名的诗歌是《四时田园杂兴》，杨万里也为山水田园诗别开新境。

杨万里中进士后首先做了赣州司户，随即调任永州零陵县丞。永州在唐宋两朝都是放逐官员的穷乡僻壤，杨万里却因祸得福，因为他在这里结识"水张太尉"张浚。南宋人为了区分同为中兴名将的张浚和张俊，把张浚叫做"水张太尉"。张浚由于坚定主战多次被贬永州。秦桧及其党羽明显心怀叵测，因为柳宗元说过"永州之野产异蛇"。

张浚高卧东山，闭门谢客。杨万里仰慕这位主战派领袖，经常请张浚之子张栻吃零陵血鸭，终于得到张浚接见。张浚勉励他要"正心诚意"。杨万里一生坚信不移，连书房都取名"诚斋"。另一位主战派名人胡铨当时谪居永州附近的衡州，他是杨万里的同乡先辈，应杨万里之请写了《诚斋记》。杨万里自称为丞零陵，"一日而并得二师"，终生追随这两位爱国名臣。他的名诗《最爱东山晴后雪》就写于永州。

只知逐胜忽忘寒，小立春风夕照间。
最爱东山晴后雪，软红光里涌银山。

绍兴三十二年六月，觉得做皇帝太累的宋高宗赵构主动退位，选择悠游山水。传说赵构在战乱中失去生育能力，唯一的儿子元懿太子已经夭折，而他又相信"斧声烛影"的传说，默认自己的直系祖先宋太宗赵匡义确曾谋害大哥赵匡胤，所以决定把皇位还给宋太祖的直系子孙赵慎。宋孝宗赵慎是南宋最有作为的皇帝，他为岳飞平反，重用主战派大臣。张浚被起用为枢密使，随后拜相封侯。杨万里由张浚推荐做了临安府教授。

乾道三年（1167年）杨万里拜见此时已经做了枢密副使的同年进士虞允文，献书总结靖康之难以来的历史教训。虞允文击节称赞，感叹"东南乃有如此人物"。

淳熙八年（1181年）以福建人沈师为首的农民起义军进入梅州，时任广东提点刑狱的杨万里带领一支轻兵突然出现在义军首领所在的山头，正要大碗喝酒的好汉们眼睁睁看着刚刚炖好的红烧肉和撒尿鱼丸落入官军之口。起义平定的消息传到杭州，宋孝宗称杨万里有"仁者之勇"，随后指定他做太子侍读。

淳熙十五年，杨万里上书赞扬张浚劳苦功高，应当分享宋高宗陵庙的香火。宋孝宗一怒之下把他贬为绢州知州，绢州即今江西高安。淳熙十六年宋孝宗把皇位让给儿子宋光宗，杨万里随即被重新启用，以焕章阁学士的身份护送金国使者回国。途经北宋故地时写下《初入淮河四绝句》。这里选录其中两首。

一

船离洪泽岸头沙，人到淮河意不佳。
何必桑乾方是远，中流以北即天涯。

二

两岸舟船各背驰，波痕交涉亦难为。
只余鸥鹭无拘管，北去南来自在飞。

此后杨万里几度浮沉，晚年归隐故乡江西吉安长达十五年。杨万里不以词名，只有一首《昭君怨·咏荷上雨》值得一提。

午梦扁舟花底，香满西湖烟水。急雨打篷声，梦初惊。却是池荷跳雨，散了真珠还聚。聚作水银窝，泛清波。

本书主要讲述宋词的来龙去脉，不过杨万里作为南宋著名诗人，却是一个不容忽视的存在。他的"诚斋体"活泼轻快流转圆美，肯定会影响南宋的词风，而且杨万里提倡向大自然寻找素材，"山中物物是诗题"。姜夔和他开玩笑说"处处山川怕见君"。崇尚自然的诚斋体一定程度上矫正了江西诗派闭门造车的流弊。

小池

泉眼无声惜细流，树阴照水爱晴柔。
小荷才露尖尖角，早有蜻蜓立上头。

晓出净慈寺

毕竟西湖六月中，风光不与四时同。
接天莲叶无穷碧，映日荷花别样红。

杨万里擅长向民歌学习质朴清新的语言。例如他的《过松源晨炊漆公店》。

莫言下岭便无难，赚得行人错喜欢。
正入万山圈子里，一山放过一山拦。

"月子弯弯照九州，几家欢乐几家愁"最早也是出自杨万里的诗。他还写过一些童心未泯的小诗。

闲居初夏午睡起

梅子留酸软齿牙，芭蕉分绿与窗纱。
日长睡起无情思，闲看儿童捉柳花。

宿新市徐公店

篱落疏疏一径深，树头花落未成阴。
儿童急走追黄蝶，飞入菜花无处寻。

和陆游一样，杨万里一生力主抗战，为官清正，无所顾忌，因此经常遭到排挤。他对此毫不介意，每到一地做官都预先储存好回家的路费，并要求家人少买东西，因为罢官后不便携带。

韩侂胄当国之时，韩府新建南园，请杨万里写《南园记》。杨万里置之不理。开禧二年（1206年）北伐失败，刚过八十生日的杨万里忧愤而死。他一生写过两万多首诗，不过只有四千多首流传下来。

尤袤和杨万里齐名，而且两人还是好友。尤袤做太常少卿时，杨万里任秘书监，他们经常互相调侃。有一次尤袤出上联"杨氏为我"，请杨万里对出下联。"杨氏为我"出自《孟子》，原文是"杨氏为我，是无君也；墨氏兼爱，是无父也"。孟子批评杨朱自私功利，尤袤暗讽杨万里吝啬小气。杨万里立即以"尤物移人"反击。"尤物移人"出自《左传》，原文是"夫有尤物，足以移人"。据说尤袤眉清目秀如女子，杨万里嘲笑尤袤不是纯爷们。这副对联巧夺天工，大家都佩服他们的学问才情。

南北两宋都出了不少天才文人，可以说旗鼓相当。只因为苏东坡分量太重，北宋才显得比南宋强。不过有一个人不以为然，他就是张孝祥。

张孝祥和苏东坡是老乡，祖籍四川简阳，不过他的先祖已经移民安徽和州乌江。北宋灭亡的时候张家逃往浙江，张孝祥出生在宁波方广寺的僧房。他在十三岁的时候随家人回到故乡，不过没有回乌江，而是住在长江以南的芜湖，因此他后来自号于湖居士。于湖就是芜湖。

张孝祥从小读书过目不忘，十六岁即通过乡试，成为远近闻名的才子。家里为他大排筵席庆祝。欢声笑语中突然传来婴儿的啼哭。大家循声望去，只见张孝祥和一个清秀少女携手出现，那少女手里抱着一个婴孩。有人认出她是住在湖边的渔家小妹。

张孝祥高调宣布，今天双喜临门，他要和渔家女拜堂成亲。亲友们都知道他已经和表妹时氏定亲，而且时家正在以半个主人的身份招待客人，所以满座哗然。张孝祥的父亲张祁做过直秘阁、淮

南转运判官，是个敢于深入金国侦察敌情、连秦桧都不放在眼里的人，岂能容忍儿子如此大逆不道。他抄起一把宝剑扑向张孝祥。张孝祥只好放开渔家女逃跑。

张祁放出狠话，如果有人收留张孝祥或为张孝祥提供衣食，那就是和张家过不去。张孝祥在外面躲了几天，饥寒交迫差点饿死。渔家女见此情景，知道自己不可能和张孝祥在一起。她把孩子交给张家，自己出家为尼。奄奄一息的张孝祥被人抬回家后只好接受既成事实。

两人后来曾经偷偷往来，张孝祥的《念奴娇·风帆更起》就是写的渔家女，他恨自己"不如江月，照伊清夜同去"。渔家女虽然是自己提出遁入空门，到底意难平，几年之后撒手人寰。张孝祥无奈娶了自己的表妹，可是依然不能把初恋忘怀，只好自暴自弃放浪形骸。

十八岁的时候张孝祥来到建康拜大儒蔡清宇为师，成为和陆游齐名的才子。绍兴二十七年状元王十朋对他非常赞赏，夸他"天上张公子，少年观国光"。张浚之子著名学者张栻也说张孝祥"谈笑翰墨，如风无踪"。杨万里同样赞叹张孝祥的风采，他说张孝祥"当其得意，诗酒淋漓，醉墨纵横，思飘月外"。

二十二岁那年，张孝祥"再举冠里选"。在参加殿试的前一天，张孝祥和朋友彻夜狂欢，到了考场依然没有完全清醒，拿到试题后立刻开始奋笔疾书，洋洋万言文不加点。宋高宗赵构看见他的试卷卷轴明显高于其他进士，心想这小子肯定废话连篇，把自己从小到大写给姑娘的情书重抄了一遍。可是打开一看，不但书法遒劲，卓然颜鲁，而且辞藻优美，议论雅正。他惊呼张孝祥为谪仙，钦点状元。当时夺魁呼声最高的是陆游和秦桧之孙秦埙，没想到张孝祥捷足先登。

南宋绍兴二十四年是进士考试大年，这一榜进士星光灿烂，堪比唐朝贞元九年（793年）同时录取刘禹锡和柳宗元，北宋嘉祐二年（1057年）同时录取苏东坡兄弟和曾巩。和张孝祥同榜中进士的还有范成大、杨万里、虞允文。若非秦桧捣乱，陆游也会在这一年金榜题名。

张孝祥的叔叔张邵曾经出使金国并遭到金人扣押，宋金和谈之后才得以南还。张邵在滞留金国期间见过秦桧，回国后力排众议否认秦桧叛变。秦桧感动得高呼理解万岁，他把张孝祥当作故人之子，在进士名单公布后特意召见张孝祥进行勉励。

"皇帝不但喜欢你的策论，对你的诗歌和书法也非常欣赏。你这三项专长可谓三绝。"秦桧问张孝祥，"你的书法诗歌以谁为榜样？"

张孝祥答道："字习颜体，诗法老杜。"

秦桧说："这也是皇帝所好，你真是绝顶聪明。"

张孝祥听出秦桧的讽刺，

《巢湖图》 清_石涛

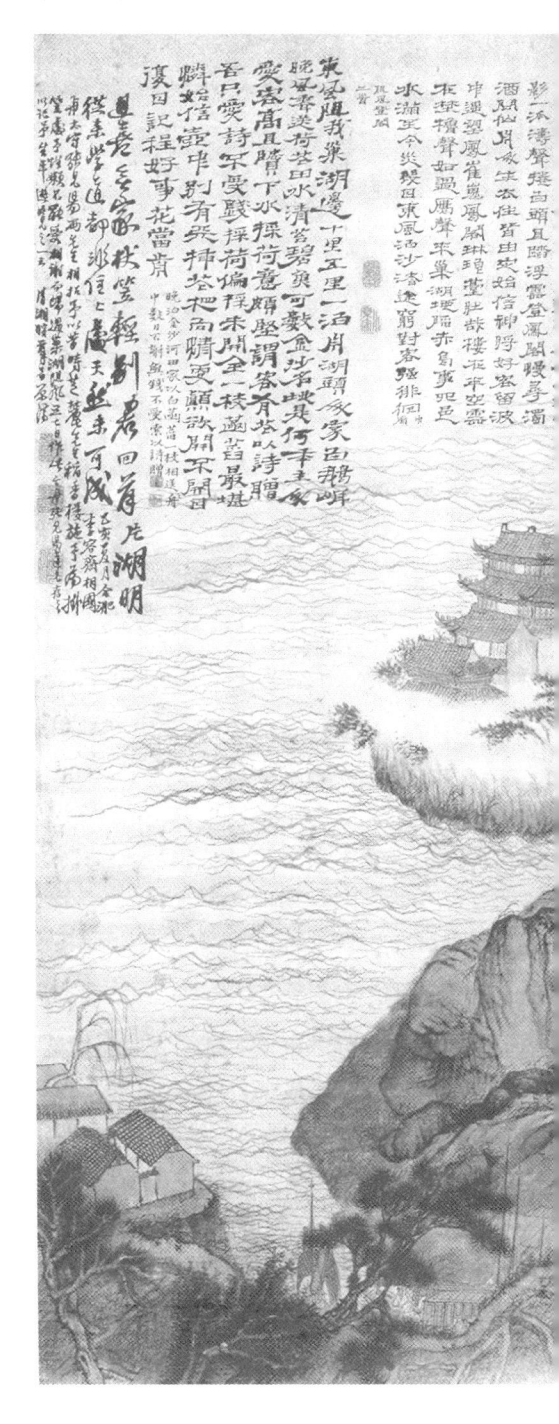

立刻反唇相讥。

"相公认为我投机取巧？要不您向圣上建议重考？今年这些举子当中，晚生唯一不敢小觑的就是山阴陆游，其他人再考一百次也不是我的对手。"

秦桧没想到张孝祥如此倨傲，气得差点放狗。

秦桧党羽曹泳在朝堂上当众向张孝祥提亲，希望张孝祥做自己的乘龙快婿。张孝祥假装没有听见。

张孝祥不但拒绝成为秦桧党羽，还公开和主战派站在一起，要求给岳飞平反。这件事使他和秦桧彻底闹翻。秦桧让人诬告张孝祥之父张祁杀嫂谋反，把张祁送进监狱。张孝祥受到牵连，幸而不久之后秦桧病死。

张孝祥把苏东坡当作自己超越的目标，每写一篇诗文都要追问童仆："和东坡相比怎么样？"童仆开始如实回答"不如东坡"。张孝祥立刻回到书房废寝忘食写作。后来童仆怕他积劳成疾，只要张孝祥发问，一律回答"过东坡"。

苏东坡是北宋四大书法家之一，张孝祥也是书法名家，宋高宗断言他"必将名世"。当时杭州凤凰山下有个刘婕好寺，寺后有一方池，上接山泉清冽甘甜。张孝祥应方丈之邀题写了"凤凰泉"牌匾。夏皇后的哥哥夏执中偶然到寺，觉得张孝祥写得不好，自己题字取而代之。不久之后宋孝宗也来到寺内，看见之后二话不说，命令侍卫把夏国舅的牌匾当场劈碎拿去火宫殿做柴火，继续使用张孝祥原作。

南宋很多名家都对张孝祥的书法赞不绝口。陆游说"紫薇张舍人书帖为当时所贵重，锦囊玉轴，无家无之"。朱熹也称赞张孝祥天资聪敏，文章书法政事皆出人远甚。

由于宋高宗的青睐，张孝祥平步青云，不到三十岁就做了中书舍人。张孝祥酒量惊人，喝再多也不会红脸。在他做抚州知州期间，适逢军人哗变，张孝祥单枪匹马挡在群情激奋的士兵面前。那些士兵不知他已经喝高，被他无所畏惧的气势镇住，乖乖散伙回营写检讨。

宋孝宗即位后，张孝祥趁机和陆游、辛弃疾等主战派鼓动张浚伐金。张浚认为他"可负事任"，向宋孝宗极力推荐。张孝祥再次成为中书舍人，在都督府参赞军务并兼任建康留守。宋孝宗隆兴元年（1163年），张浚誓师北伐，可是很快就在安徽符离集折戟沉沙。朝廷决定和金人谈判。主战派官员齐聚建康，在张浚号召下准备上书宋孝宗反对和谈。张孝祥著名的《六州歌头》就写于建康席上。

> 长淮望断，关塞莽然平。征尘暗，霜风劲，悄边声。黯销凝。追想当年事，殆天数，非人力。洙泗上，弦歌地，亦膻腥。隔水毡乡，落日牛羊下，区脱纵横。看名王宵猎，骑火一川明。笳鼓悲鸣，遣人惊。　念腰间箭，匣中剑，空埃蠹，竟何成。时易失，心徒壮，岁将零，渺神京。干羽方怀远，静烽燧，且休兵。冠盖使，纷驰骛，若为情。闻道中原遗老，常南望、翠葆霓旌。使行人到此，忠愤气填膺，有泪如倾。

"长淮"指淮河，宋高宗绍兴十一年（1141年）与金议和，商定以淮河为两国边界。"悄边声"就是边声悄，边声指金鼓杀伐之声。"黯销凝"，黯然神伤的样子。"当年事"指靖康二年中原沦陷。"洙泗上，弦歌地，亦膻腥"，连孔子的故乡都陷于敌手。洙、泗是流经孔子故乡曲阜的两条河流。"弦歌地"，《论语·阳货》："子之武城，闻弦歌之声。""区脱纵横"，土堡很多，匈奴语称边境屯戍或守望之处为区脱。"名王宵猎"，金国王侯夜间打猎。"埃蠹"，尘掩虫蛀。"冠盖使，纷驰骛"，求和的使者往来不绝。"若为情"，怎么

好意思。"翠葆霓旌"，指皇帝的仪仗，翠葆指用翠鸟羽毛装饰的华盖，霓旌指如霓虹般多彩的旌旗。

烈士暮年的张浚深受触动，当场罢席而去，不久含恨辞世。张浚之死使主战派销声匿迹，张孝祥也丢掉官职。在这前后张孝祥游览过江苏溧阳三塔寺，写下另一首名作《西江月》。

> 问讯湖边春色，重来又是三年。东风吹我过湖船，杨柳丝丝拂面。　世路如今已惯，此心到处悠然。寒光亭下水如天，飞起沙鸥一片。

张孝祥一生以苏东坡为超越对象，实际上却深受东坡影响，词风豪放清扬。

乾道元年（1165 年），张孝祥知静江府兼广南西路经略安抚使，次年调任潭州知州。他从桂林北上，填了一首《水调歌头·泛湘江》。

> 濯足夜滩急，晞发北风凉。吴山楚泽行遍，只欠到潇湘。买得扁舟归去，此事天公付我，六月下沧浪。蝉蜕尘埃外，蝶梦水云乡。　制荷衣，纫兰佩，把琼芳。湘妃起舞一笑，抚瑟奏清商。唤起九歌忠愤，拂拭三闾文字，还与日争光。莫遣儿辈觉，此乐未渠央。

濯足，洗脚。"晞发"，晒干头发。"蝉蜕尘埃外"，像蝉脱壳一样超脱尘俗。"制荷衣，纫兰佩，把琼芳"，用荷叶做衣服，把兰花制成佩饰，手持芳洁的花枝，分别来自屈原《离骚》的"制芰荷以为衣兮"，"纫秋兰以为佩"，"盍将把兮琼芳"。"三闾文字"，屈原曾任楚国三闾大夫。

途径岳阳，他又写下名作《念奴娇·过洞庭》。

> 洞庭青草，近中秋、更无一点风色。玉界琼田三万顷，著我扁舟一叶。素月分辉，明河共影，表里俱澄澈。悠然心会，妙处难与君说。　应念岭表经年，孤光自照，肝胆皆冰雪。短发萧疏襟袖冷，稳泛沧浪空阔。尽挹西江，细斟北斗，万象为宾客。扣舷独啸，不知今夕何夕。

"尽挹西江，细斟北斗"，舀尽长江水，斟满北斗星。挹，舀，把液体盛出来。西江，长江连通洞庭湖，中上游在洞庭以西，故称西江。北斗，星座名，七颗星排列如酒枓。

湘女多情，她们给张孝祥带来了灵感。《西江月·黄陵庙》也写于这次潇湘之行。黄陵庙在湖南湘阴县北的黄陵山，供奉的神主是大舜的妃子娥皇、女英。

> 满载一船秋色，平铺十里湖光。波神留我看斜阳，唤起鳞鳞细浪。　明日风回更好，今宵露宿何妨。水晶宫里奏霓裳，准拟岳阳楼上。

这首词一语成谶。乾道五年三月，正当盛年的张孝祥放弃大好前程，辞官回乡侍奉双亲。宋孝宗虽然觉得可惜，还是批准了他的申请。回到家乡不久，盛夏在芜湖船上参加送别虞允文的酒宴，不幸中暑病故。张孝祥笑傲江湖，喜欢大江大湖的澄澈空朗，"波神留我看斜阳"，最后真的死在水上。

张孝祥有《于湖居士文集》和《于湖词》传世。他去世时年仅三十八岁，同样年龄的苏东坡刚刚从杭州通判调任密州知州，官职资历和文学成就全面落后。若非英年早逝天妒雄才，张孝祥还真有可能"过东坡"。

第十八回

辛弃疾勇冠三军　李好古一鸣惊人

南宋绍兴三十一年（1161）九月，完颜亮看见柳永《望海潮》之后带领百万大军南下侵宋，后方空虚，不堪金人压迫的北方汉人纷纷起义。济南壮士耿京被推举为山东河北义军统领，自称天平军节度使。

耿京帐下各路豪杰济济一堂，让人仿佛看见当年水泊梁山的盛况，但是沂蒙山区有伙强盗多次拒绝归降，他们的首领义端是个武艺高强的少林和尚。年仅二十一岁的辛弃疾自告奋勇去见义端。辛弃疾是耿京的济南老乡，他的祖父是已故北宋朝散大夫、开封知府辛赞。耿京不喜欢这种官宦子弟，但念在辛弃疾散尽家财招来两千兵马的份上让他做了掌书记。

义端随即答应参加义军，可是没过多久他又带领部下连夜叛逃，顺手抄走耿京的金印。耿京认为义端是辛弃疾招来的人，辛弃疾应该负责追还。辛弃疾一言不发，带领麾下壮士飞身上马。义端远远看见辛弃疾追来，束手就擒。他说："我能看见一个人的前世今生,知道你是青兕神牛转世,万夫莫敌。我不是你的对手,希望你能饶我不死。"辛弃疾没有理他,斩其首回报耿京。耿京对辛弃疾刮目相看。

虞允文在采石大败完颜亮后,退往扬州的金兵内部矛盾爆发,完颜亮被部下刺杀。耿京觉得这是前后夹击金兵的大好时机,派辛弃疾南下联络宋军。辛弃疾完成使命后随即北返,途中听说耿京被叛徒张安国杀害,他不但没有掉头南下,反而带领几十名随行壮士来到张安国大营外。

这天晚上张安国在中军帐设宴招待金兵将领,重金请来契丹歌舞团助兴。有个契丹舞女玉貌绮年,顾盼神飞,张安国看得目不转睛。他偶尔转头观察金兵将领。这个金兵将领锦帽貂裘,外表看起来和其他女真人没有两样,可张安国总觉得有什么不对的地方。正在这时,金军将领转过脸来,笑逐颜开。张安国吓得魂飞天外。他怀疑自己喝多了酒两眼昏花,做了一套眼保健操之后定睛再看。这回他确定无疑,坐在他身边和他一起欣赏歌舞的正是他最忌惮的辛弃疾。

辛弃疾见部下已经吃饱喝足,说声"走了",挟持张安国上马。张安国的亲信试图上前营救。辛弃疾用长枪指着他们说:"大宋十万大军已经把这里团团围住,你们如果不想和金人同归于尽,最好抓紧时间逃跑。"张安国的亲信将信将疑。辛弃疾转身押着张安国缓缓离去。张安国的弟弟张安邦持刀暴起。辛弃疾头也不回随手反击。这一枪击中张安邦的护心镜,张安邦倒飞出去当场昏死。

张安国的部下群龙无首不敢追赶。辛弃疾日夜兼程,把叛徒张安国带回建康交给南宋朝廷。一路上他收容散兵游勇,到达淮扬时已经拥有千军万马,金兵将领只能眼睁睁看着他带兵横渡长江。

中年以后,壮志未酬的辛弃疾曾经写了一首《鹧鸪天》回首这段往事。

壮岁旌旗拥万夫，锦襜突骑渡江初。燕兵夜娖银胡觮，汉箭朝飞金仆姑。　追往事，叹今吾，春风不染白髭须。却将万字平戎策，换得东家种树书。

"燕兵夜娖银胡觮"，金兵在夜晚枕着箭袋小心防备。"娖"有小心护持的意思。"银胡觮"是指银色或镶银的箭袋，也有人认为胡觮是一种皮革制成的侦听器，军士枕着它可以测听三十里内的人喊马嘶。"金仆姑"是先秦的一种神箭，据说可以像最先进的导弹那样自己寻找目标，鲁庄公曾用它射击宋国大将南宫长万，唐代边塞诗人卢纶写过"鹫翎金仆姑，燕尾绣蝥弧"。

辛弃疾百万军中生擒叛将，过关斩将回到南宋。这件事当时轰动朝野，"壮声英概，懦士为之兴起，圣天子一见三叹息"。大家都以为辛弃疾注定拜将封侯，在抗金前线冲锋陷阵，朝廷却任命他为江阴签判，这是一个通常留给新科进士的低级文官。浙江永康书生陈亮等人上书为辛弃疾鸣不平。陈亮比辛弃疾小三岁，两人从此成为一生好友。

公元1162年，宋高宗绍兴三十二年，金世宗大定二年，历史肯定会记住这一年。这一年，辛弃疾一战成名，南宋士气大振，几乎改变历史进程。这一年，一个名叫铁木真的蒙古孩子在漠北草原诞生，至今依然让欧洲人谈虎色变。

宋孝宗继位后受采石大捷的鼓舞，任命张浚为枢密使都督江淮兵马，在隆兴元年（1163年）四月挥师北伐。朝野一致认为辛弃疾是北伐先锋的不二人选。已经做了太上皇的赵构召见宋孝宗。南宋皇宫在杭州凤凰山上，他们站立的地方可以遥望山下的西湖风光。

赵构问："岳飞是我大宋开国以来屈指可数的名将，你知道我当年为什么要清除他吗？"

"因为秦桧捏造罪证挑拨离间？"

"绍兴十二年我只有三十五岁，你觉得我已经老糊涂了？做皇帝最重要的才能不是励精图治，选贤任能，而是高瞻远瞩，防患于未然。李世民号称千古一帝，但他死后江山立刻被武则天窃取，如果武家子弟不是一群废物，大唐江山已经永远失去。杨行密和柴荣英雄盖世，可惜都是为他人做嫁衣。我当时要是不杀岳飞，这个朝廷现在可能已经和我们赵家毫无关系。"

"岳飞当时已经是司马昭之心，路人皆知？"

"没有，唯一让我不爽的就是岳家军三个字。"

"既然没有证据，那就说明岳飞有可能是郭子仪。"

"太祖的江山来自黄袍加身，我们凭什么要求别人做郭子仪？"

"父皇的意思是要我防范张浚、虞允文？"

"他们都是书呆子，你要提防的是辛弃疾。我听说你准备让他做北伐先锋？"

"是有这个打算，大家都认为他是最合适的人选。"

"辛弃疾文武双全胆大包天，如果他带兵收复北方，你将会进退两难。你如果不杀他，将来他手握重兵，你觉得满朝文武有谁可以和他抗衡？你如果杀他，我们父子一再自毁长城，天下军民肯定忍无可忍。何况辛弃疾吸取岳飞的教训，到时你可能根本没有机会靠近。"

宋孝宗权衡再三，决定把辛弃疾继续留在江阴。

北伐失败的消息传来，辛弃疾在长江边借酒浇愁，醒来已是几天之后。他以为自己只是暂时投闲置散，直到他写《鹧鸪天》的时候，才明白南宋小朝廷从来没把他当作自己人。"却将万字平戎策，换得东家种树书"，多么痛的领悟！

辛弃疾南归之后的人生非常平淡，无论是献《美芹十论》，还是镇压茶商军训练飞虎军，都是任何一位平庸的将领稍微用心就可以做到的事情。南归以后的辛弃疾已经不是叱咤风云的将军，而是慷慨悲歌的词人。

踏莎行

　　夜月楼台，秋香院宇。笑吟吟地人来去。是谁秋到便凄凉？当年宋玉悲如许。　　随分杯盘，等闲歌舞。问他有甚堪悲处？思量却也有悲时，重阳节近多风雨。

　　宋玉是战国时楚国的著名诗人，传说他是屈原的学生，"宋玉悲秋"的典故出自他的《九辩》："悲哉秋之为气也，萧瑟兮草木摇落而变衰。""如许"，如此。"随分"，随意、任意。"重阳节近多风雨"，据北宋和尚惠洪《冷斋夜话》记载：黄州潘大临工诗，多佳句，然甚贫。东坡、山谷尤喜之。临川谢无逸以书问："有新作否？"潘答书曰："秋来景物，件件是佳句，恨为俗氛所蔽翳。昨日闲卧，闻搅林风雨声，欣然起，题其壁曰：'满城风雨近重阳。'忽催租人至，遂败意。止此一句奉寄。"闻者笑其迂阔。

　　我们眼里的辛弃疾文武全才，但他做词人纯粹出于无奈。他最大的心愿不是舞文弄墨而是保家卫国。辛弃疾的弟子范开追随师尊多年，他最清楚辛弃疾的抱负。他在为辛弃疾的《稼轩词甲乙集》作序时说："公一世之豪，以气节自负，以功业自许，方将敛藏其用以事清旷，果何意于歌辞哉，直陶写之具耳。故其词之为体，如张乐洞庭之野，无首无尾，不主故常；又如春云浮空，卷舒起灭，随所变态，无非可观。无它，意不在作词，而其气之所充，蓄之所发，词自不能不尔也。"

　　乾道三年（1167年）辛弃疾改任建康府通判，闲暇登上建康赏心亭，写下名作《水龙吟》。

　　楚天千里清秋，水随天去秋无际。遥岑远目，献愁供恨，玉簪螺髻。落日楼头，断鸿声里，江南游子。把吴钩看了，栏干拍遍，无人会、登临意。　休说鲈鱼堪脍，尽西风、季鹰归未？求田问舍，怕应羞见，刘郎才气。可惜流年，忧愁风雨，树犹如此！倩何人唤取，红巾翠袖，揾英雄泪！

"遥岑"，远山。"玉簪螺髻"，玉做的簪子和海螺形的发髻，比喻高矮形状各异的山岭，韩愈《送桂州严大夫同用南字》："江作青罗带，山如碧玉簪。""断鸿"，失群的孤雁。"休说鲈鱼堪脍，尽西风，季鹰归未？"，西晋张翰（字季鹰）故事，《世说新语·识鉴篇》："张季鹰辟齐王东曹掾，在洛见秋风起，因思吴中菰菜、莼羹、鲈鱼脍，曰：'人生贵得适意尔，何能羁宦数千里以要名爵？'遂命驾便归。俄而齐王败，时人皆谓见机。""忧愁风雨"，风雨比喻飘摇的国势，可能出自苏东坡《满庭芳》："忧愁风雨，一半相妨。""树犹如此"，出自南北朝著名文人庾信《枯树赋》："树犹如此，人何以堪！"东晋大将桓温也说过这话，《世说新语·言语》："桓公北征经金城，见前为琅邪时种柳，皆已十围，慨然曰：'木犹如此，人何以堪！'攀枝执条，泫然流泪。""倩"，请托。"红巾翠袖"，指女子。"揾"，擦拭。

辛弃疾通判建康三年之后，他的传奇经历偶然引起宋孝宗兴趣，召对延和殿。辛弃疾以为自己终于有机会立功报国，可是宋孝宗已经对北伐失去信心。辛弃疾调任司农寺主簿，名将之花竟被派去管理油菜花。辛弃疾心有不甘，再次上书采石大捷主将虞允文。

乾道七年元宵节，正在司农寺值班的辛弃疾听到街上笑语喧哗，看见游人络绎不绝，走出官舍体验杭州的元夜。从他的《青玉案》可以看出，当晚他曾和一位神秘美女浪漫相遇。

> 东风夜放花千树。更吹落，星如雨。宝马雕车香满路。凤箫声动，玉壶光转，一夜鱼龙舞。　蛾儿雪柳黄金缕，笑语盈盈暗香去。众里寻他千百度，蓦然回首，那人却在，灯火阑珊处。

"玉壶"指明月。"鱼龙舞"即舞动纸扎的鱼龙。"蛾儿、雪柳、黄金缕"，都是古代妇女元宵节时头上佩戴的装饰品，也就是李清照《永遇乐》回忆中州盛日时提到的"铺翠冠儿，捻金雪柳"。"阑珊"，稀疏零落的样子。

乾道八年三十三岁的辛弃疾出任滁州刺史，继续向皇帝和宰相上书谈论恢复，他认为金国"六十年必亡，虏亡则中国之忧方大"。历史证明辛弃疾是伟大的预言家，随着金国覆灭蒙古崛起，他的预言被完全证实。

淳熙二年（1175 年）四月，湖北茶商赖文政发动起义，随后转战江西、湖南，多次打败镇压的官军。南宋朝廷这才想起辛弃疾的军事才能，任命他为江西提刑，带兵镇压茶商军。他在江西做提刑数年，看见江西山水清明，开始求田问舍准备归隐。那首脍炙人口的《菩萨蛮》就写于这段时间。

> 郁孤台下清江水，中间多少行人泪。西北望长安，可怜无数山。　青山遮不住，毕竟东流去。江晚正愁余，山深闻鹧鸪。

我现在的住处就在郁孤台附近，面对八境台公园，而这个公园坐落在章江和贡江两江交汇处，睡梦中常有鹧鸪飞鸣而过。我相信这是那只问候过辛稼轩的鹧鸪穿越千年来看我。

唐朝诗人王驾写过一首《社日》（鹅湖山下稻粱肥，豚栅鸡栖半掩扉。桑柘影斜春社散，家家扶得醉人归），描述江西上饶一带的田园风情。这首诗可能是辛弃疾后来隐居鹅湖山下的重要原因。除了在鹅湖重建家园，安置跟随他一同南下的亲邻，辛弃疾还在上饶城北带湖边建了一座别墅，取名稼轩。《容斋随笔》的作者翰林学士洪迈为他写了《稼轩记》。

辛弃疾从南下到归隐正好二十年，当年一往无前的英雄少年已经进入忧患中年。想起往事前尘，他感慨万千。

丑奴儿·书博山道中壁

少年不识愁滋味，爱上层楼。爱上层楼，为赋新词强说愁。　而今识尽愁滋味，欲说还休。欲说还休，却道天凉好个秋。

"旧恨春江流不断，新恨云山千叠""如今憔悴赋招魂，儒冠多误身"，满腹牢骚的辛弃疾忍不住讽刺南宋小朝廷"斜阳正在、烟柳断肠处""剩水残山无态度，被疏梅料理成风月"，让宋孝宗很不高兴。绝望之下辛弃疾只好把身心转向田园山水，我见青山多妩媚，料青山见我应如是。辛稼轩的豪放词可以让懦夫无畏，但是婉约温柔起来，同样可以让荡子思归、征人落泪。

西江月·夜行黄沙道中

明月别枝惊鹊，清风半夜鸣蝉。稻花香里说丰年，听取蛙声一片。　七八个星天外，两三点雨山前。旧时茅店社林边，路转溪桥忽见。

清平乐·村居

茅檐低小，溪上青青草。醉里吴音相媚好，白发谁家

《读碑图》 北宋_李成

翁媪。大儿锄豆溪东，中儿正织鸡笼。最喜小儿无赖，溪头卧剥莲蓬。

鹧鸪天

陌上柔桑破嫩芽，东邻蚕种已生些。平冈细草鸣黄犊，斜日寒林点暮鸦。 山远近，路横斜，青旗沽酒有人家。城中桃李愁风雨，春在溪头荠菜花。

当时陈亮住在家乡浙江永康,永康离江西上饶不远,陈亮多次登门探访辛弃疾。辛弃疾多首名作都和陈亮有关。两个目光如炬的男人携手出现在鹅湖和带湖周围的原野上,花鸟虫鱼以为外星人到访,纷纷避让。

贺新郎

老大那堪说。似而今、元龙臭味,孟公瓜葛。我病君来高歌饮,惊散楼头飞雪。笑富贵千钧如发。硬语盘空谁来听,记当时、只有西窗月。重进酒,换鸣瑟。　事无两样人心别。问渠侬:神州毕竟,几番离合?汗血盐车无人顾,千里空收骏骨。正目断关河路绝。我最怜君中宵舞,道"男儿到死心如铁"。看试手,补天裂。

"元龙臭味",辛弃疾把陈亮比作有雄气壮节的东汉末年豪杰陈登陈元龙。"孟公瓜葛",辛弃疾把自己比作嗜酒好客的西汉末年豪杰陈尊陈孟公。"汗血盐车",出自《战国策》,意思是用汗血宝马运盐车,比喻贤才沉沦下位。"千里空收骏骨",同样出自《战国策》,战国时燕昭王想招揽贤才,郭隗给他讲了一个故事:从前有国君欲以千金求千里马,三年未得。有人花五百金买了一匹死去千里马的骨头回报。国君大怒。此人辩解说:"死马尚且可以卖到五百金,何况活的千里马?世人一定会因此相信大王真心想买良马,千里马很快会接踵而至。"不久国君果然买到三匹千里马。

破阵子·为陈同甫赋壮词以寄之

醉里挑灯看剑,梦回吹角连营。八百里分麾下炙,五十弦翻塞外声。沙场秋点兵。　马作的卢飞快,弓如霹雳弦惊。了却君王天下事,赢得生前身后名。可怜白发生!

"八百里分麾下炙",八百里是西晋外戚豪强王恺家里一头牛的名字,神骏威猛。王恺和王济打赌失败后,王济把这头牛的心当场吃掉。"分麾下炙",把烤牛肉分赏给部下。"五十弦翻塞外声",五十弦指锦瑟,李商隐《锦瑟》:"锦瑟无端五十弦,一弦一柱思华年。""翻"即演奏,"塞外声"指悲壮粗犷的战歌。"的卢",三国刘备所骑良马名。

宋词自苏东坡开始"以文为词",即用散文的写法填词。这样做本身无可厚非,甚至可以说是很有意义的尝试,但如果才能有限或过于随意,就会流荡不可收拾。辛弃疾接过苏东坡豪放派盟主的大旗,因此也把以文为词发挥到极致。

刘辰翁在《辛稼轩词序》中说:"词至东坡,倾荡磊落,如诗如文,如天地奇观,岂与群儿雌声学语较工拙,然犹未至用经用史,牵雅颂入郑卫也。自辛稼轩前,用一语如此者,必且掩口。及稼轩横竖烂漫,乃如禅宗棒喝,头头皆是。又如悲笳万鼓,平生不平事并厄酒,但觉宾主酣畅,谈不暇顾。词至此亦足矣。"

直到陈亮和刘过等人寄来贺寿诗词,辛弃疾才发现自己已经行年五十。五十岁是人生的一道坎,无论你有多么壮心不已,都不得不承认自己已经是烈士暮年。辛弃疾以《贺新郎·用前韵送杜叔高》抒发自己的忧愤。

  细把君诗说:恍余音、钧天浩荡,洞庭胶葛。千丈阴崖尘不到,惟有层冰积雪。乍一见、寒生毛发。自昔佳人多薄命,对古来、一片伤心月。金屋冷,夜调瑟。 去天尺五君家别。看乘空、鱼龙惨淡,风云开合。起望衣冠神州路,白日消残战骨。叹夷甫诸人清绝!夜半狂歌悲风起,听铮铮、阵马檐间铁。南共北,正分裂!

"恍余音、钧天浩荡,洞庭胶葛",余音袅袅,仿佛在广阔的天空飘荡,在洞庭的旷野悠游。"阴崖",朝北的山崖。"层冰积雪",出自屈原《楚辞·九歌·湘君》:"桂櫂兮兰枻,斲冰兮积雪。""去天尺五",比喻宗族之强接近皇室,《辛氏三秦记》:"城南韦、杜,去天尺五。""乘空",飞上天空。"衣冠",士大夫。"夷甫"指西晋清谈家王衍王夷甫,妙善玄言,后被石勒所杀,死前悔恨清谈误国。"檐间铁",屋檐下挂着的铁制风铃,俗称"铁马"或"檐马"。

不恨古人吾不见,恨古人不见吾狂耳。晚年孤独无聊的辛弃疾经常把云山松竹想象为自己的友党,经常在喝酒的时候自言自语,看起来似乎有些精神失常。

> 醉里且贪欢笑,要愁那得工夫。近来始觉古人书,信着全无是处。　昨夜松边醉倒,问松"我醉何如"。只疑松动要来扶,以手推松曰:"去!"

如果你认为这首《西江月》还不够癫狂,不久之后的中秋之夜他又一次突发奇想。

木兰花慢

> 可怜今夕月,向何处、去悠悠?是别有人间,那边才见,光影东头?是天外空汗漫,但长风浩浩送中秋?飞镜无根谁系?姮娥不嫁谁留?　谓经海底问无由,恍惚使人愁。怕万里长鲸,纵横触破,玉殿琼楼。虾蟆故堪浴水,问云何玉兔解沉浮?若道都齐无恙,云何渐渐如钩?

这首词是中国古代最有想象力的诗词之一。辛弃疾似乎已经发现月亮是地球卫星以及地球公转自转,这比文艺复兴时期的欧洲天

文学家哥白尼提前三百年。

庆元五年（1199年），辛弃疾六十大寿。在寿宴上听到客人谈论功名，填了那首著名的《鹧鸪天·壮岁旌旗拥万夫》。夜深人静的时候，辛弃疾反复吟咏"却将万字平戎策，换得东家种树书"，热泪长流。

在送别贬官的堂弟辛茂嘉时，辛弃疾再次不能自已。

贺新郎

绿树听鹈鴂，更那堪、鹧鸪声住，杜鹃声切。啼到春归无寻处，苦恨芳菲都歇，算未抵、人间离别。马上琵琶关塞黑，更长门翠辇辞金阙。看燕燕，送归妾。　　将军百战身名裂，向河梁、回头万里，故人长绝。易水萧萧西风冷，满座衣冠似雪。正壮士、悲歌未彻。啼鸟还知如许恨，料不啼清泪长啼血。谁共我，醉明月？

"鹈鴂"指伯劳鸟。"未抵"比不上。"马上琵琶"，用王昭君出塞事。"更长门翠辇辞金阙"，用汉武帝皇后阿娇失宠打入冷宫事。"将军百战身名裂"，飞将军李广之孙李陵孤军深入大漠，最后被迫投降匈奴。"向河梁、回头万里，故人长绝"，用李陵送别苏武事。"易水萧萧西风冷，满座衣冠似雪，正壮士、悲歌未彻"，用荆轲刺秦王事。

这首词下半阕讲述李陵和荆轲的故事。辛弃疾自愧不如，他们至少曾经横行大漠挑战强秦，自己当年拿下的张安国充其量是个伪军。

昏庸的宋光宗在位五年后去世，韩侂胄与宗室赵汝愚拥立赵扩为帝。随后韩侂胄驱逐赵汝愚独揽大权，开始准备北伐战争。辛弃疾不关心宫廷争斗，但是随时愿意为北伐摇旗呐喊。宋宁宗嘉泰三年（1203年），辛弃疾被起用为绍兴知府兼浙东安抚使，次年转任镇江知府。他派人侦察江北金兵部署。《南乡子·登京口北固亭有怀》就写于这时候。

> 何处望神州？满眼风光北固楼。千古兴亡多少事？悠悠，不尽长江滚滚流！　年少万兜鍪，坐断东南战未休。天下英雄谁敌手？曹刘，生子当如孙仲谋！

"年少万兜鍪"，很年轻就指挥千军万马。这里说的是三国孙权，他在十九岁就开始统治江东。"兜鍪"（dōu móu）原指古代兵士作战时所带的头盔，这里代指士兵。这首词名义上是在歌颂孙权孙仲谋，实际上辛弃疾是在抱怨自己没有得到南宋重用，他当年百万军中生擒叛徒南下的时候也只有二十出头。

金兵对南宋的厉兵秣马有所察觉，也开始加强战备。《永遇乐·京口北固亭怀古》写于开禧北伐前夕，辛弃疾注意到宋军战备仓促，提醒韩侂胄北伐必须从长计议，希望自己可以参赞军务。

> 千古江山，英雄无觅，孙仲谋处。舞榭歌台，风流总被，雨打风吹去。斜阳草树，寻常巷陌，人道寄奴曾住。想当年，金戈铁马，气吞万里如虎。　元嘉草草，封狼居胥，赢得仓皇北顾。四十三年，望中犹记，烽火扬州路。可堪回首，佛狸祠下，一片神鸦社鼓。凭谁问：廉颇老矣，尚能饭否？

这首词总结平生，忧心国事，烈士暮年，壮心不已。"寄奴"是南朝宋武帝刘裕小名。"想当年，金戈铁马，气吞万里如虎"，刘裕曾两次领兵北伐，收复洛阳、长安等地。"元嘉草草，封狼居胥，

赢得仓皇北顾",元嘉是刘裕之子宋文帝刘义隆的年号,刘义隆继位之后仓促北伐被北魏拓跋焘击败。狼居胥山在内蒙古自治区西北部,汉武帝元狩四年(前119年)霍去病远征匈奴,歼敌七万余人,于是"封狼居胥山,禅于姑衍"。古人用封禅庆祝大功告成。辛弃疾以"元嘉北伐"影射南宋"隆兴北伐"。"四十三年",辛弃疾在宋高宗绍兴三十二年(1162年)从北方南归,至宋宁宗赵扩开禧元年(1205年)正好四十三年。"佛狸祠",北魏太武帝拓跋焘小名佛狸,公元450年他亲自带兵反击刘宋,在长江北岸瓜步山建立行宫,此即后来的佛狸祠。"神鸦",指在庙里吃祭品的乌鸦。"社鼓",祭祀时的鼓声。

开禧元年(1205年)秋天,辛弃疾受到韩侂胄亲信排挤,带着"好色贪财"的耻辱罪名回到上饶稼轩。次年朝廷重新起用他为绍兴知府、两浙东路安抚使。心灰意冷的辛弃疾断然拒绝。

韩侂胄不听劝阻贸然发动北伐。宋军多路并进,但很快折戟沉沙。南宋朝廷再次想起了辛弃疾的军事才能,希望辛弃疾就任兵部侍郎,随后又任命他为枢密都承旨。他的弟子范开主动要求去给老师报喜讯,在村前远远听到阵阵悲凉的唢呐声。他有一种不祥的预感,拍马冲进辛家大院,果然看见壮志未酬的青兕神牛已经抱剑长眠。

刘克庄在《辛稼轩集序》高度评价辛弃疾,他说"公所作大声鞺鞳,小声铿鍧,横绝六合,扫空万古,自有苍生以来所无。其秾纤绵密者,亦不在小晏、秦郎之下。"

李好古是陕西渭南人,自署乡贡免解进士。从姓名到字号都带着调侃。当时他的故乡已经沦陷,只好像他的唐朝老乡韦庄一样避乱江南。他的名作《江城子》回首往事,告诉我们他曾经有过的雄心壮志。

平沙浅草接天长。路茫茫，几兴亡。昨夜波声，洗岸骨如霜。千古英雄成底事，徒感慨，漫悲凉。　　少年有意伏中行，馘名王，扫沙场。击楫中流，曾记泪沾裳。欲上治安双阙远，空怅望，过维扬。

"伏中行"，制服中行说。伏，制服。中行指汉文帝的宦官中行说，此人后来投降匈奴，力劝单于侵犯长安。这里以中行说影射南宋的投降派。"馘名王"，斩杀金兵统帅。"馘"音同"国"。"击楫中流"，据《晋书·祖逖传》记载，祖逖北伐渡江时，中流击楫而誓曰："祖逖不能清中原而复济者，有如大江！"辞色壮烈，众皆慨叹。"治安"是指贾谊献给汉文帝的《治安策》。

李好古在江淮漫游时看见南宋君臣无意恢复，怒火中烧。

清平乐

瓜州渡口，恰恰城如斗。乱絮飞钱迎马首，也学玉关榆柳。　　面前直控金山，极知形胜东南。更愿诸公著意，休教忘了中原。

人到中年依然碌碌无为，李好古深感无奈，"四十男儿当富贵，谁念飘零南北"。看见朝廷安于现状无心进取，他竟把希望寄托在天风海雨。

谒金门

花过雨，又是一番红素。燕子归来愁不语，旧巢无觅处。　　谁在玉关劳苦？谁在玉楼歌舞？若使胡尘吹得去，东风侯万户。

李好古对苏东坡佩服得五体投地,他说自己"夜吹箫,朝问法,记坡仙。"在豪放词的英雄谱上,人们只记得范仲淹、苏东坡、辛弃疾、张孝祥、张元干这些开国英豪,很少有人能想起还有一个江湖高手李好古,但他的《清平乐》却是豪放词的镇山之宝。

清淮北去,千里扬州路。过却瓜州杨柳树,烟水重重无数。　舵楼才转前湾,云山万点江南。点点尽堪肠断,行人休望长安。

长安指北宋京城开封。"舵楼才转前湾,云山万点江南"就象宽银幕电影画面。帆船在山峡中穿行,横柯上蔽,在昼犹昏。舵楼转过前湾,天地无垠,云山万点。这是古典诗词呈现的最壮丽风景之一,堪比王安石的"彩舟云淡,星河鹭起"。

第十九回

胡邦衡名扬千古　陈同甫不可一世

在民族存亡的紧要关头，南宋初年出现了一些士族英豪。他们不以文人自居，但是他们的文章天下传诵；他们的官位不高甚至没有做官，但是敢于和权臣直接对抗；他们不像张载、朱熹那样口谈道德，聚徒宣讲自己的政治主张，但是天下景仰。他们的代表人物是胡铨、陈亮。

胡铨字邦衡，他是欧阳修的老乡，江西庐陵人。他和岳飞是同龄人，北宋灭亡的时候已经二十多岁，正是热血沸腾、对国恨家仇最敏感的年龄。南宋建炎二年（1128年），宋高宗赵构深感人才缺乏，亲自面试进士，他出的试题是"治道本天，天道本民"。胡铨的策论洋洋万言，讽刺宋高宗如汉文帝召见贾谊，不问苍生问鬼神，同时直言朝中大臣平庸无能。赵构见而异之，想把他录为状元。主考官觉得他说话太直不利和谐安定，移至第五名。

中进士后胡铨做了抚州军事判官，就在他赴任前夕，从南昌逃往赣州的隆祐太后一行经过庐陵，金兵轻骑跟踪追击。胡铨带领村

民破坏桥梁设置路障，因功晋升承直郎。绍兴五年（1135年），张浚征辟他为幕僚，他没有应召。兵部尚书吕祉对他非常欣赏，以贤良方正推荐。宋高宗接见胡铨并让他做了枢密院编修官。

绍兴八年宰相秦桧主持和谈，胡铨去政事堂找秦桧理论。秦桧躲到一边，让亲信参知政事孙近应付胡铨。金国使者随后以"诏谕江南"为名来到临安，完全把南宋当作附庸。胡铨终于忍无可忍，写下两宋第一雄文《戊午上高宗封事》，抗言"义不与桧等共戴天。区区之心，愿断三人头，竿之藁街，然后羁留虏使，责以无礼，徐兴问罪之师，则三军之士不战而气自倍。不然，臣有赴东海而死尔，宁能处小朝廷求活邪？"

对皇帝骂小朝廷，胡铨是古今第一人。这封谏书公布之后，天下传抄。宜兴进士吴师古刻版印刷，金国使者千金求购。秦桧以"狂妄凶悖，鼓众劫持"的罪名把胡铨除名并编管昭州。昭州即今广西平乐，在桂林阳朔附近，当时非常荒凉。朝中大臣纷纷出面营救。秦桧只好让胡铨改监广州盐仓。

绍兴九年，胡铨改任威武军判官。绍兴十二年，秦桧党羽罗汝楫诬告胡铨妄议朝政。胡铨被除名编管新州。下面这首词也是胡铨的罪名之一。

好事近

富贵本无心，何事故乡轻别。空使猿惊鹤怨，误薜萝风月。　　囊锥刚要出头来，不道甚时节。欲驾巾车归去，有豺狼当辙。

"富贵本无心"从胡铨口中说出来特别可信。因为他如果有心富贵，就应该明哲保身，根本没必要得罪权倾天下的秦桧。"猿惊鹤怨"，隐士出山做官连山猿野鹤都震惊抱怨，出自南朝孔稚圭

《北山移文》:"蕙帐空兮夜鹤怨,山人去兮晓猿惊。""薜萝"即薜荔和女萝,代指隐居之所。"囊锥刚要出头来",出自成语毛遂自荐。毛遂认为自己就像放在皮囊中的锥子,总有一天会脱颖而出,事见《史记·平原君虞卿列传》。"豺狼当辙"即豺狼当道。

　　胡铨虽然在官场一再受挫,但在民间声望很高,正所谓莫愁前路无知己,天下谁人不识君。很多官员不惧株连为胡铨送行,到处都有人请胡铨参加酒宴。胡铨喝醉之后继续大骂秦桧及其走狗,绍兴十八年遭到新州知州张棣诬告。胡铨远谪吉阳军即今海南三亚,吉阳军是当时最偏远的军州。途中张棣派遣的押送官吏对胡铨一家百般凌辱。正直的雷州知州王彦恭听说后怒火中烧,找个借口把这些酷吏抓进监牢,另外派人护送并以重金相赠胡铨家属。

　　胡铨在绍兴八年请斩秦桧,直到绍兴二十六年秦桧病死才内迁衡阳,虽然在宋孝宗即位后官至权兵部侍郎,但一生最好的时光已经留在蛮荒。而填词在他眼里又是壮夫不为的雕虫小技,因此胡铨留下来的词作寥寥无几。

菩萨蛮

　　银河牛女年年渡,相逢未款还忧去。珠斗欲阑干,盈盈一水间。　　玉人偷拜月,苦恨匆匆别。此意愿天怜,今宵长似年。

浣溪沙

　　匆匆春归没计遮,百年都似散余霞。持杯聊听浣溪沙。　　但觉暗添双鬓雪,不知落尽一番花。东风寒似夜来些。

　　《菩萨蛮》写少年情怀,《浣溪沙》写暮年心态。胡铨代理兵部侍郎之后曾亲临前线,看见金兵耀武扬威而自己已经年老体衰,不

但不能冲锋陷阵反而需要亲军护卫，他越想越不对，辞官回家养了一只鹦鹉，每天教它骂秦桧。

赵鼎是山西闻喜人，宋徽宗崇宁五年（1106年）中进士后做过河南洛阳令。金兵攻陷开封的时候，身为开封士曹的赵鼎来不及逃走。金人把文武百官聚集在一起，要他们推举张邦昌为皇帝。赵鼎和张浚、胡寅逃入太学拒绝签字。

到了南宋之后，赵鼎举荐过岳飞、韩世忠等抗金名将。在他做宰相期间，因为反对和议多次和秦桧冲突。绍兴八年（1138年）赵鼎被贬往海南岛。雷州知州王惕和广西将领张宗元都因帮助赵鼎被秦桧调走。秦桧专门派人监视赵鼎言行，要求海南地方官定时报告。

赵鼎知道秦桧不会放过他，派人对儿子赵汾说"我不死肯定会连累全家"，随后绝食自尽。临终前手书一联自辩："身骑箕尾归天上，气作山河壮本朝。""骑箕尾"乍一听像是哈利波特骑着魔法扫帚，实际意思也差不多。

赵鼎是海南五公祠供奉的"五公"之一，和同样贬官海南的唐朝名相李德裕、宋朝名相李纲、李光以及胡铨一起受到历朝祭祀。

一般词选喜欢选录他的《满江红·惨结秋阴》。我更喜欢他的《鹧鸪天》。

客路那知岁序移，忽惊春到小桃枝。天涯海角悲凉地，记得当年全盛时。　　花弄影，月流辉，水精宫殿五云飞。分明一觉华胥梦，回首东风泪满衣。

传说黄帝曾经梦游华胥国境。华胥氏是伏羲、女娲的母亲，华胥国是中国神话中的伊甸园。中国的古称"华夏"就来源于华胥和夏朝。赵鼎梦见南宋像华胥国一样强盛壮美，醒来知是梦，不胜悲。

赵鼎的《画堂春》有花间气象。

空笼帘影隔垂杨，梦回芳草池塘。杏花枝上蝶双双，春昼初长。　　强理云鬟临照，暗弹粉泪沾裳。自怜容艳惜流光，无限思量。

周紫芝字少隐，安徽宣城人。宋高宗绍兴初年进士。做过枢密院编修官、右司员外郎。绍兴二十一年出知兴国军。兴国军即今湖北阳新。周紫芝后来退隐庐山，自号竹坡居士，著有《竹坡诗话》和《竹坡词》。

周紫芝的词深情婉转，完全看不出他是个每逢秦桧父子生日一定写诗祝贺的人。

江城子

夕阳低尽柳如烟，淡平川，断肠天。今夜十分霜月更娟娟。怎得人如天上月，虽暂缺，有时圆。　　断云飞雨又经年，思凄然，泪涓涓。且做如今，要见也无缘。因甚江头来处雁，飞不到，小楼边。

他的很多词毫无林下风致，反而缠绵多情。难道他和林逋一样为爱归隐？

踏莎行

情似游丝，人如飞絮，泪珠阁定空相觑。一溪烟柳万丝垂，无因系得兰舟住。　　雁过斜阳，草迷烟渚。如今已是愁无数。明朝且做莫思量，如何过得今宵去？

鹧鸪天

一点残红欲尽时，乍凉秋气满屏帏。梧桐叶上三更

雨,叶叶声声是别离。调宝瑟,拨金猊,那时同唱鹧鸪词。如今风雨西楼夜,不听清歌也泪垂。

金猊就是前面多次提到的铜制狮形香炉。

科举考试的状元未必比同年进士更有才学,有时纯粹是因为他年轻帅气或写得一手好字,但也有一些状元确实才华横溢。唐朝诗人王维、祖咏、钱起就是状元出身,明朝状元杨慎写了《三国演义》的开篇词《临江仙·滚滚长江东逝水》,清朝状元俞樾以一句"花落春仍在"打动主考曾国藩。状元成才比例最高的朝代就是南宋,南宋著名文人张孝祥、陈亮、文天祥都是状元出身。

陈亮原名汝能,字同甫号龙川,浙江永康人。他的曾祖父陈知元是大将刘元庆麾下军人,在北宋宣和年间守卫汴京时牺牲。这是陈亮后来力主抗金的重要原因。

据说陈亮一出生就目光犀利,把接生婆吓得跌坐在地。被他盯着看的人有如芒刺在背,浑身不自在。他从十几岁开始就远胜流辈,才气超迈,尤其喜欢谈论古人用兵成败。婺州知州周葵偶然看到他写的《酌古论》,把他找来辩论。陈亮侃侃而谈。周葵大为倾倒。陈亮成为周葵最年轻的幕僚。后来周葵做了宰相,经常带着陈亮接见宾朋,陈亮因此得以遍交天下豪俊。

孝宗乾道五年(1169年)宋金议和,南宋君臣庆幸和平来临,陈亮却认为不能心存侥幸。当时婺州把他作为解头送往临安参加进士考试,陈亮趁机献上《中兴五论》。宋孝宗开始注意陈亮。不过主考认为陈亮鼓吹抗战不合时宜。陈亮被迫回家种田,在家晴耕雨读近十年。

陈亮的《一丛花》就写于躬耕期间,浩荡飞扬,初露锋芒。

冰轮斜辗镜天长,江练隐寒光。危阑醉倚人如画,隔烟村、何处鸣榔？乌鹊倦栖，鱼龙惊起，星斗挂垂杨。　芦花千顷水微茫，秋色满江乡。楼台恍似游仙梦，又疑是、洛浦潇湘。风露浩然，山河影转，今古照凄凉。

"江练"出自南朝谢朓"澄江静如练"，意思是清澈的江水静静流淌，宛如白练覆盖在江面上。"鸣榔"，渔人捕鱼时用木棒敲打船舷，使鱼惊而入网。"洛浦潇湘"，词人看到仙境一般的月夜秋江，仿佛置身迷离洛水梦幻潇湘。传说洛水是女神宓妃出没的地方，湘水则有湘妃鼓瑟吹笙歌唱。

宋孝宗淳熙五年（1178年），三十五岁的陈亮再次上书，而且连上三封。他指出南宋朝廷绝不可能"安坐而久系"，与其坐以待毙，不如主动出击，建议皇帝"痛自克责，誓必复仇，以励群臣，以振天下之气，以动中原之心"。他对当时读书人无情批判，"今世之儒士，自以为得正心诚意之学者，皆风痹不知痛痒之人也。举一世而安于君父之仇，而方低头拱手以谈性命，不知何者谓之性命乎？"

朱熹以为自己就是陈亮痛骂的儒士，从此和陈亮有了心结。

《中庭步月图》 明_文徵明

宋孝宗看到之后深受触动,他把陈亮的书论张挂在朝堂之上激励群臣,传旨召见陈亮。大臣曾觌自告奋勇去通知陈亮,不料陈亮根本看不起曾觌,认为朝廷派他来是对自己的轻视。听说曾觌已经到了家门口,陈亮翻墙溜走。曾觌脸上无光,其他大臣也讨厌陈亮轻狂,所以一起在宋孝宗面前诋毁陈亮。

有人问陈亮有机会做官为什么不做?陈亮说:"我想为国家开创数百年基业。区区一个按部就班的小吏,我根本不放在眼里。"

陈亮回家后每天聚友携妓,痛饮狂歌。他随口封歌妓为贵妃。有酒友问:"既然封了贵妃,那就应该有宰相。谁做宰相呢?"陈亮说:"当然是我陈亮。"随后大家煞有介事地模仿朝中礼仪,互相参拜,甚至山呼万岁。仇家跑到刑部告陈亮大逆不道。

刑部侍郎何澹曾经做过主考,陈亮落第后到处宣传他有眼无珠,此时趁机报复。他把陈亮拷打得体无完肤。这件事传到宋孝宗那里,宋孝宗派人暗中调查,知道真相后勃然大怒,他把陈亮认罪的案牍扫落地上,质问何澹"秀才醉后胡说,何罪之有?"

不久之后,陈亮的一个家丁失手杀人。正好被杀的人曾经辱骂过陈亮之父,于是死者家属认定陈亮是幕后主谋。地方官打得陈亮的家丁死去活来,家丁却始终不承认这件事和陈亮有关。此案传到朝廷,有关部门再次把陈亮关进天牢。宰相王淮知道宋孝宗不想处死陈亮,辛弃疾等人也极力营救。陈亮再次死里逃生。

淳熙十二年十二月,宋孝宗命大理少卿章森(字德茂)为万春节正使,北上金国为金世宗完颜雍贺寿。陈亮填了一首《水调歌头》送别章德茂。

不见南师久,漫说北群空。当场只手,毕竟还我万夫雄。自笑堂堂汉使,得似洋洋河水,依旧只流东?且复穹庐拜,会向藁街逢。　　尧之都,舜之壤,禹之封,于中应有,一个半个耻臣戎。万里腥膻如许,千古英灵安在,磅礴几时通?胡运何须问,赫日正当中。

这首词风格豪迈气势磅礴,一向自负的辛弃疾深表佩服,派人送给陈亮一船好酒。"北群空"比喻国无良才,语出韩愈《送温处士赴河阳军序》"伯乐一过冀北之野而马群遂空"。"当场只手",当场解决。"毕竟还我万夫雄",毕竟我还是万夫之雄,"我"指章德茂。"自笑堂堂汉使,得似洋洋河水,依旧只流东",我们汉使年年去朝见金廷实在可笑。"且复穹庐拜,会向藁街逢",且去再拜他们一遍,将来他们依然会臣服中原。藁街是汉朝长安城南门内专门划给少数民族使节和商人居住的地方。"胡运何须问",金国的命运不问可知。"赫日自当中",大宋王朝的国运如日中天。

淳熙十五年,陈亮亲自到南京、镇江一带观察江山形势,登上镇江北固山甘露寺内的多景楼,写下名作《念奴娇》。

危楼还望,叹此意,今古几人曾会?鬼设神施,浑认作,天限南疆北界。一水横陈,连冈三面,做出争雄势。六朝何事,只成门户私计。　因笑王谢诸人,登高怀远,也学英雄涕。凭却江山,管不到,河洛腥膻无际。正好长驱,不须反顾,寻取中流誓。小儿破贼,势成宁问强对。

"危楼还望",高楼环顾。"还"通"环"。"浑认作",竟当作。"私记",私利。"王谢",东晋高门大族,这里指南宋掌权者。"河洛腥膻无际",中原遍地敌骑。"中流誓",用祖逖北伐故事。"小儿破贼",东晋在淝水之战中大败前秦苻坚,谢安接到捷报后不动声色。客问之,谢安说:"小儿辈遂已破贼。"小儿辈指谢安弟弟谢石、侄子谢玄等人。"势成宁问强对",大局已定之后何必顾虑敌人的强

大。强对，强敌。

陈亮回家之后发奋读书，学问日新月异，他自豪地宣布："研穷义理之精微，辨析古今之同异，原心于秒忽，较礼于分寸，以积累为工，以涵养为正，睟面盎背，则于诸儒诚有愧焉。至于堂堂之阵，正正之旗，风雨云雷交发而并至，龙蛇虎豹变现而出没，推倒一世之智勇，开拓万古之心胸，自谓差有一日之长。"这段话暗讽朱熹、吕祖谦等人为旁门左道。朱熹更加怒火中烧。

淳熙十四年，太上皇宋高宗赵构退休多年之后驾崩，金国使节前来吊唁，态度傲慢。陈亮再次上书指斥金人狂悖无礼，希望激励宋孝宗父子。此时宋孝宗只想效法高宗提前退休，因此对陈亮置之不理。这封奏书又一次把朝中大臣骂得狗血淋头。众怒难犯，陈亮听说有人想找他算账，连夜逃回永康。

宋孝宗连续几次暗中相救，朝野都知道陈亮有宠于皇帝，陈亮自己也到处吹嘘。乡人因此非常尊敬陈亮，都以请到陈亮赴宴为荣。有一次主人为了对他表示优待，特意在他这一桌的炖肉里放了胡椒。没想到有个和陈亮同桌的人回家之后一命呜呼。讨厌陈亮的人趁机落井下石，诬告陈亮在酒肉里下毒。

大家以为这回陈亮必死无疑。大理少卿郑汝谐看见了陈亮的供状，惊叹道"此天下奇材也。国家若无罪而杀士，上干天和，下伤国脉矣。"他在刚刚登上皇位的宋光宗面前极力为陈亮申辩。陈亮再次有惊无险。

陈亮自称"人中之龙，文中之虎"，他的狂狷会让人想起杜甫祖父杜审言。不过他虽然狂妄却对辛弃疾心悦诚服。他自命文采风流，可是辛弃疾辞章比他更好；他可以纸上谈兵，辛弃疾百万军中取上将首级如探囊取物。

两人初次相见就很有戏剧性。辛弃疾庄园前面有一座木桥，陈亮第一次去拜访的时候，他的马因为桥面缝隙太大，心生惧怕不肯过桥。陈亮一怒之下挥剑斩断马头。辛弃疾在楼上远远看见,大吃一惊。

辛弃疾隐居上饶期间,陈亮和辛弃疾经常往来。辛弃疾寄给陈亮的词有很多名篇,陈亮的《贺新郎·寄辛幼安和见怀韵》也非常豪迈。

> 老去凭谁说?看几番,神奇臭腐,夏裘冬葛。父老长安今余几?后死无仇可雪。犹未燥、当时生发。二十五弦多少恨,算世间、那有平分月。胡妇弄,汉宫瑟。　　树犹如此堪重别。只使君、从来与我,话头多合。行矣置之无足问,谁换妍皮痴骨?但莫使伯牙弦绝。九转丹砂牢拾取,管精金只是寻常铁。龙共虎,应声裂。

"凭谁说",向谁诉说。"神奇臭腐",天下事变化万千,语出《庄子·知北游》:"臭腐复化为神奇,神奇复化为臭腐。""夏裘冬葛",夏天穿裘皮,冬天穿葛衣,意指时序颠倒。"犹未燥,当时生发",陈亮《中兴论》:"南渡已久,中原父老日以殂谢,生长于戎,岂知有我?昔宋文帝欲取河南故地,魏太武以为我自生发未燥,即知河南是我境土,安得为南朝故地?故文帝既得而复失之。""生发"即胎毛,生发未燥即胎毛未干。"二十五弦"即锦瑟,这里以锦瑟代琵琶,借汉朝用乌孙公主、王昭君和亲讽刺宋金议和。"算世间,那有平分月",意思是宋金不可平分天下。"妍皮痴骨",俊美的外表痴笨的心智,语出《晋书·慕容超载记》。

可能是因为多次被人陷害入狱,陈亮特别敏感多疑。辛弃疾做镇江知府时,陈亮曾去探望。两人都认为杭州城水位比西湖低,很容易被金人水淹七军,不适合做都城。当晚陈亮留宿在辛弃疾府上,半夜醒来想起辛弃疾对自己说了很多军国大事宫廷机密,担心

辛弃疾杀人灭口，竟然连夜偷了一匹骏马逃走。过后又试探着向辛弃疾借钱买房。辛弃疾一笑置之，慷慨解囊。

陈亮飞扬跋扈特别高调，既为了宣传抗战也为了打动天子，可惜唯一的收获就是声名狼藉穷困潦倒。有一天他发现自己妻离子散借贷无门，终于决定向现实低头。当时宋光宗因为很少去给太上皇宋孝宗请安，朝野对此议论纷纷，暗中指责光宗不孝。绍熙四年（1193年）进士考试的策论题目是"礼乐刑政之要"。陈亮趁机为宋光宗辩护，他说在宋孝宗做皇帝的二十八年时间里，作为儿子的宋光宗事事关心，这就是最大的孝顺，没必要做样子给外人看。宋孝宗、宋光宗和太子即后来的宋宁宗看见陈亮为皇室解围，喜出望外。陈亮得到皇室肯定，不出意外成为状元。可惜他没有做官的命，回到家乡彻夜狂欢，乐极生悲一醉不醒。

陈亮说自己作词"本之以方言俚语，杂之以街谭巷歌，扪搠义理，劫剥经传，而卒归之曲子之律，可以奉百世豪英一笑"。在他去世四十年后，他的著作被编辑为《龙川集》出版发行。

第二十回

十二阑干闲倚遍　一春长费买花钱

绍兴二十五年（1155年），千古第一才女李清照与世长辞，与此同时另一位伟大词人姜夔横空出世。不过无论是姜夔的出生还是李清照的逝世，当时都没有人注意，因为秦桧也在这年十月油尽灯枯风光大葬，他本来想上天堂，但是远远看见天堂门口站着岳家军众将。

李清照的离世只有一个二十岁的杭州新娘关心，她叫朱淑真。听到易安居士辞世的消息，她带着侍女特意去灵隐寺请僧人做了一场法事。

朱淑真祖籍歙州即今安徽歙县，父亲在浙江做过官，可能因此定居杭州或海宁。传说她是朱熹的侄女。朱淑真喜欢李清照的诗词，可惜在兵荒马乱的年代无缘相识。她本人也喜欢写诗填词，随着她的声名鹊起，有好事者声言，北有李清照，南有朱淑真。

除了婚姻不幸，朱淑真和李清照的才情个性确实非常接近。朱淑真也是很小就有才名。

纳凉即事

旋折莲蓬破绿瓜,酒杯收起点新茶。
飞蝇不到冰壶净,时有凉风入齿牙。

春昼偶成

默默深闺掩昼关,简编盈案小窗寒。
却嗟流水琴中意,难向人前取次弹。

李清照婚前恋爱自由。朱淑真也曾经心有所属。

湖上小集

门前春水碧于天,座上诗人逸似仙。
白璧一双无玷缺,吹箫归去又无缘。

据说下面这首著名的《生查子》真正的作者就是她,只是被后人附会在欧阳文忠名下。

去年元夜时,花市灯如昼。月上柳梢头,人约黄昏后。
今年元夜时,月与灯依旧。不见去年人,泪湿春衫袖。

李清照和赵明诚相敬如宾。朱淑真不幸嫁了个不解风情的"文法小吏"。她在《愁怀》一诗中公开抱怨,"鸥鹭鸳鸯作一池,须知羽翼不相宜"。

赵明诚因病去世后,李清照曾经再嫁,在发现再婚丈夫是个混蛋之后愤然离婚。朱淑真没有离婚,但她更出格,她给自己找了个婚外情人。

清平乐·夏日游湖

恼烟撩露,留我须臾住。携手藕花湖上路,一霎黄梅细雨。　　娇痴不怕人猜,和衣睡倒人怀。最是分携时候,归来懒傍妆台。

"恼烟撩露,留我须臾住",含烟带露的美丽荷花把我留住。恼烟撩露是正话反说。"和衣睡倒人怀"有的版本写作"随群暂遣愁怀"或"和衣睡倒君怀",在公共场所这么豪迈,即使今天也会有人大惊小怪。"最是分携时候",最难受的是分手的时候。

如果朱淑真真是朱熹的侄女,估计这事能把朱老夫子气死。朱熹一生以克己复礼自豪,岂能容忍侄女不守妇道。

朱淑真的《江城子·赏春》无疑也是写的情人。

斜风细雨作春寒,对尊前,忆前欢。曾把梨花、寂寞泪阑干。芳草断烟南浦路,和别泪,看青山。　　昨宵结得梦姻缘,水云间,悄无言。争奈醒来、愁恨又依然。辗转衾裯空懊恼,天易见,见伊难。

衾裯,被褥床帐等卧具。

朱淑真并不是一开始就不守妇道,她曾经想要改造自己的丈夫。当她丈夫在外做官的时候,她写了一首"圈儿词"寄给他。信上无字,全是圈圈点点。她丈夫莫名其妙,后来看到随下一封信寄来的《相思词》,才明白这是一种情爱密码。

相思欲寄无从寄,画个圈儿替。话在圈儿外,心在圈儿里。单圈儿是我,双圈儿是你。你心中有我,我心中有你。月缺了会圆,月圆了会缺。整圈儿是团圆,半圈儿是

别离。我密密加圈，你须密密知我意。还有数不尽的相思情，我一路圈儿圈到底。

李清照虽然历经乱离，晚景凄凉，但她和赵明诚是志同道合的恩爱夫妻，曾经共度几十年的美好时光。女人是可以依赖回忆生存的，李清照能够活到古稀之年，肯定和她记忆中的幸福婚姻有关。而朱淑真恰好相反，他们夫妻聚少离多，就算丈夫偶尔回来相见，这个不学无术的男人除了和朋友喝酒吹牛，根本没兴趣欣赏朱淑真的锦绣诗文。

少女时代的朱淑真特别喜欢春天，因为她可以在春天的原野上寻找画意诗情。结婚以后她把春天和自己的青春联系在一起，郑重地举行送别仪式。

蝶恋花·送春

楼外垂杨千万缕。欲系青春，少住春还去。犹自风前飘柳絮，随春且看归何处。　　绿满山川闻杜宇。便作无情，莫也愁人苦。把酒送春春不语，黄昏却下潇潇雨。

朱淑真曾经"月上柳梢头，人约黄昏后"，月亮在她心中也有特殊意味，可是她现在却害怕中秋来临，因为丈夫很少回来，中秋之夜她会比平时更感孤单。

中秋闻笛

谁家横笛弄轻清，唤起离人枕上情。
自是断肠听不得，非干吹出断肠声。

韦应物说"断肠春色在江南"，最能理解这句诗的就是朱淑真。如果黄庭坚见过她的词，可能就不会说"解道江南断肠句，只今唯有贺方回"了。朱淑真在《谒金门》中同样提到断肠春色。

> 春已半，触目此情无限。十二阑干闲倚遍，愁来天不管。好是风和日暖，输于莺莺燕燕。满院落花帘不卷，断肠芳草远。

此外她还写过"哭损双眸断尽肠，怕黄昏后到昏黄"，"魂飞何处临风笛，肠断谁家捣夜砧"，"断肠芳草连天碧，春不归来梦不通"。偶尔提及"断肠"你可以说她矫情，反复提及就说明她是真的伤了心。

后来魏仲恭把她的词集题名《断肠集》，应该没有违背"幽栖居士"的本意。女人如花，本当在爱人的呵护下尽情绽放，可是朱淑真却只能在风中独自断肠、独自凋伤。

减字木兰花·春怨

> 独行独坐，独唱独酬还独卧。伫立伤神，无奈春寒著摸人。　此情谁见，泪洗残妆无一半。愁病相仍，剔尽寒灯梦不成。

"著摸"又作"着摸""捉摸"，意思是撩拨、折磨、捉弄。"愁病相仍"，忧愁和病痛循环往复。

在那个女子无才便是德的时代，朱淑真成为才女实属无奈。我相信她宁愿用千首诗篇和万古浮名，来换心上人一夜缱绻。

忍无可忍的朱淑真一气之下离开夫家回到故乡，再也不肯回去独守空房。故乡至少有母亲的怀抱可以依靠，有童年的绿水青山可以遨游。朱淑真不到五十岁就离开人世，父亲觉得她有辱家门，竟然把她的诗稿付之一炬，好在她的诗文已经在民间流传。

朱淑真去世之后不久，宣城文士魏仲恭前往湖南武陵寻访桃花

源，沿路看见客栈中有人在传唱朱淑真词，"每窃听之，清新婉丽，蓄思含情，能道人意中事，岂泛泛所能及，未尝不一唱而三叹也"，于是决定搜集整理朱淑真词。

朱淑真词往往和欧阳修词相混，尤其是《生查子》等比较香艳的词。大家觉得欧阳修写是词家本色，朱淑真写就是行为出格。正是由于这种双重标准的限制，南宋以后再也没有出现李清照、朱淑真这一级别的才女。

朱淑真还留下很多名句，比如"恼人光景又清明""独自倚阑干，夜深花正寒""多谢月相怜，今宵不忍圆""消破旧愁凭酒盏，去除新恨赖诗篇"。此外朱淑真还是个画家，明朝著名书画家沈周称赞过她的诗画，"绣阁新编写断肠，更分残墨写潇湘。"

朱淑真传说中的叔叔朱熹是儒家学说的泰山北斗，他的《四书集注》成为元朝以后的科举考试指定用书。不过受宋朝风气影响，他也写诗填词。他最好的诗是《观书有感》（半亩方塘一鉴开，天光云影共徘徊。问渠那得清如许？为有源头活水来），最好的词是《忆秦娥》。

>梅花发，寒梢挂著瑶台月。瑶台月，和羹心事，履霜时节。　　野桥流水声呜咽，行人立马空愁绝。空愁绝，为谁凝伫，为谁攀折。

"和羹心事"古人把宰相治理国家比喻为调和鼎鼐，调和鼎鼐就是和羹调味，而盐和梅（一咸一酸）是主要调味品，所以《尚书》说"若作和羹，尔惟盐梅"。

朱熹文道合一的理论在一定程度上限制了中国文人的情思。明清两朝的文学成就不如唐宋，程朱理学的大行其道肯定是原因之一。此外他在做官期间还干过一件大煞风景的事。

南宋淳熙年间，台州有个出身书香门第的营妓严蕊色艺双绝，光彩照人。淳熙九年（1182年）金华才子唐仲友出任台州知州，经常邀请严蕊到府上表演。桃花盛开的初春，唐仲友请严蕊填词助兴。严蕊一挥而就，写了一首《如梦令》。

《荷花图》（局部） 清_吴应贞

第二十回　十二阑干闲倚遍　一春长费买花钱

道是梨花不是，道是杏花不是。白白与红红，别是东风情味。曾记，曾记，人在武陵微醉。

当时严蕊且歌且舞，顾盼神飞，在座官员文士无不倾倒。唐仲友当即重赏严蕊。

不久之后的七夕之夜，唐仲友的好友谢元卿来访。谢元卿是个风流浪子，他请严蕊以七夕为题、以他的姓氏"谢"为韵填词。严蕊随手填了一首《鹊桥仙》。

碧梧初出，桂花才吐，池上水花微谢。穿针人在合欢楼。正月露、玉盘高泻。　　蛛忙鹊懒，耕慵织倦，空做古今佳话。人间刚道隔年期，指天上、方才隔夜。

"穿针人"，农历七月七日乞巧节，姑娘们穿针引线验巧，制作物件赛巧，摆上瓜果乞巧。

谢元卿佩服得五体投地，一掷千金请求一亲芳泽。

著名才子陈亮和唐仲友是老乡，他听说台州美女如云，也慕名前来拜访。不久之后就和一个歌妓如漆似胶，忘了国恨家仇。那歌妓以为陈亮可以依靠，主动找唐仲友要求知州大人帮她脱籍从良。唐仲友不满陈亮等人在自己府上喧宾夺主，忍不住说出陈亮穷困潦倒的真相。那歌妓一听立刻反悔，从此再也不理陈亮。陈亮打听到事情原委，一气之下连夜返乡。

当时朱熹提举浙东常平仓，正在陈亮家乡永康。朱熹管的就是钱粮，所以出手大方，他为陈亮准备了一桌丰盛的酒宴。陈亮狼吞虎咽。他离开台州时赌气没要路费，早已饿得前胸贴后背。朱熹随口问："听说你刚从台州回来，仲友没有好好招待？"

"他每天搂着严蕊，完全把我置之度外。"

"不会吧？我觉得他不是重色轻友的人呀。"

"你知道他怎么说你吗？"

"他说我什么啦？"

陈亮还没有完全喝醉，意识到自己不能再说。可是朱熹不干了，一定要陈亮直言，否则这一桌山珍海味都要陈亮买单。陈亮只好招供："他对你的学说不以为然。"朱熹立刻变脸。他越想越气，随即赶往台州巡视，发誓要让唐仲友知道什么叫克己复礼。

宋朝法律允许官员歌妓诗酒唱和，但不能亲密接触。朱熹一到台州，立刻收走唐仲友的官印并把严蕊拘留，要求她招供和唐仲友一夜风流。严蕊坦然承认她和唐仲友确实经常见面，但坚决否认两人有肌肤之亲。朱熹下令用刑。谁知严蕊性情刚烈，打死也不承认。朱熹无可奈何，只好给她安了个罪名发去绍兴坐牢，随后向皇帝连上六疏，弹劾唐仲友有伤风化，要求朝廷查处。

宋孝宗看见朱熹的奏章，询问宰相王淮的意见。王淮说："这只不过是秀才争闲气，完全可以置之不理。"

最后朱熹和唐仲友分别调职，严蕊却被遗忘在绍兴的大牢里。绍兴知州是朱熹信徒，他认为严蕊连累了自己偶像，绝对不能轻易放过。严蕊受尽折磨遍体鳞伤。好在不久之后岳飞第三子岳霖调任浙江提举，他巡视到绍兴后主持公道，撤换了那位知州。岳霖对已经名扬天下的严蕊有几分好奇，下令把严蕊带上公堂。此时的严蕊已经奄奄一息，容颜憔悴，丝毫看不出国色天姿。岳霖让人把严蕊带下去沐浴更衣疗伤休息。

几天之后严蕊再次出现在公堂之上，她那劫后余生的淡定眼神，若不胜衣的怯弱身形，当真是人见人爱，我见尤怜。岳霖心中默念色即是空空即是色才勉强没有失态。他和颜悦色地问严蕊："听说你能歌善舞，能否让大家开开眼界？"

"民女因为大人沉冤得雪，正要向大人献歌致谢。"

严蕊略一思索，随即唱出了那首风情万种的《卜算子》。

不是爱风尘，似被前缘误。花落花开自有时，总是东君主。　去也终须去，住也如何住。若得山花插满头，莫问奴归处。

东君是汉族民间信仰的司春之神。

明朝小说家凌濛初据此演绎出《硬断案朱熹争闲气，甘受刑严蕊传芳名》，收录在他的著名小说集《二刻拍案惊奇》中。经过这场风波之后，严蕊继续卖艺为生，慕名求见的人比以前更多，后来从良嫁给一位丧偶的贵族。

王炎和朱熹不但是江西婺源同乡，同为理学名家，连字号也很像。朱熹字元晦、仲晦，号晦庵、晦翁。王炎字晦叔、晦仲，号双溪。王炎是乾道五年（1169年）进士，做过太学博士和湖州知州，声称"为天子臣，正天子法"，不畏强暴。

王炎活到八十二岁高龄，著述宏富，自比白乐天。白居易风流随性，王炎也萧散多情。

蝶恋花

柳暗西湖春欲暮，无数青丝，不系行人住。一点心情千万绪，落花寂寂风吹雨。　唤起声中人独睡。千里明驼，不踏山间路。谩道遣愁除是醉，醉还易醒愁难去。

千里明驼，北朝乐府民歌《木兰辞》"愿驰千里足"有的版本写作"愿借明驼千里足"或"愿驰明驼千里足"。明驼，段成式《酉阳杂俎》："驼卧，腹不贴地，屈足漏明，则行千里。"

王炎早年做过湖北鄂州崇阳主簿，《点绛唇·崇阳野次》就写于此时。

  雨湿东风，谁家燕子穿庭户。孤村薄暮，花落春归去。浪走天涯，归思萦心绪。家何处，乱山无数，不记来时路。

他的《浪淘沙令》回想年轻时的美好情缘。

  流水绕孤村，杨柳当门。昔年此地往来频，认得绿杨携手处，笑语如存。 往事不堪论，强对清尊。梅花香里月黄昏。白首重来谁是伴，独自销魂。

宋高宗赵构留下千古骂名，但他并非昏庸无能，而是过于精明。他随身携带着一副银质算盘，放弃父兄徽钦二帝和打击岳飞父子都经过反复推算。这种安于现状的人往往身体健康。他当了三十五年皇帝之后又做了二十五年太上皇，活到八十一岁才去见阎王。

相传秦桧是宋体字的发明者，赵构也是个很不错的书法家，而且文采过人精通音律，词牌《舞杨花》就是赵构自度曲。他还写过一组《渔父词》。这组词写于绍兴初年，清新简远，完全看不出赵构当时正疲于奔命。

一

  一湖春水夜来生，几叠春山远更横。烟艇小，钓丝轻，赢得闲中万古名。

二

  远水无涯山有邻，相看岁晚更情亲。笛里月，酒中

身。举头无我一般人。

赵构也善于鉴赏诗词,南宋学者多次提到他对词人的赏识。河南滑州人康与之就是他比较欣赏的词人。康与之的《采桑子》别有风情。

冯夷剪破澄溪练,飞下同云。著地无痕,柳絮梅花处处春。　山阴此夜明如昼,月满前村。莫掩溪门。恐有扁舟乘兴人。

冯夷就是河伯,中国神话传说中的水神。同云是指下雪之前云成一色,有的版本又作"彤云"。词的后半阕用了王子猷"雪夜访戴"的典故。

当时苏州附近的垂虹桥上出现了一首《洞仙歌》词,龙飞凤舞,气韵高古。民间传说是八仙之一的吕洞宾所作。

飞梁压水,虹影澄清晓。橘里渔村半烟草。叹今来古往,物是人非。天地里,惟有江山不老。雨中风帽,四海谁知我。

一剑横空几番过。按玉龙、嘶未断,月冷波寒。归去也,林屋洞天无锁。认云屏烟障是吾庐,任满地苍苔,年年不扫。

玉龙即宝剑,李贺《雁门太守行》:"报君黄金台上意,提携玉龙为君死。"

赵构仔细阅读之后,判断这首词的作者是一个福州秀才,因为只有福州一带的人才会如此用韵。后来证实这首词的作者果然是福建进士林外。

赵构提前退休以后，经常轻装简从漫游西湖。有一天他在断桥附近登岸，看见湖边酒楼的素屏上有人题了一首《风入松》，不禁驻足欣赏。

> 一春长费买花钱，日日醉湖边。玉骢惯识西泠路，骄嘶过、沽酒楼前。红杏香中箫鼓，绿杨影里秋千。　　暖风十里丽人天，花压鬓云偏。画船载取春归去，余情付、湖水湖烟。明日重携残酒，来寻陌上花钿。

赵构见这首词写出了杭州城的太平景象，心花怒放，询问作者名号。店主说是太学生俞国宝。随从立刻把俞国宝找来。赵构对俞国宝大加称赏，不过指出词中有可以改进的地方。他觉得"明日重携残酒"不免寒酸，建议改为"明日重扶残醉"，俞国宝赶紧跪下谢恩。

俞国宝来自才子之乡江西临川，因为这件事一举成名，随即释褐做官，后来成为江西诗派知名诗人，著有《醒庵遗珠集》十卷。他尝到甜头之后又写了一首《风入松》，没有超越前作但也值得一读。

> 东风巷陌暮寒骄，灯火闹河桥。胜游忆遍钱塘夜，青鸾远、信断难招。蕙草情随雪尽，梨花梦与云销。　　客怀先自病无聊，绿酒负金蕉。下帏独拥香篝睡，春城外、玉漏声遥。可惜满街明月，更无人为吹箫。

金蕉指美酒。香篝指熏笼。

"永嘉四灵"是南宋中叶的一个文学流派。他们都是浙江永嘉

人，诗歌风格和人生际遇也有相似之处，而且四人的字号碰巧都有一个"灵"字，赵师秀号灵秀，翁卷字灵舒，徐玑字灵渊，徐照字灵晖，因此人称"永嘉四灵"。

"永嘉四灵"出现的时候，江西诗派已经笑渐不闻声渐悄。江西诗派主张学习杜甫，永嘉四灵主张学习姚合贾岛；江西诗派无一字无来历，永嘉四灵主张尽量不用典故。

永嘉四灵重视五言律诗，但我认为他们写得最好的却是七言绝句。赵师秀的《约客》是我最喜欢的宋诗之一。

黄梅时节家家雨，青草池塘处处蛙。
有约不来过夜半，闲敲棋子落灯花。

徐玑的《新凉》同样如此。

水满田畴稻叶齐，日光穿树晓烟低。
黄莺也爱新凉好，飞过青山影里啼。

著名直臣曹豳也是来自温州，他在家乡教书期间写过一首风格和上面两诗相近的《春暮》。

门外无人问落花，绿荫冉冉遍天涯。
林莺啼到无声处，青草池塘独听蛙。

第二十一回

姜白石商略黄昏雨　刘改之难忘少年游

宋孝宗淳熙三年（1176年）冬天，姜夔途径淮扬。这里是当年虞允文大战完颜亮的战场，十五年后依旧荒凉，"夜雪初霁，荠麦弥望。入其城则四壁萧条，寒水自碧，暮色渐起，戍角悲吟。"

他有感而作《扬州慢》。这首词有两点值得注意，首先这是姜夔自己创立的词牌也就是自己作词作曲，是他现存十七首自度曲中最早的一首。其次这一年姜夔只有二十二岁，因此自比年少风流的杜牧。

淮左名都，竹西佳处，解鞍少驻初程。过春风十里，尽荠麦青青。自胡马窥江去后，废池乔木，犹厌言兵。渐黄昏、清角吹寒，都在空城。　　杜郎俊赏，算而今重到须惊。纵豆蔻词工，青楼梦好，难赋深情。二十四桥仍在，波心荡，冷月无声。念桥边红药，年年知为谁生。

"淮左名都"指扬州，宋朝设有淮南东路和淮南西路，扬州是淮南东路的首府，故称淮左名都。左是古人方位名，面朝南时，东为左，西为右。"竹西佳处"也是指扬州，扬州著名古刹禅智寺又名竹西寺，杜牧《题扬州禅智寺》："谁知竹西路，歌吹是扬州。""春风十里"指杜牧《赠别》："春风十里扬州路，卷上珠帘总不如。""胡马窥江"指金兵侵略长江流域地区，洗劫扬州。"渐黄昏、清角吹寒"，快到黄昏的时候，有人吹起凄凉的号角。"杜郎俊赏"即杜牧的赞赏，唐文宗大和七年（833年）至九年，杜牧在扬州任淮南节度使牛僧孺的掌书记，多次赋诗盛赞扬州和江南。"豆蔻词工"，杜牧《赠别》："娉娉袅袅十三余，豆蔻梢头二月初。""青楼梦好"，杜牧《遣怀》："十年一觉扬州梦，赢得青楼薄幸名。"

这首词是姜夔的成名作，不过此时的姜夔对名利并不看重，他的全部心思都在安徽合肥，那里有一对善弹琵琶的姐妹。现有资料无法确定他是爱上了姐姐还是妹妹。姜夔和这位初恋情人说好几年之后回来娶她，可是几年之后他并没有大魁天下。

我未成名君已嫁，琵琶女结婚后姜夔曾偷偷回过合肥。他一直在心上人的旧居外徘徊，直到夜深人静月照妆台。他想起小山词"当时明月在，曾照彩云归"，不知不觉眼泪掉下来。他始终无法忘记这段情缘，一生写了几十首诗词反复纪念，并且因此婚姻不幸。

淳熙十四年元旦，姜夔在金陵梦见了昔日恋人，这时距离他们分手刚好十年。

踏莎行

燕燕轻盈，莺莺娇软，分明又向华胥见。夜长争得薄情知，春初早被相思染。　　别后书辞，别时针线，离魂暗逐郎行远。淮南皓月冷千山，冥冥归去无人管。

"华胥"意指"梦里"，这个典故出自《列子》："黄帝昼寝而梦，游于华胥氏之国。""别后书辞，别时针线"，可见两人一直藕断丝连，还有书信往还。结尾两句特别有名却意思不明，大致是说心上人独自归去的时候非常孤单，只有淮南皓月冷照千山。

近代词学大师王国维对姜夔颇有微词，但是对这首《踏莎行》无话可说。他在《人间词话》中提到："白石之词，余所最爱者亦仅二语，曰：淮南皓月冷千山，冥冥归去无人管。"

写完这首词之后不久，姜夔在长沙认识了他父亲姜噩的同年进士千岩老人萧德藻，并和萧德藻的侄女结为夫妇。萧夫人嫁妆丰厚，有些金饰玉佩造型古朴，一看就知道不同凡俗。她还特别喜欢吃羊肉，当时因为宋室南渡，很多北方人带来了他们的饮食风俗，南方人也开始吃羊肉，所以姜夔没有特别关注。唯一让姜夔有点意外的是，夫人的陪嫁里还有一副弓箭和一把带着华丽皮鞘的弯刀。

姜夔婚后决定定居湖州，这里地处苏杭之间，美丽富饶。

邻居一家是远近有名的恶棍，兄弟三人横行乡里多年。两家经常发生摩擦，姜夔一直忍气吞声。有一天他正在朋友家里谈诗论文，萧夫人的陪嫁丫环急匆匆跑来报信。

"姑爷，不好了，小姐跟人打起来了。"

姜夔赶紧回家，他的朋友也跟来助威。

姜家门前的空地上，恶霸兄弟的老大和老二趴在地上呻吟，灰头土脸，显然伤得不轻。他们的媳妇跪在一旁，披头散发神情委顿。萧夫人背着弓箭在他们面前踱步，毫发未损。

姜夔和朋友面对这样的场景目瞪口呆。这时人群一阵骚动，恶霸三兄弟中最能打的老三闻讯赶回，还带着一班舞枪弄棒的泼皮无赖。

"谁敢伤我兄弟？赶快出来送死。"

围观的人群不说话，但都望着姜夔的夫人萧氏。

老三比姜夔更加感到难以置信:"是你?"

萧夫人默认。

"不可能。"

萧夫人更不打话,从箭囊里取出羽箭,对准老三及其打手开弓。当时流行苏东坡发明的子瞻帽,无论书生还是文盲都把一顶高筒帽扣在头上。萧夫人箭无虚发,打手们的帽子纷纷飞上半空。那时南宋百姓无论老少都要参加军事训练,所以大家知道萧夫人这种用弓箭摘帽却不伤人的技巧难度很高。老三和他的打手很明智地选择了睦邻友好。经过这件事之后姜夔才知道,萧家竟然是契丹人,而且和契丹萧太后沾亲带故。

姜夔结婚的时候已经三十出头,敏感的萧夫人对自己清俊风雅才华横溢的丈夫会做剩男心存疑虑,找机会偷看了琵琶女写给姜夔的情书。她和姜夔摊牌,姜夔还想抵赖,萧夫人把情书以及姜夔的诗词在八仙桌上一字排开。姜夔惊讶地发现夫人竟然连琵琶女的身高体重三围都已经推算出来,不禁怀疑夫人做过捕快。他不得不承认"我所思兮在合肥"。

在萧德藻劝说下,姜夔答应和情人断绝往来。姜夔一点没有民族团结的使命感,反而时刻害怕自己会被花木兰一箭穿心。他始终担心萧夫人不会放过他,所以经常找借口离家远行。

这年冬天他去苏州拜见范成大,经过吴淞的时候写下名作《点绛唇》。

> 燕雁无心,太湖西畔随云去。数峰清苦,商略黄昏雨。第四桥边,拟共天随住。今何许,凭阑怀古,残柳参差舞。

天随就是姜夔最推崇的晚唐隐逸诗人陆龟蒙。陆龟蒙自号天随子、江湖散人、甫里先生，当年就隐居在附近的松江甫里。

姜夔心高气傲，萧夫人也不肯低头，他们的婚姻始终貌合神离。萧德藻好心办坏事，心中过意不去，所以尽力帮姜夔扬名。当时的重臣名人如宰相京镗、参知政事范成大和文武全才的辛弃疾都非常欣赏姜夔，有些高官甚至特意安排子弟和姜夔往来，其中最值得一提的是姜夔和名将张俊之孙张鉴的交往。张鉴非常欣赏姜夔的才华，两人朝夕相处，情同手足。张鉴见姜夔屡试不第，提出要用钱帮姜夔买官，被姜夔拒绝后，他又想把无锡锡山的一处庄园送给姜夔养家糊口。

那段时间姜夔经常住在杭州，偶尔和张鉴结伴去绍兴漫游，他的七言绝句《萧山》就写在这个时候。

> 归心已逐晚云轻，又见越中长短亭。
> 十里水边山下路，桃花无数麦青青。

张鉴去世后，姜夔感念旧情，经常去张家凭吊。他独坐终日，也不和张鉴的家人说话，到了天黑悄悄回家。

文章信美知何用，漫赢得天涯羁旅，姜夔终究没能通过考试进入仕途。他一生都在路上奔走，山长水远，寂寞孤单，这时唯有对旧情人的怀念让他感到温暖。

> 肥水东流无尽期，当初不合种相思。梦中未比丹青见，暗里忽惊山鸟啼。　春未绿，鬓先丝，人间别久不成悲。谁教岁岁红莲夜，两处沉吟各自知。

这首《鹧鸪天》写于宋宁宗庆元三年（1197年），此时姜夔已经四十出头。"人间别久不成悲"的意思是离别的痛苦已经被岁月冲淡，不会再像当初那样刻骨铭心。

范成大告老还乡后，姜夔成为他的石湖庄园最受欢迎的客人。这年冬天，姜夔"载雪诣石湖，止既月。授简索句，且征新声。作此两曲。石湖把玩不已，使工妓隶习之，音节谐婉。"这就是姜夔著名的自度曲《暗香》《疏影》，词牌名来自林逋的"疏影横斜水清浅，暗香浮动月黄昏"，歌咏的也是梅花。

暗香

旧时月色，算几番照我，梅边吹笛。唤起玉人，不管清寒与攀摘。何逊而今渐老，都忘却、春风词笔。但怪得、竹外疏花，香冷入瑶席。　　江国，正寂寂。叹寄与路遥，夜雪初积。翠尊易泣，红萼无言耿相忆，长记曾携手处，千树压、西湖寒碧。又片片吹尽也，几时见得。

"何逊而今渐老，都忘却、春风词笔"，何逊是南朝梁诗人，他在做扬州法曹时官署旁边有梅花。这里姜夔自比何逊，说自己情怀渐变成衰晚，连一向喜欢的梅花也忘记歌赞。"翠尊易泣"，喝酒的时候容易伤感，"翠尊"指碧玉做成的酒杯。"红萼无言耿相忆"，红梅无言却和我互相怀念。"耿"，耿然于心，不能忘怀。"千树"，西湖孤山梅树成林。

疏影

苔枝缀玉，有翠禽小小，枝上同宿。客里相逢，篱角黄昏，无言自倚修竹。昭君不惯胡沙远，但暗忆、江南江北。想佩环、月夜归来，化作此花幽独。　　犹记深宫旧事，那人正睡里，飞近蛾绿。莫似春风，不管盈盈，早与安排金屋。还教一片随波去，又却怨、玉龙哀曲。等恁时、重觅幽香,已入小窗横幅。

"苔枝缀玉",当时流行种植苔梅,范成大《梅谱》说这种梅花"苔须垂于枝间,或长数寸,风至,绿丝飘飘可玩。""缀玉",梅花像美玉一般缀满枝头。"有翠禽小小,枝上同宿",据托名柳宗元的《龙城录》记载,隋代赵师雄游罗浮山,夜梦与一素妆女子共饮。女子芳香袭人,身边跟随一位能歌善舞的绿衣童子。梦醒后发现自己躺在一株大梅树下,树上有翠鸟欢鸣。"无言自倚修竹",杜甫《佳人》诗:"天寒翠袖薄,日暮倚修竹。""想佩环、月夜归来",杜甫《咏怀古迹五首》其三咏王昭君:"画图省识春风面,环佩空归夜月魂。""犹记深宫旧事,那人正睡里,飞近蛾绿",用寿阳公主事,《太平御览》引《杂五行书》云:"宋武帝女寿阳公主,人日卧于含章殿檐下,梅花落公主额上,成五出花,拂之不去。皇后留之,看得几时。经三日,洗之乃落。宫女奇其异,竞效之,今'梅花妆'是也。""蛾绿"指青绿色的蛾眉。"安排金屋",据《汉武故事》记载,汉武帝刘彻小时候曾对姑母长公主刘嫖说:"若得阿娇作妇,当作金屋贮之。""玉龙哀曲",玉龙即玉笛,哀曲指笛谱《梅花落》。"恁时",那时候。"小窗横幅",陈与义《水墨梅》诗:"晴窗画出横斜枝,绝胜前村夜雪时。"

范成大府上有个歌妓小红仰慕姜夔的才华,经常对女伴说嫁人就嫁姜公子,每次演习姜夔的词曲都故意唱错,希望引起姜夔注意。范成大有成人之美,干脆把小红送给姜夔。小红色艺双绝,比合肥琵琶女更加妩媚。姜夔抱得美人归,比中了进士还春风得意,回家的路上写下《过垂虹》诗:

自琢新词韵最娇,小红低唱我吹箫。

曲终过尽松陵路,回首烟波十四桥。

《海棠蛱蝶图》 宋_佚名

　　想到萧夫人百步穿杨的武艺，姜夔自然不敢把小红带回家去。本来就拙于生计的他只好另外租房安置小红。在范成大去世之后，他不得不以卖字画为生。姜夔后来贫病交加，小红被迫变卖首饰帮姜夔持家。姜夔不想拖累小红，声称自己已经走投无路，狠心逼她改嫁。小红伤心不已，把男方送给她的聘金全部留下后大哭离去。

　　张炎在《词源》中说"姜白石词如野云孤飞，去留无迹"，既是说他的词品，也是说他的个性。姜夔的旧爱新欢伤了萧夫人的心，萧夫人再也不让姜夔进家门。姜夔想回故乡江西鄱阳，可是故乡已经没有亲人，只好寓居浙江武康，住在"白石洞天"附近，友人潘转翁称他为"白石道人"。姜夔在嘉定元年（1208年）病逝于临安旅店。

姜夔的作品有《白石道人歌曲》六卷，其中《扬州慢》《杏花天影》《疏影》《暗香》等词牌都是他自己的发明创造。词集附有"旁谱"也就是原版的乐谱，这是研究古典诗词和音乐关系的珍贵史料。

南宋词人两极分化，辛弃疾等人把词当作战斗檄文，气势逼人但有时难免直露，吴文英等人又过于雕琢，"如七宝楼台，眩人眼目，碎拆下来，不成片段"，唯有姜夔能够做到浑然天成。

刘过和姜夔同乡同龄，他是江西太和人。他的人生际遇和姜夔很像，但是性格却更接近陈亮，喜欢高谈阔论，不停上书朝廷，"陈恢复方略，勇请用兵，谓中原可一战而取"。宰相们一笑置之。他本想通过考试做官，可是"十年无计离场屋，说着功名气拂胸"。考场无功，他又想过上战场，"何不夜投将军扉，劝上征伐鞭四陲。沧海可填山可移，男儿志气当如斯。安能生死困毛锥，八韵作赋五字诗。"

当时宋孝宗已经把皇位让给昏庸的宋光宗，宋光宗不但罢免辛弃疾等主战派大臣，而且和父亲宋孝宗关系紧张。宋孝宗病重之后宋光宗竟然不去探望。绍熙四年（1193年），刘过好友陈亮因为替宋孝宗父子开脱高中状元，急于成名的刘过反其道而行，次年上演震惊朝野的"白衣伏阙"事件。他戴黑帽穿白袍，跪在皇宫大门外放声大哭，请宋光宗遵守孝道。临安百姓纷纷围观。不料此事弄巧成拙，恼羞成怒的宋光宗勒令禁军把他押回老家闭门思过。

刘过一直坚信自己可以衣锦还乡，没想到出现这种情况。他在半路灌醉押送的禁军，逃到当时南宋的军事重镇襄阳。中秋前夕，友人在武昌黄鹤山安远楼为刘过接风洗尘。刘过应歌女黄莺莺求请，写下名作《唐多令》。

芦叶满汀洲，寒沙带浅流。二十年重过南楼。柳下系船犹未稳，能几日，又中秋。　　黄鹤断矶头，故人曾到否？旧江山浑是新愁。欲买桂花同载酒，终不似，少年游。

南楼即安远楼，在今武昌黄鹄山上。姜夔《翠楼吟》词序云："淳熙十三年（1186年）冬，武昌安远楼成。"当时武昌是南宋和金人交战的前线，因此取名安远。"黄鹤断矶头"，黄鹤楼在黄鹤矶上，黄鹤断矶头的意思是黄鹤不再来访。

刘过和姜夔都没有做过官，不过刘过明显比姜夔更洒脱，更懂得享受人生。姜夔人如其词比较清高，曾经婉言谢绝朋友张鉴的财物。刘过则生财有道，既热衷于蹭权贵，也不拒绝朋友的帮助。

宋孝宗决心收复失地，经常检阅禁军。禁军大将郭杲从驾，临安百姓倾城围观。刘过填了一首《沁园春》献给郭将军，把郭杲比作唐朝中兴名将郭子仪。郭杲重赏刘过数十万钱。当时这些钱足够在西湖沿岸买一座产权超过七十年的庄园，刘过也确实有这个打算。远在江西老家的刘过妻儿听到这个消息后扬眉吐气，兴冲冲赶到杭州，却发现刘过醉倒黄公旧酒垆。刘过仅用半年时间，就把这笔巨款挥霍得清洁溜溜。

状元出身的苏州才子黄由官至礼部尚书。他的夫人也是位才女，曾经在临安驿亭书写苏东坡的《赤壁赋》。刘过看到之后故伎重施，又写了一首《沁园春》称赞黄夫人的行书。黄由见夫人得到刘过这样的著名才子赞扬，立刻慷慨解囊。黄家本是苏州巨富，这一次刘过得到的赏钱比上次更多。刘过把一部分钱交给妻儿带回家，剩下的又很快被歌儿舞女笑纳。

这两首词都是献给高官名帅，而且都是《沁园春》这个比较吉祥的词牌，对比刘过啸傲王侯的性格，怎么看都不像是巧合。

刘过一生最值得一提的是他和辛弃疾的交游。他对辛弃疾非常仰慕，曾经说过"只欲稼轩一题品，春风侯骨死犹香"。辛弃疾同样欣赏刘秀才，嘉泰三年（1203年）他在做绍兴知府兼浙东安抚使的时候，寄书邀请刘过相会。刘过因为有事没有立刻动身，写了一封书信解释原因，随信附了一首仿"稼轩体"的《沁园春》。（又是《沁园春》！）

> 斗酒彘肩，醉渡浙江，岂不快哉？被香山居士，约林和靖，与坡仙老，驾勒吾回。坡谓"西湖，正如西子，浓抹淡妆临照台"。二公者，皆掉头不顾，只管传杯。
> 白言："天竺去来，图画里峥嵘楼阁开。爱纵横二涧，东西水绕；两山南北，高下云堆。"逋曰："不然，暗香浮动，不若孤山先访梅。须晴去，访稼轩未晚，且此徘徊。"

斗酒彘肩，据司马迁《史记》记载，鸿门宴上，西楚霸王项羽赐给樊哙一大斗酒和烤熟的猪前肘。

两人一见如故。辛弃疾重金资助刘过。

开禧元年（1205年）辛弃疾做镇江知府的时候，刘过再次到访。不久刘过接到家书母亲重病，只好向辛弃疾辞行。

辛弃疾问："伯母的医药费有吗？"

刘过老实承认："没有。"

"回家的路费呢？"

"也没有。"

辛弃疾说："那你过几天再走吧，我给你想想办法。"

第二天晚上，辛弃疾带领刘过来到镇江万花楼。两人穿着便服，点名要这里的头牌歌妓梅娘陪酒。梅娘正在为一名都吏庆生无法脱身。辛弃疾却不肯罢休，坚持要找梅娘。这名都吏来自镇江当地豪族，听说有人和他抢女人，下令狐朋狗党把他们打出万花楼。

辛弃疾的便衣卫士挺身而出，随手把都吏的同伙扔进长江浊流。

都吏听说自己冒犯了天下第一猛人辛弃疾，当场决定亡命天涯，可是因为受不了苦，没过几天就溜回家。他托人向辛弃疾求情。辛弃疾愿意当面接受他的道歉。

都吏跪在地上磕头请求原谅。

"小人罪该万死。"

"你当时不知道我们是谁，所以我不怪你。"

"多谢大人宽宏大量，小人愿意进行补偿。"

"我还真想请你帮个忙。我朋友刘改之家里有急事需要用钱，你肯定不希望我挪用公款。"

"大人需要多少尽管开口。"

"当然多多益善。不过我们也不能让你为难。"

"请问五千贯够吗？"

刘过喜形于色，辛弃疾却沉下脸。

"你好像不是很有诚意呀。"

那都吏赶紧说："一万贯，我愿意出一万贯。"

就这样刘过轻松得到万贯家财。临上船前辛弃疾对他说："以后花钱省着点，朋友聚会不要总是抢着付钱。"

刘过感激涕零，满口答应。

世界上有四种人的话不可信，他们分别是酒鬼、赌徒、官员和恋爱中的男人。刘过没做过官，但同时具备其他三种身份，所以很快又无钱一身轻。他的酒量特别大，陈亮说"刘郎饮酒如渴虹，一饮涧壑俱成空"。

刘过豪气干云，能歌善饮，所以不但得到辛弃疾这样的英雄欣赏，也经常有美女对他动情。据《浩然斋雅谈》记载，刘过曾经和朋友吴平仲同游富沙。富沙可能就是现在的杭州下沙，也有可能在南京附近。他们一起来到吴平仲相好的歌妓盼儿家饮酒。盼儿久仰刘过大名，希望他给自己填一首词。刘过一气呵成。

长相思

云一涡，玉一梭，淡淡衫儿薄薄罗，轻颦双黛螺。

秋风多，雨相和，帘外芭蕉三两窠，夜长人奈何。

这首词有人认为是李煜亡国前写给皇后周娥皇。我认为李煜那时身为国王，不至于如此凄凉，所以作者更有可能是刘郎。至少盼儿也是这么想，因为她当场移情别恋。两人眉来眼去，完全没把吴平仲放在眼里。吴平仲一怒之下抽刀刺向刘过。刘过整天谈兵论武，身手也确实不错，他侧身一让，吴平仲误伤盼儿。两人都被捕快抓进建康牢房。

当时著名书法家吴琚主管建康军政。刘过上书求情，成语"百口莫辩"就出自刘过这封书信。吴琚看见刘过的书启之后下令放人。事后刘过心有余悸，"春风重到凭栏处，肠断妆楼不敢登"。

刘过晚年本有机会做官，他听说韩侂胄准备北伐，当即"上书欲谒平章去，光范门前肯自媚"，填词为韩侂胄祝寿。开禧北伐失利后，韩侂胄想派一位有胆识声望的人北上和金人谈判，刘过似乎正是合适的人选。刘过听说之后喜不自胜，在酒楼提前摆酒庆贺并轻率漏言。韩侂胄只好另觅人选。

失意的刘过蹇驴破帽来到昆山，投奔故人潘友文。嘉定二年（1209 年）冬，五十六岁的刘过郁郁归天，死后七年才在新来的主簿资助下入土为安。"名满江湖刘改之，半生穷困但吟诗"，龙州道人差点死无葬身之地。

从公元 1206 到 1210 这五年，刘过、杨万里、辛弃疾、姜夔和陆游相继离开人间。他们即使不算南宋五大诗人，也肯定在南宋十大才子的行列。几回天上葬神仙，漏声相将无断绝。

第二十二回

史达祖少年得志　　刘克庄晚节不保

辛弃疾的神奇预言很快开始应验，宋朝真正的对手蒙古骑兵出现在北方的地平线。整个江南都能听到他们闷雷一样的蹄声，山外青山楼外楼的檐间铁无风自振。

蒙古是额尔古纳河流域的一个古老民族，史称"蒙兀室韦"。《旧唐书》和《契丹国志》开始称他们为蒙古。在蒙语中，蒙古的意思是"永恒之火"。

蒙古开国大汗铁木真有兄弟五人，其中他和合撒儿同父同母。和他们同父异母的别克贴儿自视甚高，经常欺侮铁木真和合撒儿。两人决定进行报复，他们躲在别克帖儿后面放箭，本想射别克帖儿的屁股，没想到铁木真一箭正中后心。这是铁木真第一次杀人。

铁木真的崛起从兄弟相残开始，此后他经历无数背叛和报复，公元1206年统一蒙古各部，在斡难河源头成立大蒙古国。诸王和群臣尊他为"成吉思汗"，成吉思汗的意思是"拥有海洋四方的大酋长"，说明蒙古人一开始就把南方沿海看作自己的地盘，可惜南宋君臣不懂蒙语，不然就不会苟且偷安，更不会急于和金国开战。

开禧元年（1205年）五月，宋宁宗发出战争动员令，正式下诏伐金。开禧二年也就是蒙古建国的这一年，平章军国事韩侂胄命令宋军全线出击。叶适认为宋军准备不够充分，拒绝起草宣战诏书。辛弃疾也以《永遇乐·京口怀古》警告韩侂胄不要轻举妄动，以免"元嘉草草，封狼居胥，赢得仓皇北顾"。

韩侂胄置之不理。百足之虫死而不僵，金兵虽然已经不是当初那支两年之内接连吞辽灭宋的雄师，但是对付南宋军队还是绰绰有余，他们很快转守为攻。祸不单行，四川宣抚副使吴曦带领十万大军降金，随即沿江东下夹击南宋最著名的军事重镇襄阳。南宋全境警钟长鸣。

好在上天还不想放弃南宋。吴曦的叛国行径激怒了兴州中军正将李好义、合江仓官杨巨源等人，他们和吴曦卫士里应外合，冲进吴曦行宫刺杀已经称王的吴曦并传首临安。

与此同时，大内高手夏震等人埋伏在杭州玉津园。一座八抬大轿出现在清晨的薄雾中，前后护送的骑兵衣甲鲜明。夏震突然出现，高喊"奉旨捉拿韩侂胄，谁敢抗拒诛九族"。大内高手上前把韩侂胄劫走。韩侂胄认为上朝之后还有机会为自己辩护，约束卫兵退后。他的卫队以为禁军只是把主人带回朝廷受审，也没有全力以赴。谁知这只是缓兵之计，夏震一声狂笑，当场把韩侂胄斩首。

幕后主使杨皇后和礼部侍郎史弥远闻讯大喜，命令夏震把韩侂胄的首级送往金国求和。此时恰好金国大将仆散揆病死，浴血奋战的淮南军民也已经把金兵成功阻滞。金人被迫同意和南宋罢兵，双方签订"嘉定和议"。

史达祖的人生随着韩侂胄浮沉。

韩侂胄是北宋名臣韩琦五世孙。他母亲是宋高宗皇后的妹妹，也就是说他是宋高宗的外甥。名臣后裔加上皇亲国戚，韩侂胄很快就出人头地。韩侂胄力主抗金，当时他的主张吸引了南宋所有热血

青年。成王败寇，若不是后来北伐失败，史达祖投奔韩侂胄没有任何错误。

韩侂胄当国时，史达祖是最亲信的幕僚，"奉行文字，拟帖撰旨，俱出其手"，并一度出使金国。史达祖虽然只是韩侂胄的"堂吏"，在政府机构中甚至没有编制，但很多文臣武将在他面前大气不敢出，因为得罪他就等于得罪了韩侂胄。当时史达祖年轻气盛，多少参与了一些官场争斗，所以后来在他失去靠山之后，那些昔日以请他吃饭为荣的官员立刻变脸，给他加了很多莫名其妙的罪名。

史达祖以咏物词见长，他的咏物词和姜夔齐名，在周邦彦之上。代表作《东风第一枝·春雪》和《绮罗香·春雨》被后世誉为"咏物双璧"。

《东风第一枝》渲染春雪的凄迷清冷。

巧沁兰心，偷黏草甲，东风欲障新暖。谩凝碧瓦难留，信知暮寒犹浅。行天入镜，做弄出、轻松纤软。料故园、不卷重帘，误了乍来双燕。　青未了、柳回白眼；红欲断、杏开素面。旧游忆著山阴，后盟遂妨上苑。寒炉重暖，便放慢春衫针线。恐凤靴、挑菜归来，万一灞桥相见。

"草甲"，草的外表，也可能指蓑衣。"行天入镜"，来自韩愈《春雪》诗："入镜鸾窥沼，行天马度桥。""忆着山阴"，用王徽之雪夜访戴故事。王徽之字子猷，王羲之第五子，他在雪夜从山阴坐船去剡县访问戴逵戴安道，至戴门前而返。别人问他原因，他说："乘兴而来，兴尽而返，何必见。""灞桥"在长安城外，此指南宋都城杭州城外。

挑菜是指挑菜节，又名花朝节、花神节。花朝节由来已久，而且根据南北方气候的不同日期不一，通常是每年农历二月十二或十五日。据说这一天是"百花生日"、"花神生日",人们结伴到郊外游览赏花,挑食野菜,品尝时鲜。姑娘们剪五色彩纸粘在花枝上,称为"赏红"。南朝梁元帝有花朝诗,"花朝月夜动春心,谁忍相思不相见"。唐朝诗人郑谷有《蜀中春雨》诗,"和暖又逢挑菜日,寂寥未是探花人。"

《绮罗香》描写春雨的空蒙新润。

> 做冷欺花,将烟困柳,千里偷催春暮。尽日冥迷,愁里欲飞还住。惊粉重、蝶宿西园;喜泥润、燕归南浦。最妨他佳约风流,钿车不到杜陵路。 沉沉江上望极,还被春潮晚急,难寻官渡。隐约遥峰,和泪谢娘眉妩。临断岸、新绿生时,是落红、带愁流处。记当日、门掩梨花,剪灯深夜语。

《绮罗香》词牌的发明人可能就是史达祖,因为在他之前没人写过。"绮罗香"指富贵繁华景象,唐宋人多用于诗词,如秦韬玉诗:"蓬门未识绮罗香,欲遣良媒益自伤。""做冷欺花",制造寒冷,妨碍鲜花开放。"冥迷",迷蒙。"粉重",蝴蝶身上的花粉被春雨淋湿飞不起来。"钿车",古代贵族妇女所乘豪华马车。"杜陵"即乐游原,在陕西长安东南。"官渡",公用的渡口。"谢娘"即谢秋娘,唐代歌妓。

这两首咏物词尽态极妍,写景和用典融合得天衣无缝。不过有人认为这两首词还没有进入化境,《双双燕》才是史达祖的第一名篇。

> 过春社了,度帘幕中间,去年尘冷。差池欲住,试入旧巢相并,还相雕梁藻井,又软语商量不定。飘然快拂花梢,翠羽分开红影。 芳径,芹泥雨润。爱贴地争飞,竞夸轻俊。红楼归晚,看足柳昏花暝。应自栖香正稳,便

忘了天涯芳信。愁损翠黛双蛾,日日画阑独凭。

《双双燕》这个词牌可能也是史达祖创始。"春社",古代春天祭祀土地神的社日,通常是立春后第五个戊日。"度",穿过。"差池",燕子飞行时前后错落,尾翼舒张。"相",仔细看,就是相亲的"相"。"软语",燕子的呢喃声。"红影",花影。"柳昏花暝",柳色昏暗,花影迷蒙。"栖香",栖息正香,睡得很好。"天涯芳信",给闺中人传递远方来的书信,古有双燕传书之说。"翠黛双蛾"指闺中少妇。

史达祖字邦卿号梅溪。明末著名藏书家毛晋说"余幼读《双双燕》词,便心醉梅溪"。王士禛也说"仆每读史邦卿咏燕词,以为咏物至此人,巧极天工矣",可见这首词深受名家推许。

以上几首咏物词通篇都没有提及雨雪和燕子,有些评论家因此大声叫好,其实这是古人填写咏物诗词的基本技巧。

在史达祖的人生经历中,最值得一提的不是他曾经大权在握翻云覆雨,而是他因为科举失利,不得不屈身为吏。封建社会官和吏的区别相当于正妻和使女。读书人若非生活所迫都耻于为吏,唐朝诗人高适说"乍可狂歌草泽中,宁堪作吏风尘下?"明末清初的顾炎武甚至痛骂吏胥"行己若狗彘,噬人若虎狼"。清代学者钱大昕说"自明中叶以后,士大夫之于胥吏,以奴隶使之,盗贼待之"。

在暖风丽日的西湖,史达祖始终像个走马观花的游客。我想在他的内心深处,其实知道此地不可久留,只是无法抗拒权力的诱惑。除非在官场斗争中失败,否则很少有人会主动离开。

临江仙

倦客如今老矣,旧时不奈春何!几曾湖上不经过?看花南陌醉,驻马翠楼歌。　　远眼愁随芳草,湘裙忆着春罗。枉教装得旧时多。向来箫鼓地，犹见柳婆娑。

"枉教装得旧时多"，尽管现在的歌儿舞女花枝招展远胜从前，但我已经不是多情少年。

几乎所有学者都对史达祖的咏物词津津乐道，我最喜欢的却是他的《临江仙·闺思》。史达祖年轻时很可能去过扬州，并且爱上了一个风轻云淡的女子。

愁与西风应有约，年年同赴清秋。旧游帘幕记扬州。一灯人着梦，双燕月当楼。　　罗带鸳鸯尘暗澹，更须整顿风流。天涯万一见温柔，瘦应因此瘦，羞亦为郎羞。

如果让我来编选史达祖的词集，我一定把这首《临江仙》放在卷首。"愁与西风应有约，年年同赴清秋"造语新巧。"天涯万一见温柔"有种只可意会不可言传的美妙。

清朝学者李调元特别喜欢梅溪词，他的《雨村词话》卷三有

《写生珍禽图》（局部）　五代_黄筌

《史梅溪摘句图》，自称对《梅溪词》爱不释手。周济则有所保留，他说"梅溪甚有心思，而用笔多涉尖巧，非大方家数，所谓一钩勒即薄者。梅溪词中，喜用偷字，足以定其品格矣。"这是对史达祖最著名的评论，可惜充满傲慢与偏见。史达祖的堂吏身份以及明清士大夫对胥吏的轻视使周济有失公允。林逋也写过"霜禽欲下先偷眼，粉蝶如知合断魂"，可是从来没有人以此非议和靖先生。

史达祖因为追随韩侂胄城门失火殃及池鱼。刘克庄早年不畏强暴，可惜后来晚节不保，趋奉南宋最后一位权奸贾似道。

刘克庄字潜夫，号后村居士，福建莆田人。他和大宋提刑官宋慈是太学同学，师从著名学者真德秀。刘克庄在读书期间就声名远扬，中年以后他曾以《贺新郎》回首往事，自豪的同时无限感伤。

> 湛湛长空黑，更那堪、斜风细雨，乱愁如织。老眼平生空四海，赖有高楼百尺。看浩荡千崖秋色。白发书生神州泪，尽凄凉不向牛山滴。追往事，去无迹。　少年自负凌云笔，到而今春华落尽，满怀萧瑟。常恨世人新意少，爱说南朝狂客，把破帽年年拈出。若对黄花孤负酒，怕黄花也笑人岑寂。鸿去北，日西匿。

"湛湛"，深厚的样子。"高楼百尺"，用元龙百尺楼的典故，前文已多次提到。"白发书生神州泪，尽凄凉不向牛山滴"，用牛山滴泪典故。牛山在今山东淄博市东，春秋时齐景公登上牛山有感于人终有一死而悲哀落泪，当场遭到晏子嘲笑，典出《晏子春秋》和《韩诗外传》。"西风吹帽"说的是孟嘉落帽事。孟嘉是陶渊明的外祖父，他做过东晋大将军桓温的参军，重阳节陪桓温登临龙山。当时大家都全副武装，一阵风把孟嘉的帽子吹落地下。桓温示意大家不要让孟嘉知道，待孟嘉上厕所后命令孙盛撰文嘲笑。孟嘉回来后当即作文还击，才思敏捷令人叹服。

刘克庄虽然才华横溢，但他不知何故没有参加进士考试，而是以父荫进入仕途，做了福建建阳知县。建阳正是宋慈的家乡。嘉定十七年（1224年）真德秀衣锦还乡，他的家乡浦城紧邻建阳。刘克庄趁机携带《落梅》诗登门拜访。这首诗的最后一句是"东风谬掌花权柄，却忌孤高不主张"。

宋宁宗嘉定十七年，宰相史弥远废除皇位继承人赵竑改立比较听话的赵昀。次年湖州太学生潘壬起兵拥立赵竑为帝。赵竑本来也想趁机翻盘，可当他看见追随潘壬的只有百十个手持钢叉的渔民后，立刻下令把叛党捉拿归案。史弥远矫诏令赵竑自尽。史弥远擅权废立引起朝野反弹。

与此同时，杭州书商陈起刊刻的《江湖集》出版发行。刘克庄、戴复古、叶绍翁等人因此名扬四海，人称江湖诗派。江湖诗人普遍沉沦下僚甚至布衣终身，刘克庄也是后来才做高官。

陈起本人也是一位诗人，他把刘子翚的"夜月池台王傅宅，春风杨柳太师桥"改为"秋雨梧桐皇子宅，春风杨柳相公桥"。史弥远党羽把这句诗和刘克庄的"东风谬掌花权柄，却忌孤高不主张"视为攻击史弥远的罪证。朝廷下令镇压江湖诗人，同时禁止全国士大夫写诗。这个禁令一直持续到史弥远寿终正寝，刘克庄因此沉沦十年。

宰相郑清之为刘克庄鸣不平。刘克庄被起用为潮州通判。他的《一剪梅》就写于赴任广东之前，当时好友王迈在风亭为他践行。

束缊宵行十里强，挑得诗囊，抛得衣囊。天寒路滑马蹄僵，元是王郎，来送刘郎。　　酒酣耳热说文章，惊倒邻墙，推倒胡床。旁观拍手笑疏狂，疏又何妨，狂又何妨。

束缊是指用乱麻搓成的火把。

刘克庄在广东政绩突出为官清廉。淳祐六年（1246年）宋理宗以"文名久著，史学尤精"赐刘克庄进士出身。刘克庄历任翰林院编修、中书舍人。刘克庄和他的本家刘长卿一样刚而犯上，多次和皇帝宋理宗对着干，拒绝为奸臣撰写委任状。

刘克庄是南宋后期的文坛领袖，"自少至老，使言诗者宗焉，言文者宗焉，言四六者宗焉。"冯煦认为他可以和陆游、辛弃疾鼎足而立。

他的《清平乐》神似辛弃疾的作品，妙想天开豪气干云。

风高浪快，万里骑蟾背。曾识姮娥真体态，素面原无粉黛。　身游银阙珠宫，俯看积气蒙蒙。醉里偶摇桂树，人间唤作凉风。

刘克庄认为男人不该花天酒地儿女情长，而应心系边疆横戈北上。

木兰花·戏林推

年年跃马长安市，客舍似家家似寄。青钱换酒日无何，红烛呼卢宵不寐。　易挑锦妇机中字，难得玉人心下事。男儿西北有神州，莫滴水西桥畔泪。

"林推"，姓林的推官。"长安"，借指南宋都城临安。"客舍似家家似寄"，意思是在外奔波的日子多于住在家里。"寄"，客居。"青钱"，古铜钱成色不同，分青钱、黄钱两种。"无何"，不管其他的事情。"红烛呼卢"，晚上点起蜡烛赌博。呼卢是古时一种赌博方式，又叫樗蒲。"易挑锦妇机中字"，化用前秦窦滔之妻苏蕙织回文诗以寄其夫的典故。"难得玉人心下事"，那些歌妓的心事不可捉摸。"玉人"，美人，下一句提到的水西桥在福建建瓯闽水之西，那里是当时歌妓聚居地，由此可见这里的玉人是指歌妓。

景定元年（1260年），贾似道再次拜相。刘克庄与贾似道是故交，连进贺表。由于贾似道的推荐，刘克庄重新回朝做官，此事遭到后世讥讽。咸淳四年（1268年）以龙图阁学士致仕，次年正月病逝。

刘克庄字潜夫号后村，著作宏富，《后村先生大全集》有两百卷之多。他和刘过、刘辰翁并称"辛派三刘"，同时还是江湖诗派的灵魂人物。他的《后村诗话》是比较重要的诗歌理论著作。

和刘克庄同为江湖派大将的戴复古是浙江黄岩人。戴复古从小醉心诗学，曾经专程上门向陆游求教。他一生三次出游，时间长达四十年，踏遍当时南宋境内的几乎所有绿水青山。

有一年戴复古经过江西武宁，当地一个读过点书的乡绅偶然看见他的诗文，觉得他很有才华，主动提出要把女儿嫁给他。戴复古看见江西妹子美丽温柔，略微犹豫就答应了。几年后思乡心切的戴复古打点行装准备回家，江西妹子想跟他一起走被他拒绝。在江西妹子追问之下，戴复古承认在老家另有妻儿。他岳父得知这个消息后非常气愤，召集子侄把戴复古扣押。江西妹子偷偷放走戴复古并把首饰送给他做盘缠。戴复古发誓一定会回来找她。

戴复古回家后发现结发妻子已经病故，他感慨"求名求利两茫茫，千里归来赋悼亡"，这句看似平淡的诗一语道尽古代读书人的凄凉。此时戴复古的两个儿子只有十岁出头，他不得不在家种地养蚕照顾一家老小。

江西妹子送别戴复古后，每天站在妆楼凝望，期盼戴复古出现在远方的山口。几年之后家里催她改嫁。她不愿意再婚，留下一首《祝英台近》含恨自尽。

惜多才，怜薄命，无计可留汝。揉碎花笺，忍写断肠

句。道旁杨柳依依,千丝万缕,抵不住、一分愁绪。如何诉?便教缘尽今生,此身已轻许。捉月盟言,不是梦中语。后回君若重来,不相忘处,把杯酒、浇奴坟土。

戴复古十年之后才回到武宁,看见江西妹子留下的词后放声大哭。满怀愧疚的戴复古填了一首《木兰花慢》放在江西妹子坟头。

莺啼啼不尽,任燕语,语难通。这一点闲愁,十年不断,恼乱春风。重来故人不见,但依然、杨柳小楼东。记得同题粉壁,而今壁破无踪。　兰皋新涨绿溶溶,流恨落花红。念着破春衫,当时送别,灯下裁缝。相思谩然自苦,算云烟、过眼总成空。落日楚天无际,凭栏目送飞鸿。

此后戴复古虽然天涯漂泊,但每年清明都尽可能赶到江西武宁扫墓。

晚年在邵武太守王子文的邀请下,戴复古做过几年军学教授,和当时只有二十出头的《沧浪诗话》作者严羽交游。临终之前他要求子孙把他葬在家山的北面,因为那里可以遥望江西武宁,子孙虽不情愿也只好照办。

福建浦城人叶绍翁也是江湖派著名诗人,他祖父李颖士官至大理寺丞、刑部郎中,受赵鼎牵连被贬。家道中落的叶绍翁不得不过继给浙江龙泉叶姓。他和老乡真德秀过从甚密,早年做过几任小官,中年以后长期隐居西湖之滨。叶绍翁当时的名声不如刘克庄,但现在却后来居上,因为他的两首诗都上了小学课本。

夜书所见

萧萧梧叶送寒声,江上秋风动客情。

知有儿童挑促织，夜深篱落一灯明。

游园不值

应怜屐齿印苍苔，小扣柴扉久不开。
春色满园关不住，一枝红杏出墙来。

叶绍翁还写过《岳武穆王墓》痛斥权奸毁我长城，遗憾岳飞未能像范蠡那样身名两全。岳飞之孙岳珂感谢他仗义执言，把岳飞的遗物送给他作为纪念。

万古知心只老天，英雄堪恨复堪怜。
如公少缓须臾死，此虏安能八十年。
漠漠凝尘空偃月，堂堂遗像在凌烟。
早知埋骨西湖路，悔不鸱夷理钓船。

鸱夷是一种皮革做的口袋，可以用来装酒。春秋吴国大夫伍子胥和越国大夫范蠡都和鸱夷有关，两个政治军事对手牵涉同一个典故。伍子胥帮吴王阖闾成就霸业，却被阖闾儿子夫差听信谗言恩将仇报。伤心绝望的伍子胥要求家人在他死后把他的眼睛挂在苏州城门上，他要亲眼看着吴国被越国灭亡。夫差听说后勃然大怒，下令用鸱夷装着伍子胥的遗体抛弃在钱塘江中。死不瞑目的伍子胥鼓起波涛，现在名扬天下的钱塘江潮据说就是这么来的。范蠡在帮助越王勾践灭吴后急流勇退，化名鸱夷子皮，带着西施泛舟太湖，后来隐居山东定陶，三次经商成巨富又三次散尽家财。他自号陶朱公，后世奉为财神。本诗中的鸱夷应该是指范蠡，叶绍翁认为岳飞应该早作打算，不值得为南宋小朝廷枉送性命。

第二十三回

听风听雨过清明　故国故园来梦境

　　成吉思汗建国后随即东征西讨，重创西夏和金国。公元1227年，成吉思汗在征讨西夏途中病逝六盘山，他的第三个儿子窝阔台继位蒙古大汗。成吉思汗临终遗嘱利用宋金世仇联宋灭金，八年之后金国最后的堡垒蔡州城被宋军攻陷。南宋名将孟珙把金国王妃扔到床上，一边报复当年金人对徽钦二帝后妃公主的凌辱一边鬼哭神嚎。成吉思汗的孙子忽必烈此时正好二十岁，听到这个消息后放声大笑。

　　踏平金国后窝阔台带领蒙古大军北返。南宋朝廷想趁机收复洛阳、汴梁、商丘三座旧京，派兵如影随形。蒙军掘开黄河大堤水淹宋军。次年蒙古人在第二次西征的同时派兵南下伐宋，遭到宋军顽强抵抗。南宋名将孟珙率军取得江陵大捷。第一次蒙宋战争以蒙古失利告终。

　　蒙古全盛时期先后发动三次西征，总共征服了超过四十个国家，整个欧洲都匍匐在蒙古铁骑的弯刀之下，其中拔都建立的金帐汗国统治俄罗斯长达两百年。当蒙古大军正朝音乐之都维也纳前进时，窝阔台因为酗酒突然驾崩。此后蒙古铁骑再也无意西征，但欧洲人不敢心存侥幸，至今遍布欧洲的城堡就是因此而建。

成吉思汗第四子拖雷的长子蒙哥继任蒙古大汗。蒙哥在位期间发动了蒙宋之间的第二次战争。蒙古大军兵分三路，蒙哥御驾亲征四川。所向无敌的蒙古铁骑在重庆以北的合州钓鱼城下遭遇前所未有的惨败，蒙哥被宋军大炮炸飞。进围鄂州的蒙古中路军统帅忽必烈主动撤退回国争夺汗位。和他对位的南宋右丞相贾似道没有放过这个给自己脸上贴金的机会，趁机杀了几个醉酒掉队的散兵游勇，鼓动幕僚把这点微不足道的战绩和蒙军撤退联系起来。南宋人民群众喜出望外，载歌载舞欢迎大败蒙古铁骑的军事天才。

黄金家族展开新一轮蒙古汗位争夺战，最终胜出的是拖雷第四子忽必烈。南宋这个打不死的小强终于迎来了自己的终结者。

在偏安江左的所有政权中，南宋支撑了一百五十年，有史以来最长。在中原王朝面临的所有外敌中，蒙古人横扫欧亚大陆，有史以来最强。

冷兵器时代勇气和人口是战争胜负的决定因素。南宋君臣犯了两个战略错误，先是联金灭辽，接着在蒙古和金之间选择蒙古。南宋淮西转运使乔行简是少数比较清醒的大臣之一，他上书指出蒙古才是最强大的敌人，应该利用金人抵挡蒙古铁骑，否则唇亡齿寒最终南宋也不能幸存。可惜南宋君臣只顾眼前利益，在帮助蒙古统一北方之后，南宋的人口优势荡然无存。当人口和勇气都在向北方倾斜的时候，长江天险就成了一道只防君子不防小人的篱笆，南宋已经在劫难逃。

蒙古早已有了灭宋的企图，南宋君臣却在人间天堂尽情遨游。北宋不再金吾禁夜，南宋依然如此。据周密《武林旧事》记载，那时杭州酒楼"歌管欢笑之声，每夕达旦，往往与朝天车马相接，虽

风雨暑雪，不少减也。"

贾似道在西湖有一艘豪华游船，除了刘克庄，另一位著名词人吴文英也经常出现在船上。吴文英号梦窗，周密号草窗，两人并称"二窗"。

吴文英一生做过三个重大决定，前两个他一辈子都不后悔，第三个他后悔了一辈子。

他出生在浙江宁波的一个小镇，本名翁文英。小时候他经常跟母亲去外婆家做客，一住就是十天半月。外婆家在一个美丽的小山村，那里山清水秀，鸟语花香，漫山遍野都是瓜果，这在幼小的吴文英看来简直就是人间天堂。吴文英每次做客都不愿意回家，三岁这年他做了人生第一个重大决定，宣布留在外婆身边。到了上学启蒙的年龄他依然不肯回家，随母姓改名吴文英进入村里的学堂读书。父母无奈只好随他。

直到外公外婆去世吴文英才回到父母身边。嘉定十年（1217年）他哥哥翁逢龙考中进士，耽于诗词的吴文英却在这时做出了人生第二个重大决定，宣布放弃科举。此事在今天看来平淡无奇，但是唐宋以后这样做的文人寥寥无几。李白这样做了，所以他成了诗仙。林逋这样做了，所以他成了仅次于陶渊明的隐逸诗人。吴文英这样做了，所以他成为南宋著名词人。

宋理宗绍定五年（1232年），三十出头的吴文英来到苏州做幕僚，在苏州住了十多年。名作《八声甘州·陪庾幕诸公游灵岩》就写于这段时间。庾幕是幕府僚属的美称。

渺空烟四远，是何年、青天坠长星。幻苍崖云树，名娃金屋，残霸宫城。箭径酸风射眼，腻水染花腥。时靸双鸳响，廊叶秋声。　宫里吴王沉醉，倩五湖倦客，独钓醒醒。问苍波无语，华发奈山青。水涵空、阑干高处，送乱鸦、斜日落鱼汀。连呼酒，上琴台去，秋与云平。

这首词焕彩奇文，把吴越争霸的往事写得别开生面。"长星"即彗星。"幻苍崖云树，名娃金屋，残霸宫城"，意思是苍崖云树、名娃金屋、残霸宫城在眼前变幻。"名娃金屋"用汉武帝金屋藏娇的故事，借指吴王夫差在灵岩山上为西施修建的馆娃宫。"残霸"即吴王夫差，他曾破越败齐争霸中原，却对卧薪尝胆的越王勾践缺乏警觉，终为越国所败身死国灭。"箭径"即采香径，《苏州府志》："采香径在香山之旁，小溪也。吴王种香于香山，使美人泛舟于溪水采香。今自灵岩山望之，一水直如矢，故俗名箭径。""酸风射眼"，寒风吹痛眼睛，化用李贺《金铜仙人辞汉歌》："魏官牵牛指千里，东关酸风射眸子。""腻水"，宫女卸妆的脂粉水。"靸"（sǎ），一种草制的拖鞋，这里指穿着拖鞋。"双鸳"，鸳鸯履，女鞋。"廊"即响屟廊，《吴郡志·古迹》："响屟廊在灵岩山寺，相传吴王令西施辈步屟。廊虚而响，故名。""五湖倦客"指范蠡，范蠡辅佐越王勾践灭吴后，功成身退，泛舟五湖。古代五湖专指太湖及其周边湖泊。"醒醒"，清楚、清醒。"涵空"，水面倒映天空。

吴文英在苏州期间还邂逅了一位苏州美女，不过他没有像贺铸那样失之交臂，而是追到女子家里把她明媒正娶。他们经常在暮烟疏雨中携手走过枫桥。

淳祐三年（1243年）他带着苏州女子来到京城杭州，和大哥翁逢龙同游西湖。当时杭州是世界上最繁华的城市，可是苏州女子却念念不忘故乡的虎丘剑池、横塘风日，经常要求吴文英跟她回去。

"你当初答应我留在苏州我才嫁给你。"

"我们现在回苏州就必须住在你父母家，我真的不想寄人篱下。"

"你说话不算数，我也没必要信守承诺。"

"我现在进展还不错，嗣荣王赵与芮、参知政事吴潜、京湖制置大使贾似道、史弥远公子史宅之都是我的朋友。你再等我两年，他们一定会推荐我做官。"

"他们如果在意你，早就可以推荐你。"

"其他人我不敢说，吴潜是我哥哥的进士同年，他肯定会帮我。"

"你继续追逐你的荣华富贵，而我想要的一切都在姑苏城外。"

"你要是特别想家，先回苏州住一段时间也行。我一有空就去苏州找你。"

"你没必要来找我，你也找不到我。"

在功名和爱情之间，吴文英选择功名，这是他人生第三个重大决定。他每天忙于和达官贵人应酬，没有注意到苏州美女的星眸逐渐暗淡，直到有一天离家出走。吴文英心存侥幸，他认为爱妾只是一时冲动，很快就会回到他身边。可是一晃几年过去，他再也没有听到苏州美女的消息。

吴文英每天流连西湖，不是在画船听歌，就是在高楼观舞。那些歌儿舞女见他是王侯将相的座上宾，也对他眉目传情。这种天下寒士艳羡的生活吴文英却度日如年。有一天他在醉梦之中和苏州美女相顾无言，醒来以后泪流满面。

吴文英回到苏州寻梦，却发现爱妾全家已经人去楼空。他走遍苏州城也没有打听到爱妾的行踪，只好收拾行囊踏上归程。临走那天他特意去了一趟枫桥，伫立桥头独自伤神。

忽然他看见枫江对岸有个红裙女子神似伊人，正想坐船过江相认，一阵桃花雨飘过，那位女子已经不见踪影。

吴文英无奈回到杭州，在清明过后写下名作《风入松》。

听风听雨过清明，愁草瘗花铭。楼前绿暗分携路，一丝柳、一寸柔情。料峭春寒中酒，交加晓梦啼莺。　　西园日日扫林亭,依旧赏新晴。黄蜂频扑秋千索,有当时、纤手香凝。惆怅双鸳不到,幽阶一夜苔生。

"听风听雨过清明"和冯延巳的"百草千花寒食路"一样平淡而有味,这就是苏东坡推崇的"外枯而中膏,似淡而实美"。瘗花即葬花,瘗和艺同音,南北朝第一才子庾信写过《瘗花铭》。黛玉葬花是《红楼梦》最动人的情节。分携就是分手,同时还有"携手暗相期"的意思。双鸳指情人的那双绣花鞋。

"黄蜂频扑秋千索,有当时、纤手香凝",由黄蜂频扑联想到秋千上留有她的香泽,含蓄深情文辞华美,这正是婉约词的最高境界。这首词可以比肩贺铸的《鹧鸪天·重过阊门万事非》和苏东坡的《江城子·十年生死两茫茫》,在很多明清词论家的眼中甚至后来居上。

吴文英对苏州女子难以忘怀,他认为那天在枫桥看见的红裙女子就是自己爱妾,后来又以一首《踏莎行》怀念旧爱。

润玉笼绡,檀樱倚扇。绣圈犹带脂香浅,榴心空叠舞裙红,艾枝应压愁鬟乱。　　午梦千山,窗阴一箭。香瘢新褪红丝腕。隔江人在雨声中,晚风菰叶生秋怨。

"润玉笼绡,檀樱倚扇",肌肤如玉,樱桃小口,身穿薄纱衣服,手持轻罗小扇。"绣圈"圆形绣花图案。"榴心",石榴子花纹。"艾枝",用艾叶做成虎形或剪彩为小虎,戴在头上庆祝端午。"一箭"指刻漏,古代计时工具。"香瘢",指女子手腕压痕。"红丝腕",端午节以五色丝系在手腕驱鬼祛邪。"菰",水生植物,也称茭白。

清朝词学家周济说吴文英词"水光云影,摇荡绿波,抚玩无极,追寻已远。"王国维不以为然,但是承认"隔江人在雨声中,晚风菰叶生秋怨"符合这一标准。

当时杭州京杭大运河畔有座化度寺,往返苏杭的船只都要经过这里。吴文英常在化度寺前徘徊,希望得到苏州美女的消息。

鹧鸪天

池上红衣伴倚阑,栖鸦常带夕阳还。殷云度雨疏桐落,明月生凉宝扇闲。　乡梦窄,水天宽,小窗愁黛淡秋山。吴鸿好为传归信,杨柳阊门屋数间。

"殷云度雨"即浓云送雨。"阊门"是苏州古城的西门,通往虎丘方向。

苏州女子是吴文英一生至爱,失去她的悲哀难以排解。不过吴文英词并不只有哀伤,比如同写萧瑟秋景、羁旅离愁,他的《唐多令》《浣溪沙》就清新浏亮,即使有愁,也只是淡淡轻愁。

唐多令

何处合成愁?离人心上秋。纵芭蕉、不雨也飕飕。都道晚凉天气好,有明月、怕登楼。　年事梦中休,花空烟水流。燕辞归、客尚淹留。垂柳不萦裙带住,漫长是、系行舟。

浣溪沙

门隔花深梦旧游,夕阳无语燕归愁,玉纤香动小帘钩。　落絮无声春堕泪,行云有影月含羞,东风临夜冷于秋。

南宋后期官场人满为患,吴文英渴望做官,权贵们却不愿推荐他，因为他们需要他的帮闲才华。吴文英有苦说不出，只好把主要精力用来琢磨词稿。前辈婉约词人周邦彦和姜夔已经尽态极妍，吴文英依然可以花样翻新。纪晓岚主编的《四库全书总目提要》说"词家之有文英，亦如诗家之有李商隐"。

吴文英做过吴潜多年幕僚，后来吴潜死于贾似道诬陷，吴文英依然和贾似道往来频繁，时论认为他没有是非观念。不过夏承焘等人认为吴文英虽然和权贵往来，但是只是寻常应酬，并没有利用这种关系得到好处。

吴文英精通乐理，能自度曲，《古香慢》《霜花腴》《玉京谣》《莺啼序》等都是他自己创造。其中《莺啼序》四片长达240字，为词中最长调。词成之日正值杭州丰乐楼新成，吴文英把这首词书于楼壁，轰动一时。

残寒正欺病酒，掩沉香绣户。燕来晚、飞入西城，似说春事迟暮。画船载、清时过却，晴烟冉冉吴宫树。念羁情、游荡随风，化为轻絮。

十载西湖，傍柳系马，趁娇尘软雾。溯红渐招入仙溪，锦儿偷寄幽素。倚银屏、春宽梦窄，断红湿、歌纨金缕。暝堤空，轻把斜阳，总还鸥鹭。

幽兰旋老，杜若还生，水乡尚寄旅。别后访、六桥无信。事往花萎，瘗玉埋香，几番风雨。长波妒盼，遥山羞黛，渔灯分影春江宿。记当时、短楫桃根渡，青楼仿佛，临分败壁题诗，泪墨惨淡尘土。

危亭望极，草色天涯，叹鬓侵半苎。暗点检，离痕欢唾，尚染鲛绡，䚡凤迷归，破鸾慵舞。殷勤待写，书中长恨，蓝霞辽海沉过雁，漫相思、弹入哀筝柱。伤心千里江南，怨曲重招，断魂在否？

"娇尘软雾",形容西湖游人如织的盛况。"溯红",暗用红叶题诗典故。"仙溪",即桃源仙境,不过这里用的不是陶渊明《桃花源记》故事,而是刘晨、阮肇到天台山采药迷路遇到仙女的典故。"锦儿",钱塘名妓杨爱爱的侍女,此处是泛指歌妓的侍儿。"断红湿歌纨金缕",眼泪打湿歌女的舞衣。"杜若",水边一种香草。"六桥",指西湖苏堤上的昭波、锁澜、望山、压堤、东浦、跨虹。"瘗玉埋香",指美人香消玉殒。"瘗"音亦,掩埋、埋葬。"桃根渡"即桃叶渡。"苎"音注,苎麻,此处喻指白色。"鲜凤",失伴孤凤。"破鸾慵舞",对着破镜不想起舞。鸾指鸾镜,古人有"孤鸾舞镜"的传说,失群鸾鸟照镜后以为见到同类,悲鸣不已奋飞而死。"伤心千里江南",屈原《招魂》"目极千里兮伤春心,魂兮归来哀江南。"

　　吴文英这首词回首平生,依然是在怀念自己的情人。陈廷焯称赞这首词"全章精粹,空绝千古"。《莺啼序》词牌是吴文英首创,因为这首词太有名并书于丰乐楼壁,所以后来又别名《丰乐楼》。

　　对吴文英词的评论同样两极分化。张炎认为吴文英的词经不起

《四梅图》(局部)　宋＿扬无咎

推敲剖析,"如七宝楼台,眩人眼目,拆碎下来,不成片段"。王国维声称他在南宋只爱辛稼轩一人,而最恶梦窗、玉田。周济的意见完全相反,他说吴文英词"奇思壮采,腾天跃渊。"

吴文英著有《梦窗词》甲乙丙丁四稿,有近三百五十首词传世,在南宋词人中仅次于辛弃疾。

三国名将周瑜字公瑾,他不但是赤壁之战的真正统帅,还是音乐鉴赏高手,"曲有误,周郎顾"。周密字公谨。两人姓字如此相似,周密是不是在致敬祖先呀。

周密是李清照和辛弃疾的老乡,出身济南名门望族。北宋末年周氏家族南迁湖州弁山。周密家有万卷藏书,其父周晋的《清平乐》写的正是读书人的理想人生。

> 香暖垂帘密,花满翠壶熏研席。睡觉满窗晴日。手寒不了残棋,篝香细勘唐碑。无酒无诗情绪,欲梅欲雪天时。

周密从小由母亲督促念书,他母亲是参知政事章良能之女。周密的博学多才在宋朝甚至中国历史上屈指可数。除了是著名词人,他在很多领域都有大师级别的专著传世。他的医学造诣高到可以制定中医行业标准的地步,因为他把古人留下来的所有处方偏方都亲手检验过。如果生活在今天,他几乎可以在北大清华这种综合性大学的所有学院担任专业课教授。周密的《齐东野语》和《武林旧事》都是著名笔记小说,他编辑的《绝妙好词》更是流传千古。今天很多学者抱怨怀才不遇,周密提醒他们这其实是"不才明主弃,多病故人疏"。

周密年轻时以一组描述西湖风景的《木兰花慢》成名,这组词每一首都不错,但是没有一首到达俞国宝《风入松》的高度。他的

很多诗文纯粹记述杭城名胜,感叹光阴荏苒,我们找不到一丝国仇家恨。不过一切景语皆情语,在对杭州饱含深情的描述中,周密表达的也许正是李后主曾经的心痛,"欲寻陈迹怅人非,天教心愿与身违"。

鹧鸪天

燕子时时度翠帘,柳寒犹未透香绵。落花门巷家家雨,新火楼台处处烟。　　情默默,恨恢恢,东风吹动画秋千。刺桐开尽莺声老,无奈春何只醉眠。

周密做过幕僚和义乌县令,无人聘用的时候就归隐弁山庄园。庄园被大火烧毁后移居杭州癸辛街,著书立说消磨时间。德祐二年(1276年)元军攻占杭州后周密被迫逃难。他在本年和次年冬天两至绍兴,写下名作《一萼红·登蓬莱阁有感》。蓬莱阁在绍兴卧龙山下,五代时吴越国所建,因唐朝诗人元稹诗"谪居犹得近蓬莱"而得名。

步深幽,正云黄天淡,雪意未全休。鉴曲寒沙,茂林烟草,俯仰千古悠悠。岁华晚、漂零渐远,谁念我,同载五湖舟。磴石松斜,崖阴苔老,一片清愁。　　回首天涯归梦,几魂飞西浦,泪洒东州。故国山川,故园心眼,还似王粲登楼。最怜他,秦鬟妆镜,好江山、何事此时游。为唤狂吟老监,共赋销忧。

"步",登上。"鉴曲",鉴湖一曲,《新唐书·贺知章传》:"有诏赐镜湖剡川一曲",镜湖即鉴湖。"茂林烟草,俯仰千古悠悠",王羲之《兰亭序》:"此处有崇山峻岭,茂林修竹","俯仰之间,已为陈迹"。"五湖舟",范蠡帮助越王勾践灭吴后泛舟太湖。"崖阴",山边。"王粲登楼",王粲在东汉末年避乱荆州作《登楼赋》:"虽信美而非吾土兮,曾何足以少留。""秦鬟",指形似发髻的秦望山,在今绍兴东南。"妆镜",指镜湖。"狂吟老监"就是指贺知章。

宋亡后周密有意识地和元朝官方疏远,但并没有处处表现自己是个爱国词人。他交往的对象既有仇锷等元朝官员也有赵孟𫖯这样的著名"汉奸"。当周密陪着仇锷等人游览西湖的时候,一定会有"风景不殊,正自有山河之异"的感触,可是他只能强颜欢笑。在他的《武林旧事》自序中有一段话经常被人提到,这才是他的真情流露,他说"青灯永夜,时一展卷,恍然类昨日事,而一时朋游沦落,如晨星霜叶,而余亦老矣。"

周密的词以婉约为主,他的两首《高阳台》却可以归入豪放词的范畴,"豪伟逸秀"。

高阳台·送陈君衡被召

照野旌旗,朝天车马,平沙万里天低。宝带金章,尊前茸帽风欹。秦关汴水经行地,想登临、都付新诗。纵英游,叠鼓清笳,骏马名姬。　　酒酣应对燕山雪,正冰河月冻,晓陇云飞。投老残年,江南谁念方回?东风渐绿西湖岸,雁已还、人未南归。最关情,折尽梅花,难寄相思。

"朝天",指朝见天子,陈君衡在宋亡后曾应召至元大都北京,不仕而归。"宝带金章",官服有宝玉装饰的腰带,金章即金印。"茸帽风欹",《北史·周书·独孤信传》:"信在秦州,尝因猎日暮驰马入城,其帽微侧。诘旦,而吏民有戴帽者,咸慕信而侧帽焉。""英游",英豪。"晓陇云飞",柳永《曲玉管》词:"陇首云飞,江边日晚。""投老",到老、临老。"方回",北宋词人贺铸字,他

的《青玉案》名噪一时，黄庭坚曾赋诗称赞："解道江南肠断句，只今唯有贺方回。"

高阳台·寄越中诸友

小雨分江，残寒迷浦，春容浅入蒹葭。雪霁空城，燕归何处人家。梦魂欲渡苍茫去，怕梦轻、还被愁遮。感流年，夜汐东还，冷照西斜。　　萋萋望极王孙草，认云中烟树，鸥外春沙。白发青山，可怜相对苍华。归鸿自趁潮回去，笑倦游、犹是天涯。问东风，先到垂杨，后到梅花？

周密和吴文英是总角之交，吴文英去世后他非常无聊。除了著书立说，他还有一个爱好就是给自己取字号。他的字号除了草窗，还有华不注山人、弁阳老人、弁阳啸翁、霄斋、蘋洲、萧斋、四水潜夫等。

诗词写作的关键不是掌握复杂高深的理论，而是组织美丽熨帖的语言。南宋词人掌握了这个关键并且付诸实践，所以他们的作品堪称填词典范。不过凡事过犹不及，他们的技巧越高明，他们距离敦煌曲子词那样的天籁就越远。这可能是王国维整个南宋只喜欢辛弃疾的重要原因。王国维喜欢李后主、辛弃疾这种皇帝、战将出身的"业余"词人，对姜夔、吴文英这样的职业作家反而没有好感。

第二十四回

刘辰翁含恨归隐　　王沂孙怀羞出山

蒙古大汗蒙哥在四川合州钓鱼城下战死是南宋的最后一个机遇，可是宋军只顾痛饮狂歌庆祝胜利，没有抓住战机一鼓作气。待到忽必烈继承汗位，蒙古已经无懈可击。

忽必烈取《易经》"大哉乾元"之义，改国号为大元，建立行省制度，加强中央集权。他是仅次于成吉思汗的蒙古伟人，而此时南宋最杰出的人才是状元出身的宰相文天祥。文天祥只是一腔热血的书生，并没有过人的军政才能。南宋无论战争潜力和领袖才能都远不如蒙古，战神再一次站在游牧民族这边。

南宋咸淳三年，公元1267年，元军征南统帅阿术开始围攻襄阳和樊城。两座城市隔着汉水相望，是南宋在长江以北的最重要屏障。这一著名的围城战延续将近六年，双方都明白这是最后的较量，每天都有无数兵马从四面八方奔赴襄阳。襄阳守将吕文焕顽强抵抗。最后蒙军维吾尔族大将阿里海牙请来的两位穆斯林工匠抢了头功，他们用自己从美索不达米亚带来的攻城器械打破城防，首先

攻陷樊城。无力回天的吕文焕在一个月之后投降。

襄阳这座英雄城的陷落彻底摧毁了南宋人的信心和勇气。南宋的覆亡进入倒计时。

诗人是一个国家的良心，最柔软也最敏感。南宋诗人张元干、陆游、张孝祥、辛弃疾、陈亮枕戈待旦，不遗余力宣传抗战，把自己当作战士而不是书生，但事与愿违，他们一生的大部分时间疲于奔命，至死也没有看到王师北定中原。

刘辰翁和他们相比更加不幸，他生当南宋末年，亲眼见证神州陆沉。北宋人喜欢用"叔"取名，南宋人则偏爱用"翁"。除了刘辰翁，还有叶绍翁、魏了翁。这个翁字倒是很符合老大帝国的形象，南

《月下把杯图》 南宋_马远

宋人潜意识里似乎知道这个王朝已是风烛残年,即将日落西山。

刘辰翁和文天祥是老乡和同窗,他们都来自才子之乡江西吉安。年轻时为了追求功名,刘辰翁不得不告别自己的恋人。

山花子

此处情怀欲问天,相期相就复何年。行过章江三十里,泪依然。　　早宿半程芳草路,犹寒欲雨暮春天。小小桃花三两处,得人怜。

编写本书的时候我就住在章江边,所以看到这首词特别亲切。"相期"指约定佳期,"相就"指互相靠近。在乍暖还寒的暮春送别江边,只有天知道何时才能再见;已经上船走了三十里,依然记得你流泪的桃花面。

刘辰翁和文天祥同时就读白鹭洲书院,可是他不如文天祥擅长考试,在文天祥中状元六年后的景定三年(1262年)才金榜题名。他在进士对策时触怒贾似道被定为丙等。贾似道党羽把他列入监视名单。刘辰翁以母老为由请求去家乡附近的赣州做濂溪书院山长。我现在就住在赣州濂溪路上。

刘辰翁在咸淳元年(1265年)做了临安府教授,咸淳五年成为中书省架阁。宋朝在中书、尚书、门下三省设架阁库,相当于后世的档案馆,中书省架阁就是管理中书省档案的官员。母亲去世后他按惯例回家守制。德祐元年(1275年)文天祥在家乡招募义军勤王,刘辰翁成为他的谋士。文天祥去元营谈判被扣留,后来又侥幸逃跑再举义旗,刘辰翁始终不离不弃。

这天深夜,文天祥请刘辰翁陪他散步。当时他们驻扎在一座寺庙。月光空明,如梦如幻,让人仿佛置身水晶宫殿。

文天祥说:"须溪兄,眼前的景象你不觉得似曾相识?"

"丞相指的是东坡的《记承天寺夜游》？"

文天祥点头。

两人不约而同背诵起坡仙的著名散文："庭下如积水空明，水中藻荇交横，盖竹柏影也……"

他们相视一笑。沉默了一会儿之后，文天祥又道："我说的似曾相识还有另一层意思。"

"大宋又到了生死存亡的时候？"

"嗯。"

"丞相似乎有些悲观？"

"在被蒙古人关押期间，我接触了一些蒙古的文武官员。相对我朝官员的暮气沉沉，蒙古人最可怕的是那种朝气和自信。他们肯定是华夏自古以来遭遇的最强敌人，我们一定要做好最坏的打算。"

"丞相的意思是？"

"他们不可能放过我，我也已经下定决心杀身成仁。为公为私，我想拜托须溪兄两件事。"文天祥仰望夜空，"如果我为国牺牲，希望须溪兄能把我的幼子带回你家里，帮我抚养成人。"

"丞相放心，如果真有那么一天，我愿意做程婴。"

程婴和公孙杵臼是春秋时保护赵氏孤儿的义士。宋朝皇室自认是春秋赵氏的后裔，因而对程婴、公孙杵臼及其后人多次进行封赐。

"还有一件事更重要。"文天祥说，"蒙古人如果统一中国，很可能会要求百姓学习蒙文放弃汉语。语言文字是一个民族存在的主要标志，这件事你一定要竭尽所能抵制。"

刘辰翁没想到文天祥如此深谋远虑，对这个比自己小三岁的同学佩服得五体投地。

文天祥再次被元军抓获后，刘辰翁果然带着文天祥的幼子回到故乡，在宋亡后隐居著书，对文天祥的儿子悉心教导。

南宋后期词人剪红刻翠，刘辰翁也未能免俗。比如《踏莎行·雨中观海棠》。

> 命薄佳人，情钟我辈。海棠开后心如碎。斜风细雨不曾晴，倚阑滴尽胭脂泪。　　恨不能开，开时又背。春寒只了房栊闭。待他晴后得君来，无言掩帐羞憔悴。

"海棠开后心如碎。斜风细雨不曾晴，倚阑滴尽胭脂泪"是个倒装句，因为"斜风细雨不曾晴，倚阑滴尽胭脂泪"，所以才会"海棠开后心如碎"。"开时又背"大意是说海棠总是在风雨交加的时候开放，所以横遭摧残。

刘辰翁是辛派三刘之一，所以即使写风花雪月，也是直抒胸臆快人快语。晚清词学大家况周颐极力推崇刘辰翁，他说"近人论词，或以须溪词为别调，非知人之言也。须溪词多真率语，满心而发，不假追琢，有掉臂游行之乐。"

刘辰翁的《浣溪沙》便是满心而发，肆口而成的作品。

> 高卧何须说打乖，小篱过雨翠长街，缃桃定有踏青鞋。
> 晴日又思花处所，东风绝似柳情怀。人间安得酒如淮。

"打乖"是宋朝口语，有机变、耍花招的意思。"缃桃"是桃树的一种，不过这里应该是指浅红色的桃花。"酒如淮"的意思是美酒像淮水一样绵绵不绝。

作为辛派三大护法之一，刘辰翁最受瞩目的当然还是那些风格豪放的词。况周颐说"须溪词风格遒上似稼轩，情辞跌宕似遗山。有时意笔俱化，纯任天倪，竟能略似坡公。"遗山就是比刘辰翁大四十岁的金国文坛领袖元好问。

唐多令

寒雁下荒洲，寒声带影流，便寄书、不到红楼。如此月明如此酒，无一事、但悲秋。　万弩落潮头，灵胥还怒不？满湖山、犹是春愁。欲向涌金门外去，烟共草、不堪游。

刘辰翁词用典不多，上面这首词只有伍子胥怒起浙江潮算是一个典故。这首词满目悲凉，不过他的《柳梢青》更加伤感，看后让人想大哭一场。

铁马蒙毡，银花洒泪，春入愁城。笛里番腔。街头戏鼓，不是歌声。　那堪独坐青灯，想故国、高台月明，辇下风光，山中岁月，海上心情。

据说刘辰翁写这首词的时候，陆秀夫、张世杰等正带着南宋最后一个皇帝赵昺在海上漂流。隐居山中的刘辰翁含蓄地表达自己的关注。

刘辰翁《须溪词》中有多首应酬之作，好用生僻字炫耀才学。我觉得用生僻字反而说明才力不足，中国文学史上那些最有成就的诗人很少这么做。下面这首《临江仙·访梅》虽然也有生僻字，但总的来说值得一读。

西曲罥衣迷去路，雪锁断岸无痕。寻花不拟到前村。暖风初转袖，小径忽开门。　却忆临塘桥下马，暗香不是黄昏。人生南北与谁论。岭梅花树下，闲听蜜蜂喧。

"罥"，捕捉鸟兽的网，引申为牵挂、缠绕。"暗香不是黄昏"，化用林逋《山园小梅》："暗香浮动月黄昏"。

宋室南渡以后，稍有血性的文人都写过豪放诗词，或者疾呼保家卫国，或者痛斥奸臣误国。南宋末年安徽才子吴渊、吴潜兄弟先后拜相，他们是宋朝官位最显赫的兄弟。吴潜还是宁宗嘉定十年状元，他和姜夔、吴文英等交往，但词风却和辛弃疾相近。吴潜因为和贾似道斗争，贬死岭南循州也就是现在的广东龙川。

吴潜做镇江知府时写过《水调歌头·焦山》。

> 铁瓮古形势，相对立金焦。长江万里东注，晓吹卷惊涛。天际孤云来去，水际孤帆上下，天共水相邀。远岫忽明晦，好景画难描。　　混隋陈，分宋魏，战孙曹。回头

《雪堂客话图》 宋_夏圭

千载陈迹，痴绝倚亭皋。惟有汀边鸥鹭，不管人间兴废，一抹度青霄。安得身飞去，举手谢尘嚣。

吴潜和贾似道是一对生死冤家。贾似道把吴潜贬往循州，十五年后自己也被发配到同一个地方。南宋无名氏写了一首《长相思》专门调侃此事。

去年秋，今年秋，湖上人家乐复忧，西湖依旧流。
吴循州，贾循州，十五年前一转头，人生放下休。

程珌也是安徽才子，做过礼部尚书和端明殿学士，坚决反对和议。他的《水调歌头》气势恢弘，可以和苏、辛词争雄。

天地本无际，南北竟谁分？楼前多景，中原一恨杳难论。却似长江万里，忽有孤山两点，点破水晶盆。为借鞭霆力，驱去附昆仑。　望淮阴，兵冶处，俨然存。看来天意，止欠士稚与刘琨。三抚当时顽石，唤醒隆中一老，细与酹芳尊。孟夏正须雨，一洗北尘昏。

"楼前多景"，这首词的标题是《登甘露寺多景楼望淮有感》。"兵冶处"，冶炼兵器之处，这里指淮阴北面的冶城，汉高祖刘邦之侄吴王刘濞在此铸造钱币兵器。"士稚"指闻鸡起舞的祖逖，他和刘琨都是东晋初期著名的北伐将领。"隆中一老"指诸葛亮，诸葛亮曾隐居襄阳隆中，刘备三顾茅庐以后，他们之间的谈话就是著名的《隆中对》。"北尘"，北方的烟尘，指金兵。

王奕是江西玉山或浙江仙居人，生于南宋末年，可能在元朝做过玉山儒学教谕，和谢枋得等南宋遗民交游。他的《临江仙》是南宋末年少见的豪放之作。

> 二十四桥明月好，暮年方到扬州。鹤飞仙去总成休。襄阳风笛急，何事付悠悠。　几阕平山堂上酒，夕阳还照边楼。不堪风景事回头。淮南新枣熟，应不说防秋。

"防秋"出自《旧唐书·陆贽传》，古代西北各游牧部落常常趁秋高马肥时南侵，中原王朝不得不调兵遣将提前防范。

刘辰翁为了名节弃官归隐，亡国前没有做过官的王沂孙却在元朝过了一把官瘾。王沂孙年轻时家境富裕，好友周密说他"结客千金，醉春双玉"。也许正因为年轻时挥金如土，过惯了锦衣玉食的生活，王沂孙在宋亡之后受不了苦，只好去官府报到。

元军征服江南后，江南释教都总统杨琏真伽挖掘南宋皇陵，名义上是为了斩断南宋龙脉，实际上是想大发横财。王沂孙和周密等人赋《乐府补题》，以歌咏莲、蝉为名谴责盗墓行为。王沂孙写了《齐天乐·蝉》。

> 一襟余恨宫魂断，年年翠阴庭树。乍咽凉柯，还移暗叶，重把离愁深诉。西窗过雨，怪瑶佩流空，玉筝调柱。镜暗妆残，为谁娇鬓尚如许。　铜仙铅泪似洗，叹携盘去远，难贮零露。病翼惊秋，枯形阅世，消得斜阳几度？余音更苦。甚独抱清高，顿成凄楚？谩想熏风，柳丝千万缕。

蝉又名齐女、齐蝉，据说齐国王后因为失宠死后化蝉上树悲鸣。李商隐《韩翃舍人即事》："鸟应悲蜀帝，蝉是怨齐王。"按照周济等人的解读，王沂孙是在借题发挥，他的每一首词都和他怀念故

国有关，"病翼惊秋，枯形阅世，消得斜阳几度？"说的其实是他自己，下面这首《齐天乐》中的萤也是南宋遗民的象征。

> 碧痕初化池塘草，荧荧野光相趁。扇薄星流，盘明露滴，零落秋原飞磷。练裳暗近。记穿柳生凉，度荷分暝。误我残编，翠囊空叹梦无准。　　楼阴时过数点，倚阑人未睡，曾赋幽恨。汉苑飘苔，秦陵坠叶，千古凄凉不尽。何人为省？但隔水余晕，傍林残影。已觉萧疏，更堪秋夜永。

"碧痕初化池塘草"，古人认为萤火虫是腐草所化，《礼记·月令》："夏季之月，腐草为萤。""相趁"，指萤火虫相逐而飞。"扇薄星流"，化用杜牧《秋夕》"轻罗小扇扑流萤"。"盘明露滴"，《汉

《晓雪山行图》南宋_马远

武故事》载:"帝以铜作承露盘,上有仙人掌擎玉盘以承云表之露。""练裳暗近"即"暗近练裳",指萤在暗中飞近读书人。练裳是素色罗衣,这里指素衣读书人。"度荷分暝",飞过荷塘,分开夜色。"误我残编,翠囊空叹梦无准",反用"车胤囊萤"事,说自己虽好读书,然而百无一用是书生,既不能成就功名,又不能保家卫国力挽狂澜。"翠囊",纱囊因为内有萤火虫而成青绿色。"省",懂得、理解、反省。

其中"汉苑飘苔,秦陵坠叶,千古凄凉不尽"更被认为是怀念故国的铁证。宣布爱国之后又腼颜事仇,王沂孙自己也觉得很矛盾,所以经常在诗词中流露忧谗畏讥的心情。

宋末四大词人的具体名单有不同版本,通常不会落下王沂孙。可是因为所做的官微不足道,王沂孙流传下来的事迹很少。只知道他生年在张炎之前周密之后,和周密、仇远、张炎、戴表元等人交游。

南宋后期,国事已经不可收拾,文人不再像前期词人那样摇旗呐喊,只好把全部时间和精力用来填词。这时候的词作以长调居多,因为只有这样才能把雄心壮志消磨,只有这样才能忘记灾难深重的祖国。

王沂孙的名作几乎都是长调。《眉妩·新月》又是其中代表。

> 渐新痕悬柳,淡彩穿花,依约破初暝。便有团圆意,深深拜,相逢谁在香径。画眉未稳,料素娥、犹带离恨。最堪爱、一曲银钩小,宝帘挂秋冷。　　千古盈亏休问。叹慢磨玉斧,难补金镜。太液池犹在,凄凉处,何人重赋清景。故山夜永,试待他、窥户端正。看云外山河,还老尽、桂华影。

"新痕",指初露的新月。"淡彩",微光。淡一作"澹"。"依约",仿佛、隐约。"初暝",夜幕刚刚降临。"团圆意",晚唐牛希济《生查子》:"新月曲如眉,未有团圆意。"此处反用其意。"深深拜",古代妇女有拜新月的风俗,祈求家人团圆和心想事成。"未稳",未完,未妥。"素娥",嫦娥的别称,也可指月亮。"慢磨玉斧",指玉斧修月,传说月亮表面凹凸不平,常有八万两千户工匠在修理打磨,典出唐朝段成式《酉阳杂俎·天咫》。"慢"同"谩",徒劳。"金镜"即月亮。"故山夜永",故乡长夜漫漫。"桂花旧影",传说月中有桂树,这里指大地上的月光。

有人认为词中新月是指江山残缺,我觉得有点牵强。不过从这首词确实可以看出王沂孙的才能,无愧于清朝词论家周济对他"着力不多,天分高绝"的盛赞。龙榆生甚至说王沂孙"集咏物词之大成"。

王沂孙擅长化繁为简,上面几首咏物词虽然雕缋满眼却并不艰深,有清晰脉络可循,所以况周颐说"初学作词,最宜读碧山乐府"。

王沂孙和吴文英很像,他们都以咏物词成名,同时也擅长写怀人词,只是怀人词的成就被咏物词所掩。王沂孙比较著名的怀人词有《高阳台·和周草窗寄越中诸友韵》。

残雪庭阴,轻寒帘影,霏霏玉管春葭。小帖金泥,不知春在谁家?相思一夜窗前梦,奈个人、水隔天遮。但凄然,满树幽香,满地横斜。　　江南自是离愁苦,况游骢古道,归雁平沙。怎得银笺,殷勤说与年华。如今处处生芳草,纵凭高、不见天涯。更消他,几度东风,几度飞花。

"越中"，泛指今浙江绍兴一带。"玉管春葭"，古代候验节气的器具叫灰琯，将芦苇茎中薄膜制成灰，置于十二乐律的玉管内。到了某一节气，相应律管内的芦灰就会自行飞出。葭即芦苇，这里指芦灰。"小帖金泥"，宋代风俗，立春日宫中命大臣为皇帝后妃所居之殿阁撰写帖子词，字用金泥写成。后来士大夫之间也书写互赠。"满树幽香，满地横斜"，林逋《山园小梅》："疏影横斜水清浅，暗香浮动月黄昏。""游骢"，走马。"银笺"，指洁白的信笺。"凭高"，登临高处。

王沂孙在子女长大成人之后，终于离开让他郁闷的衙门，回到自己的竹篱茅舍安度晚年。

王沂孙字圣与，号碧山、中仙、玉笥山人。王鹏运说"碧山词颉颃双白，捋让二窗，实为南宋之杰"。双白是指姜夔、张炎，姜夔有词集《白石道人歌曲》，张炎有词集《山中白云词》。陈廷焯对王沂孙评价最高，他说碧山词"感时伤世之言，而出以缠绵忠爱，诗中之曹子建、杜子美也"。

中国的文学理论相对文学创作远远滞后，虽然《尚书》就已经提到"诗言志，歌咏言"，但系统的诗歌理论专著直到南朝才出现，这就是钟嵘的《诗品》。《诗品》被称为诗话之源。北宋以后诗话开始流行，欧阳修的《六一诗话》是第一部诗话经典，南宋严羽的《沧浪诗话》则集诗话之大成。

严羽是福建邵武人，和抗金名将李纲、杜杲是同乡。邵武是个山清水秀、人杰地灵的地方，南宋词人洪瑹的《阮郎归》就是写的邵武元宵风情。

  东风吹破藻池冰，晴光开五云。绿情红意两逢迎，扶春来远林。　　花艳艳，玉英英，罗衣金缕明。闹蛾儿簇小蜻蜓，相呼看试灯。

邵武靠近著名的才子之乡江西临川，历史上一度划归临川，当地人的风俗习惯也更接近江西而不是福建。严羽和临川结下不解之缘，嘉定六年（1213年）他离开家乡来到临川属县南城拜师求学，后来又以临川为根据地到处漫游，直到绍定五年（1232年）江湖派著名诗人戴复古任邵武府学教授，严羽才回到家乡向戴复古求教。晚年他在邵武城外东潭山隐居终老。另一种说法是，南宋末年文天祥镇守南平，严羽不顾年迈离家从军，抗元失败后下落不明。

《沧浪诗话》论诗标榜盛唐，主张诗有别材别趣，反对以才学议论为诗。严羽不但对江西诗派不满，而且绝口不提诗歌的政治教化功能，"扫除美刺，独任性灵"，和两宋理学家的观念完全相反。严羽以禅喻诗，强调妙悟，明清两朝诗人奉为金科玉律。

第二十五回

玉关踏雪事清游　流光容易把人抛

宋宁宗嘉定十四年（1221年），金兵进攻湖北蕲州官衙所在地罗定城。秦桧曾孙秦钜时任蕲州通判，他和知州李诚之带领三千将士闭城死守。城破之后，秦钜本有机会逃走，但他选择和李诚之一起壮烈殉国。秦钜对请他撤退的将士说："任何人都可以退走，只有我不能，因为我是秦桧的子孙。"秦桧不但自己千秋万世长跪岳飞庙前，还连累了自己的后人。直到清乾隆十七年（1752年），新科进士秦大士依然因为秦桧的原因差点失去状元。

南宋最后一位权奸贾似道同样没有好下场。宋恭帝德祐元年（1275年），元世祖忽必烈命中书左丞相伯颜挥师南征。南宋太学生跪求战争天才贾似道再次出山。两军在安徽芜湖展开决战。临阵脱逃的贾似道回到杭州后遭到举国声讨，当初载歌载舞欢迎他的人民群众翻脸不认人，要求把他碎尸万段。贾似道在流放途中被押送他的郑虎臣吊死在福建漳州龙溪木棉庵的门楣，脖子上挂着他心爱的蟋蟀。不久之后郑虎臣被贾似道同党借故杀害。

南宋最后的十几万精锐在芜湖全军覆没,大势已去只好求和。元朝礼部尚书廉希贤带领的使团到达南京后,伯颜加派五百精兵护送。整个使团浩浩荡荡像一支军队,因此在杭州以北的独松关外被宋军包围。镇守独松关的浙西安抚使张濡立功心切,不问青红皂白把廉希贤等人砍翻。张濡是南宋中兴名将张俊的曾孙。所谓两国交兵不斩来使,勃然大怒的忽必烈下令荡平南宋。伯颜攻陷杭州后抓住躲在寺庙的张濡凌迟处死,张濡的孙子张炎从此流落江湖。

无家可归的张炎饥寒交迫,亲友只有周密愿意提供帮助,可周密自己也不宽裕。万般无奈之下张炎接受元朝地方官的推荐,北上大都为朝廷抄写金字《藏经》。

这天他来到宋朝故都汴梁,刚在客栈住下就有人来访。张炎跟着小二来到客栈前厅,看见靠窗的座位上坐着一个和他年龄相仿的书生。

那书生招呼张炎坐下,对小二说:"来两斤熟牛肉,一壶酒。"

张炎心存疑虑:"阁下是?"

"宜兴蒋捷。"

蒋捷是当时著名才子,出身宜兴豪门,咸淳十年(1274年)南宋最后一科进士。

张炎将信将疑:"你怎么在这里?"

"朝云横渡,辘辘车声如水去。白草黄沙,月照孤村三两家……"

"这是靖康年间阳武知县蒋兴祖女儿的《减字木兰花》。蒋兴祖是你族人?你来这里拜祭祖先?"

"祭祖只是顺路,我主要是来找你。"蒋捷喝了口酒之后问,"你觉得蒙古人为什么请你抄写经书?"

"我的字写得还不错。"

"字写得不错的人多了。我的字也不错,他们为什么不找我?"

"你认为他们别有用心？"

"那当然。你是大宋抗金名将的后人，你的祖父前不久刚被蒙古人凌迟处死，你和蒙古人有不共戴天之仇，连你都愿意投降，其他汉人还有什么理由反抗？"

"我只想找个饭碗，我已经走投无路。"

"恕我直言，你的祖先两次误尽苍生，张俊附和秦桧杀害岳飞，张濡误伤元使让国家失去卧薪尝胆的机会。你如果再和蒙古人合作，那你们张家的名声连秦家都不如，秦家至少还有秦钜壮烈殉国。"

在蒋捷劝说下，张炎答应跟他回家。

第二天两人结伴南返，中午来到开封郊外一个小镇。他们刚在小面馆落座，马蹄声起，一个蒙古贵族带领四名武士策马经过。镇上百姓纷纷转身逃跑。蒙古人认为背对他们就是大逆不道，挥鞭追打驱马践踏。对那些已经跑远鞭长莫及的，直接用蒙古长弓射杀。

看着无辜百姓在地上流血呻吟，蒋捷眼中精光大盛，他突然站出来走到蒙古贵族面前。

"你们凭什么随便杀人？"

四名蒙古武士看见有个汉人书生在和主人争辩，驱马把蒋捷围在中间。

蒙古贵族想了想之后说："因为我们比你们强大。"

"强大就可以随便杀人，弱小就没有资格生存？"

"差不多。"

"这可是你说的。"

蒋捷突然扶摇直上，离他最近的那名蒙古武士被他一脚踢得离鞍飞起当场身亡。

在场所有人都目瞪口呆。蒋捷拾起那名武士的弓刀箭袋。其他几名武士抽出长刀扑向蒋捷。蒋捷从容应对。蒙古武士相继人仰马

断鸿声远长天暮——回到宋词现场

《草花群蝶图》 清_王楚珍

翻。催马逃跑的蒙古贵族被蒋捷射落尘埃。

离开小镇之后惊魂未定的张炎问："你这一身武艺是怎么来的？"

"和你有关。"

"我们以前从来没有见过面，怎么会和我有关？"

"你的祖先张俊和秦桧迫害岳飞，我同情岳飞的遭遇，经常和他的后人往来。他们见大乱将至，主动提出要教我一些防身之技。生逢乱世，读书人也应该闻鸡起舞，就算不能横挑强胡，也可以用来自保。"

"我小时候也想学武，但家人不想让我成为一介武夫。"

"连你这种名将之后都如此文弱，国家安能长久？一个强敌环伺的国家竟然偃武修文，大宋真是成也太祖败也太祖。"

两人回到杭州。张炎填了一首《八声甘州》记述这次北游，只字未提他和蒋捷的遭遇。

> 记玉关、踏雪事清游，寒气脆貂裘。傍枯林古道，长河饮马，此意悠悠。短梦依然江表，老泪洒西州。一字无题处，落叶都愁。　　载取白云归去，问谁留楚佩，弄影中洲？折芦花赠远，零落一身秋。向寻常野桥流水，待招来，不是旧沙鸥。空怀感，有斜阳处，却怕登楼。

"玉关"即玉门关，这里泛指边地。"江表"，江外，指长江以南地区。"西州"，古城，在今南京城西，东晋太傅谢安生病回京时曾经路过西州，深受他宠爱的外甥羊昙在他去世后再也不愿从西州经过。有一天羊昙喝醉后信马由缰来到城外，有人提醒他到了西州城，羊昙念着曹植诗"生存华屋处，零落归山丘"痛哭而返。"楚佩"来自成语"汉皋解佩"，典出西汉刘向《列仙传》：春秋时人郑交甫在汉皋台下遇到两位佩戴珍珠的美女，上前搭讪想把珍珠骗

走。没想到两位美女欣然解下佩珠相赠。不过郑交甫刚走几步，美女和明珠就已杳无踪影，这才知道对方是汉水女神。"中洲"即洲中，《楚辞·九歌·湘君》："君不行兮夷犹，蹇谁留兮中洲。""登楼"，指东汉末年王粲避乱荆州作《登楼赋》。

看见蒙古贵族走马苏堤饮马西湖，蒋捷怒火中烧又无可奈何。他决定离开杭州，临行前特意邀张炎一起凭吊郑虎臣墓。

张炎望着虔诚上香的蒋捷，突然产生一个疑问："贾似道不会也是你杀的吧？"

"你别把所有杀人案都算到我头上，这是郑虎臣的功劳，不过我当时确实在场。我走之后希望你偶尔来祭奠郑虎臣。烈士墓前香火不断，蒙古人就不敢小看我们。"

两人分开以后，各自以填词声名鹊起。张炎得到绰号"张孤雁"和"张春水"。蒋捷成为"樱桃进士"。

张炎得名"张孤雁"是因为下面这首《解连环》。

楚江空晚。怅离群万里，恍然惊散。自顾影、欲下寒塘，正沙净草枯，水平天远。写不成书，只寄得、相思一点。料因循误了，残毡拥雪，故人心眼。　　谁怜旅愁荏苒。谩长门夜悄，锦筝弹怨。想伴侣、犹宿芦花。也曾念春前，去程应转。暮雨相呼，怕蓦地、玉关重见。未羞他、双燕归来，画帘半卷。

"自顾影"即顾影自怜。"下寒塘"，唐朝诗人崔涂《孤雁》："暮雨相呼失，寒塘欲下迟。""写不成书，只寄得、相思一点"历来为人称赞，"一点"既说相思渺远，也指雁影孤单。"因循"，迟延。"残毡拥雪"，用苏武故事，这里多少有些自比苏武的意思，表示自己要在元朝统治下坚守名节。"谩"即漫，徒然。"长门"即长门宫，汉武帝小时候声称要金屋藏娇，后来在阿娇母亲长公主刘嫖帮助下登上皇位后却把阿娇打入长门宫，司马相如因此写了《长门赋》，此后长门成为冷宫的象征。"锦筝"是筝的美称，犹如锦瑟。

在众多描写西湖的名篇中，写景最细致的就是张炎的《南浦·春水》。正是这首词让张炎得到另一个绰号"张春水"。

> 波暖绿粼粼，燕飞来，好是苏堤才晓。鱼没浪痕圆，流红去，翻笑东风难扫。荒桥断浦，柳阴撑出扁舟小。回首池塘青欲遍，绝似梦中芳草。　和云流出空山，甚年年净洗，花香不了？新渌乍生时，孤村路，犹忆那回曾到。余情渺渺，茂林觞咏如今悄。前度刘郎归去后，溪上碧桃多少。

"梦中芳草"，南朝钟嵘《诗品》引《谢氏家录》说，谢灵运梦见弟弟谢惠连，因而写出名句"池塘生春草"。"渌"，清澈的水。"茂林觞咏"，东晋王羲之《兰亭集序》提到的诗酒高会。"前度刘郎"典出刘禹锡《再游玄都观绝句》："种桃道士知何处，前度刘郎今又来。"

张炎的家世学识才华经历很像明末清初《陶庵梦忆》《西湖梦寻》的作者张岱。张岱也是一生在西湖边徘徊，因为战乱才离开。他们的诗文都在反复诉说自己对西湖的沉醉。苏东坡先后两到杭州，在西湖边做官长达五年之久，但张炎和张岱生长在杭州，他们对西湖的情感超过白居易和苏东坡。张炎写西湖的名作还有《高阳台·西湖春感》。

> 接叶巢莺，平波卷絮，断桥斜日归船。能几番游？看花又是明年。东风且伴蔷薇住，到蔷薇、春已堪怜。更凄

然,万绿西泠,一抹荒烟。　当年燕子知何处?但苔深韦曲,草暗斜川。见说新愁,如今也到鸥边。无心再续笙歌梦,掩重门、浅醉闲眠。莫开帘,怕见飞花,怕听啼鹃。

"接叶巢莺",出自杜甫诗《陪郑广文游何将军山林》:"卑枝低结子,接叶暗巢莺。""西泠",杭州西湖桥名。"一抹",一片。"韦曲",唐朝长安城南韦、杜两大豪门所居之地人称韦曲、杜曲,韦应物和杜牧就是这两大家族的成员。"斜川",在江西庐山侧星子、都昌二县间,陶渊明有游斜川诗,这里借指南宋遗民隐居之地。"见说新愁,如今也到鸥边",从沙鸥白色羽毛联想到人之白头,辛弃疾《菩萨蛮·金陵赏心亭为叶丞相赋》:"拍手笑沙鸥,一身都是愁。"

张炎在出山和归隐之间徘徊,月下独舞,花前沉醉,倚红偎翠,模山范水。比张炎稍晚的爱国诗人郑思肖在为他的《山中白云词》作序的时候说:"吾识张循王孙玉田先辈,喜其三十年汗漫南北数千里,一片空狂怀抱,日日化雨为醉。自仰扳姜尧章、史邦卿、卢蒲江、吴梦窗诸名胜,互相鼓吹春声于繁华世界,飘飘徵情,节节弄拍,嘲明月以谑乐,卖落花而陪笑,能令后三十年西湖锦绣山水犹生清响。"

中唐著名诗人戴叔伦说:"诗家之景,如蓝田日暖,良玉生烟,可望而不可置于眉睫之前。"王国维认为这正是张炎词的缺点,张词缺少应有的距离感,过于哀怨,"玉田之词,余得词中一语以评之,曰'玉老田荒'。"

日本诗僧大沼枕山说"一种风流吾最爱,南朝人物晚唐诗"。南宋后期的词同样有一种梦雨灵风的凄迷之美,这种美在蒋捷词中表现得淋漓尽致。例如他的《一剪梅》。

一片春愁待酒浇。江上舟摇,楼上帘招。秋娘渡与泰

《五清图》 清_恽寿平

娘桥，风又飘飘，雨又萧萧。　何日归家洗客袍？银字笙调，心字香烧。流光容易把人抛，红了樱桃，绿了芭蕉。

秋娘渡和泰娘桥都是真实存在的地名。正是这首词让蒋捷得到"樱桃进士"的雅称。

蒋捷考上进士两年后杭州就被蒙古铁骑攻陷，临安果然没有成为长安。不过蒋捷早就预见到这一天，他知道内忧外患的南宋迟早会被蒙古征服，所以提前在太湖上买下一个易守难攻的小岛，储藏了足够的武器和粮草，把家人和岳飞后人安顿好。

很多人喜欢蒋捷的"流光容易把人抛"，但也有人认为下面这首《虞美人》中的"悲欢离合总无情"更有味道。

少年听雨歌楼上，红烛昏罗帐。壮年听雨客舟中，江阔云低断雁叫西风。　而今听雨僧庐下，鬓已星星也。悲欢离合总无情，一任阶前点滴到天明。

悲欢离合说的是人，总无情说的是雨，蒋捷的意思是天地不仁，以万物为刍狗，大自然不会被我们的心情所左右。

少年听雨歌楼上，年轻时蒋捷生活安闲，他的词都和春花秋月有关，即使词牌是《昭君怨》。

担子挑春虽小，白白红红都好，卖过巷东家，巷西家。帘外一声声叫，帘里鸦鬟入报。问道买梅花，买桃花？

这首词写深巷有人在卖花，另一首《霜天晓角》则写邻家美女来摘花。

人影窗纱，是谁来折花？折则从他折去，知折去、向谁家？　檐牙，枝最佳。折时高折些。说与折花人道：须插向、鬓边斜。

壮年听雨客舟中。宋亡以后蒋捷偶尔刺杀蒙古人和汉奸走狗，蒙古人立刻处死十倍的汉人进行报复。他万般无奈只好把金剑沉埋。他担心自己刺杀蒙古人的秘密暴露之后连累家人，因此常年漂流在外。

贺新郎

深阁帘垂绣，记家人、软语灯边，笑涡红透。万叠城头哀怨角，吹落霜花满袖。影厮伴、东奔西走。望断乡关知何处？羡寒鸦、到著黄昏后，一点点，归杨柳。　相看只有山如旧，叹浮云、本是无心，也成苍狗。明日枯荷包冷饭，又过前头小阜。趁未发、且尝村酒。醉探枵囊毛锥在，问邻翁、要写《牛经》否？翁不应，但摇手。

"醉探枵囊毛椎在，问邻翁要写牛经否？"，醉后把手伸进空空的行囊发现毛笔还在，于是想为邻居老翁抄写养牛经换口饭吃。"枵"本义指木大而中空，枵囊即空囊，枵腹即空腹。

而今听雨僧庐下，蒋捷直到晚年依然书剑飘零，经常把寺庙当作自己的家。他随身携带着长笛胡琴，每到一个山清水秀的地方他就坐下来默默表演。他并不可惜流年，但是他需要酒钱。

一剪梅

小巧楼台眼界宽，朝卷帘看，暮卷帘看。故乡一望一心酸，云又迷漫，水又迷漫。　天不教人客梦安，昨夜春

寒，今夜春寒。梨花月底两眉攒，敲遍栏杆，拍遍栏杆。

我在谈论唐五代词的时候说过词和诗的主要区别是能歌，这样说其实不够准确，因为后来的元曲更适合演唱，所以更准确的定义应该是，诗是纯粹的文学，曲是流行歌曲，而词介于两者之间，既可以用来歌唱，又保留了纯文学的特征。蒋捷的词流丽轻俗，一唱三叹，宋词从此向元曲转变。

梅花引·荆溪阻雪

白鸥问我泊孤舟，是身留，是心留？心若留时，何事锁眉头？风拍小帘灯晕舞，对闲影，冷清清，忆旧

《溪芦野鸭图》 五代＿黄荃

游。　　旧游旧游今在否。花外楼，柳下舟。梦也梦也，梦不到，寒水空流。漠漠黄云，湿透木绵裘。都道无人愁似我，今夜雪，有梅花，似我愁。

在南宋后期的词人中，蒋捷词别开生面，最有特色和个性。刘熙载推崇备至，他说"刘文房为五言长城，竹山其亦长短句之长城欤。"

元成宗大德年间，有人曾向朝廷推荐蒋捷，但蒋捷拒绝出山。蒋捷临终前隐居太湖竹山，世称"竹山先生"。蒋捷曾在常州武进住过一段时间，清朝常州词派把他奉为祖师。

蒋捷还有一点值得一提。可能因为常年登山临水，空气纯净蔬果新鲜，蒋捷和陆游一样活了将近九十岁。

有些文学史家认为张炎是宋朝最后一位词人，我觉得张炎、蒋捷等人的名作多数写于宋亡以后，说他们是元朝词人亦无不可。只有文天祥文丞相，他的英勇就义标志着南宋寿终正寝，所以他才是宋朝最后一位词人。

文天祥小时候读书的学堂张挂着欧阳修、胡铨等吉安名臣的画像，他立志要像古圣先贤那样受人景仰。二十岁参加进士考试的时候，宋理宗见他年少英俊，文采灿然，而且名字取得好，当即钦点为状元。不过此时贾似道已经大权独揽，不肯同流合污的文天祥报国无门。文天祥在将近二十年的时间里做过瑞州知州、江西提刑等官，终因不容于贾似道盛年归隐。

宋恭帝德祐元年（1275年），二十万蒙古铁骑南下伐宋。谢太后发出"哀痛诏"号召天下勤王。在家乡闲居的文天祥看到告示，立刻散尽家财招募三万义军奔赴浙江。宋端宗景炎元年（1276年）正月，元军围困杭州。文天祥出城谈判被扣留。元军统帅伯颜故意放风说文天祥已经叛国。谢太后失去主张，看见大势已去只好献城

投降。

文天祥在镇江寻机逃到海上。陆秀夫等人在福州拥立年仅七岁的赵昰为帝，文天祥被任命为右丞相。景炎二年夏天，兵微将寡的文天祥兵败江西兴国，出身宋朝宗室的将领赵时赏挺身而出，声称自己就是文丞相，掩护文天祥逃走。文天祥收拾残兵退往岭南，可惜祥兴元年（1278年）冬天再次被元将张弘范抓获。文天祥自杀未遂。张弘范把他押往崖山劝降。文天祥拒绝卖国，途中写下名作《过零丁洋》。

辛苦遭逢起一经，干戈寥落四周星。
山河破碎风飘絮，身世浮沉雨打萍。
惶恐滩头说惶恐，零丁洋里叹零丁。
人生自古谁无死？留取丹心照汗青。

南宋灭亡后，文天祥被押往北京。在经过南康军也就是现在的江西星子县时他写了一首《酹江月》。

庐山依旧，凄凉处、无限江南风物。空翠晴岚浮汗漫，还障天东半壁。雁过孤峰，猿归危嶂，风急波翻雪。乾坤未老，地灵尚有人杰。　堪嗟漂泊孤舟，河倾斗落，客梦催明发。南浦闲云连草树，回首旌旗明灭。三十年来，十年一过，空有星星发。夜深愁听，胡笳吹彻寒月。

到了南京之后，他又写下名诗《金陵驿》。从这首诗中我们可以看到，他已经下定决心舍生取义。

草合离宫转夕晖，孤云漂泊复何依？

山河风景原无异，城郭人民半已非。

满地芦花和我老，旧家燕子傍谁飞？

从今别却江南路，化作啼鹃带血归。

文天祥被押送到元大都北京，忽必烈把他软禁在会同馆。元朝平章政事阿合马、丞相孛罗、已经归顺元朝的南宋左丞相留梦炎和宋恭帝赵㬎先后劝降。文天祥付之一笑。忽必烈只好把文天祥关进监牢。此后的三年时间文天祥不但没有屈服，反而写下《正气歌》和《指南后录》。

文天祥忠贞不屈的名声传遍全国，各地残存的抗元武装都打着他的旗号。有人声称要去大都劫狱。元朝左丞相阿合马恰在这时死于盗贼之手。忽必烈召集廷臣商讨文天祥的去留。廷臣大多主张处死文天祥，让抗元武装彻底绝望。

元世祖至元十九年（1282年）十二月初九，文天祥走上刑场，从容面对死亡。他转身朝着南方故国三叩九拜，自己走上断头台。后来妻子为他收尸时发现一封绝笔信藏在衣带："孔曰成仁，孟曰取义，唯其义尽，所以仁至。读圣贤书，所学何事？而今而后，庶几无愧。"

邓剡是文天祥的同学和战友，他和刘辰翁同时考中进士。文天祥起兵后他立刻带领全家响应。崖山海战时陆秀夫抱着小皇帝投海而死，邓剡也同时跳下去，但两次都被元兵捞起。元军主将张弘范劝降不成，把邓剡和文天祥一同押往燕京。到达金陵后邓剡因病留在石头城。

文天祥英勇就义后，邓剡撰写了很多诗文宣传文天祥的英雄事迹。忽必烈大赦天下收买民心，邓剡得到释放并定居金陵。元朝大将张弘范死后，其子张珪拜邓剡为师。邓剡试图教导手握重兵的张珪重新建立汉人政权，可是最终未能如愿。万念俱灰的邓剡只有徘

徊乌衣巷,伤心石头城。

唐多令

雨过水明霞,潮回岸带沙。叶声寒,飞透窗纱。堪恨西风吹世换,更吹我,落天涯。　寂寞古豪华,乌衣日又斜。说兴亡,燕入谁家?惟有南来无数雁,和明月,宿芦花。

风物长宜放眼量,南宋灭亡之后,中国古典文学并没有成为绝响。相反随着蒙古铁骑远征欧洲,中国文学的发展开始和世界同步。传统的诗歌和散文虽然走向衰落,但是戏剧和小说却方兴未艾,而这正是今天世界文学的主流。

附 录

宋代职官简述

参知政事： 始于唐朝，宋乾德二年（964年）置，为副宰相，帮助宰相执掌政事，处理庶务，正二品。

枢密使： 唐始置，为枢密院长官，宋延置，掌管军国机务、兵防戎马之政，辅佐皇帝执掌兵权，正二品。

太尉： 秦置，西汉沿用，为国家最高武官，和丞相、御史大夫并称三公，宋时多为加官（原有官职外加领的官衔），品级虽高，而无实际职事。

中书舍人： 三国魏于中书省置中书通事舍人，掌宣传诏命，南朝直称中书舍人，掌起草诏令，参预机密。宋延置此职，掌管进拟庶务，宣奉命令，行台谏奏疏。

刑部尚书： 刑部之名始于隋，唐延置，掌管法律刑狱，刑部尚书为刑部长官，侍郎为其副手，下设侍郎、郎中、员外郎、主事等。宋延续之。

工部侍郎： 隋朝于尚书省设工部，为六部之一，唐朝因袭，掌管工程、工匠之事。宋因之。

礼部侍郎： 北周设礼部，长官为礼部大夫。隋唐皆置，属于尚书省，掌管国家典章法度、祭祀、科举和接待宾客之事。宋承唐制。

国子监： 中央官学，始立于北齐（550—577年），称国子寺，主官为祭酒。隋初因北齐制，炀帝改称国子监，为中国古代教育体系中的最高学府。

国子博士： 唐代国子监下设国子、太学、四门、律算、书等六学，各学皆立博士。国子博士就是工作在国子学的高级教员。

国子四门助教： 四门学创立于北魏（386—534年），初设于京师四门，故称。隋后隶属于国子监，教授儒家经典，内置博士、助教、直讲。

翰林学士： 翰林院始设于唐朝，是中央的文职机构。宋时多为文学之士，负责起草诏书，还侍皇帝出巡，充顾问。北宋翰林学士承唐制，仍掌制诰。此后地位渐低，然相沿至明清，拜相者一般皆为翰林学士之职。

集贤殿学士： 唐开元十三年（725年），设集贤殿书院，改修书史为集贤殿学士，由五品以上官员充任，入选者多为饱学多才者，掌刊辑典籍，以辨明邦国大典。

集贤校理： 集贤殿下置修撰、校理、留院、待制、检讨、校书、正字等员，皆为集贤院下属文职散官。

太学博士： 太学是汉代出现的设在京师的全国最高教育机构，

《夜宴图》（局部） 宋_佚名

宋朝太学隶属国子监，太学博士即工作在太学的高级教员，讲解经典，传授经义。

太常博士：三国魏文帝初置，掌引导乘舆，撰定五礼仪注，监视仪物，议定王公大臣谥号等事。职称清要，品级不高。宋代职守同前代。

焕章阁学士：焕章阁，南宋孝宗时初建，用以收藏高宗作品。孝宗淳熙十五年（1188年），置学士、直学士、待制等官。

资政殿学士：真宗景德二年（1005年）置。宋代置诸殿学士为出入侍从，以备顾问，资望极高，却无官守、无执掌。常以罢职辅臣或从臣充任。

端明殿学士：后唐天成元年（926年）始置，以翰林学士担任，掌进读书奏。宋代沿袭唐制，设此职，无职掌，仅出入侍从备顾问。

龙图阁直学士：宋真宗时建龙图阁，收藏宋太宗作品。景德四年（1007年），置龙图阁学士。龙图阁直学士为加官，是一个虚衔。

侍讲：北魏始置，属翰林学士院，正五品，多为兼官，为皇帝讲解经书，又备顾问应对。

崇政殿说书：宋景祐元年（1034年）置，为皇帝讲经读史，以备顾问应对。从七品，以士人中品秩低，资历浅而学识深者充任。

大晟乐正：属大晟府，大晟府建于宋崇宁元年（1102年），掌管国家礼乐，多以京朝官、选人或白衣士人通乐律者充任，宣和七年（1125年）废。

太子舍人：秦朝有舍人，汉代承袭，为太子宫属官，值守为更值宿卫，没有固定人数。宋朝时初置一人，后增至二人，从七品。

太子少师：春秋时，楚国设少师执掌教谕太子之事，与太子少保、少傅，合称太子三少或东宫三少。后屡有废置。宋初不常置，仁宗为太子时复设，从二品。

司空：商代初置，为商王辅佐重臣。周延置，为六卿之一，掌

《听琴图》 北宋_赵佶

工程建筑及车服器械制作,后历经废置,宋时多为宰相、亲王、使相之加衔,不常设。宣和二年（1112年）废。

监察御史：秦朝御史大夫下设监御史,或称监察御史。唐朝隶属于御史台,正八品上,职责为分察百僚,巡按郡县,纠视刑狱,肃整朝仪,多以新科进士充任,宋承唐制。

刺史：汉武帝元封五年（前102年）初置,分管各州事,任监察之职。宋朝时多为虚职,从五品。

太守：秦推行郡县制,郡守为一郡行政长官,西汉初延置,更名为太守,宋以后改郡为府或州,郡太守已非正式官名,但仍习称知府、知州为太守。相当于地级市市长。

大理少卿：北齐（550—577年）定制,以大理寺为官署名,为掌管刑狱的中央机构,相当于现代的最高法庭,掌刑狱案件审理。有卿、少卿、推丞、断丞等职。

鸿胪少卿：秦、西汉初期

有典客，掌管少数族事务，为九卿之一，汉武帝时改名大鸿胪，执掌朝贺庆吊赞导之礼。宋朝亦设，掌接待少数族首领、外国使臣和承袭、凶仪之事。相当于古代的外交官。

光禄寺丞：光禄寺为官署名，北齐以后置寺立署，掌宫廷之膳食、帐幕器物等，唐以后始专管皇室膳食。宋承唐制，以卿、少卿为主副官，丞参领寺事，另设主簿等属官。

驸马都尉：汉武帝时始置驸马都尉，掌驾车之副马，为近侍官。南北朝时多以皇室、外戚充任，后渐以尚公主者为之。

给事中：秦置，两汉时多为加官，因给事于殿中，故名，执掌顾问应对。宋代初为寄禄官，后有监察之职，正四品。

朝议大夫：文散官（散官：与职事官相对，指有官名而无固定职事之官），隋文帝始置。唐为正五品下，文官第十一阶。宋元丰改制后为文官第十五阶。

节度使：唐代开始设立的地方军政长官。因受职之时，朝廷赐以旌节，故称，相当于现在的军区书记和司令职位。

主簿：汉以后中央及地方官署多设置，为低级事务官。魏晋时权责加重，参与机要。唐宋后权任渐轻，唐制为从七品，其他闲散官署则为八九品不等，多为士流初仕之官。

推官：唐时始置，节度使、观察使等下设官员，掌勘察刑狱，宋朝三司（盐铁、度支、户部）各设一员，主管各案公事。从六品或正七品不等。

签判：中唐以来，地方节度使设观察判官，作为僚佐辅助处理事务，简称签判，宋代于各州府延置，选京官充任，称签书判官厅公事。

提举南京鸿庆宫：提举本为管理之意，宋代另有"提举官观"之名，为安置老病无能的大臣及高级冗官闲员而设，坐食俸禄而不管事，称为祠禄之官。

图书在版编目（CIP）数据

断鸿声远长天暮：回到宋词现场 / 李晓润著.
—上海：上海社会科学院出版社，2017
 ISBN 978-7-5520-1916-2

Ⅰ.①断… Ⅱ.①李… Ⅲ.①宋词—鉴赏
Ⅳ.① I207.23

中国版本图书馆 CIP 数据核字（2017）第 041285 号

断鸿声远长天暮：回到宋词现场

著　　者： 李晓润
责任编辑： 赵秋蕙
特约编辑： 刘　塍
封面设计： 主语设计
出版发行： 上海社会科学院出版社
　　　　　　上海市顺昌路 622 号　邮编 200025
　　　　　　电话总机 021-63315900　销售热线 021-53063735
　　　　　　http：//www.sassp.org.cn　E—mail：sassp@sass.org.cn
印　　刷： 北京美图印务有限公司
开　　本： 710×1000 毫米　1/16 开
印　　张： 21.75
字　　数： 180 千字
版　　次： 2017 年 6 月第 1 版　2017 年 6 月第 1 次印刷

ISBN 978-7-5520-1916-2/I · 242　　　　　　　　定价：49.80 元

版权所有　翻印必究